WORLD
토브욘
헤닝
카말 대사막
군나르
리안강
수도
아르네
스벤센
토레
부쿤 대산맥
바야크
바야크 저지선
홀리랜드
발루아
카롤

룬드
에룬
요르겐
맥클라우드
위그
마고

하라간

ORIGINAL FANTASY STORY & ADVENTURE

쥬논 판타지 장편소설

dream books
드림북스

하라간 14 마해 VS 천계

초판 1쇄 인쇄 2019년 7월 15일
초판 1쇄 발행 2019년 7월 29일

지은이 쥬논
발행인 오영배
편집 편집부
일러스트 유진
본문편집 오정인
제작 조하늬

펴낸 곳 (주)삼양출판사 · 드림북스
주소 서울시 강북구 도봉로 173
대표 전화 02-980-2112 팩스 02-983-0660
편집부 전화 02-987-9393 팩스 02-980-2115
블로그 blog.naver.com/dreambookss
출판등록 1999년 3월 11일 제9-00046호

ISBN 979-11-283-9367-9 (04810) / 979-11-313-0654-3 (세트)

+ 이 도서의 국립중앙도서관 출판시도서목록(CIP)은 서지정보유통지원시스템홈페이지(http://seoji.nl.go.kr)와 국가자료공동목록시스템(http://www.nl.go.kr/kolisnet)에서 이용하실 수 있습니다. (CIP제어번호: CIP2019026819)

하라간
ORIGINAL FANTASY STORY & ADVENTURE
쥬논 판타지 장편소설
14
마해 VS 천계
dream books
드림북스

목차

사대신수

『성혈의 바하문트』

—신수: 날개 달린 사자

—상징: 공포

—속성: 흙(土), 피(血)

『둠 블러드 이탄』

—신수: 냉혹의 뱀

—상징: 파멸

—속성: 금속(金), 빛(光)

『불과 어둠의 지배자 샤피로』

—신수: 광기의 매

—상징: 탐욕

—속성: 불(火), 어둠(暗), 나무(木)

『포식자 하라간』

—신수: 투명 마수

—상징: 타락, 나태

—속성: 얼음(氷), 균(菌), 물(水)

영멸을 원하는 자여
검푸른 마해(魔海)를 들여다보라
끝을 가늠할 수 없는 그 깊은 심해저 밑바닥에
괴물이 산다

제1화
북부의 침공

Chapter 1

거인족들은 원래 성향이 난폭하고 저돌적이었다. 거인족 주술사들이 워 크라이(War Cry: 전쟁의 포효)를 터뜨리면 모든 거인족 전사들이 앞뒤 가리지 않고 적에게 돌진하곤 했다. 닥치고 공격하는 방식의 백병전이야말로 스벤센 왕국의 주특기였다.

그런데 이번엔 달랐다. 류리크가 주술사들의 포효를 막았다.

"전군 100 미터 후퇴."

"네?"

뜬금없는 후퇴 명령에 참모가 류리크를 돌아보았다.

류리크가 뱀처럼 차가운 눈으로 참모를 직시했다.

"내 명령이 들리지 않나? 전군 100 미터 후퇴."

"네넷."

부관이 지휘봉을 휘둘렀다.

거인족 고수가 북을 두드려 군령을 전달했다. 거인족 전사들은 어리둥절한 와중에도 군령에 따라 뒤로 물러섰다. 거인족이라 둔할 것 같지만, 실제로 후퇴하는 모습은 표범처럼 빠르고 정확했다.

류리크가 다시 명을 내렸다.

"병력을 둘로 갈라라. 좌우로 우회한다."

"넵."

북이 또 울렸다. 스벤센 공격 부대가 좌우로 쩍 갈라졌다.

류리크는 홀리랜드 진영을 향해 곧바로 돌진하지 않았다. 언덕의 왼쪽과 오른쪽으로 빙글 돌아 우회하면서 적들을 포위하는 전략을 썼다.

날개 달린 스켈레톤, 즉 천족 전사들을 맞닥뜨린 순간 류리크는 강한 적개심을 느꼈다. 하지만 그 적개심이 무모한 돌격 명령으로 이어지지는 않았다.

적들을 언덕 위에 고립시킨 뒤, 류리크의 입에서 후속 명령이 쏟아졌다.

"투석 부대 투입."

"넵."

참모가 즉각 대답했다.

거인들 중에 유독 덩치가 크고 힘이 센 자들만 모아서 만든 것이 투석 부대였다. 등에 돌 바구니를 짊어진 거인들이 우르르 튀어나와 땅바닥에 돌을 쏟았다. 그다음 홀리랜드 진영을 향해 돌을 던지기 시작했다.

놀랍게도 투석 부대 거인들은 팔이 4개, 혹은 6개씩이었다. 간혹 8개의 팔을 가진 거인도 눈에 띄었다.

이러한 신체 변형은 거인들이 마물과 결합한 결과물이었다. 그들은 팔 근육도 엄청나서, 수박보다 더 커다란 돌덩이를 거의 300 미터 이상 정확하게 날렸다.

후웅— 후웅— 훙—

무시무시한 속도로 300 미터를 날아간 돌덩이가 홀리랜드 진영을 강타했다.

콰직!

"커헉."

폭음과 함께 홀리랜드의 병사들의 방패가 박살 났다. 방패 뒤에 웅크리고 있던 병사들의 팔다리가 기괴한 각도로 부러졌다. 투구에 돌을 맞은 병사는 머리통이 깨졌다.

홀리랜드에서도 화살로 대응 사격을 퍼부었다. 그런다고 300 미터 밖의 스벤센군에게 타격을 줄 수는 없었다.

전세가 기운다 싶자 보라색 띠를 어깨에 두른 스켈레톤이 병사들의 머리 위로 떠올랐다. 그 스켈레톤은 입에서 알아들을 수 없는 언어를 내뱉었다.

[ζηκ, λλμ, λλμ!]

휘류류류류―

그 즉시 바람이 불었다. 홀리랜드 궁수들이 쏜 화살들이 바람을 타고 300 미터 밖까지 거뜬히 날아갔다. 덕분에 투석 부대의 공격이 주춤했다.

류리크가 기민하게 반응했다.

"방패 부대를 투입해."

"넷."

참모의 대답이 떨어지기 무섭게, 등에 지름 3미터 크기의 거대한 나무 방패를 짊어진 포르키스들이 앞으로 달려나와 투석 부대를 엄호했다.

퍼퍼퍽!

홀리랜드 측에서 쏜 화살들이 커다란 나무 방패에 막혀 효과를 보지 못했다.

반면 거인족 투석 부대가 던진 돌은 홀리랜드의 방패를 거침없이 깨부쉈다. 원거리 전투에서는 스벤센 왕국이 확실히 유리했다. 돌에 맞아 전투 불능 상태에 빠진 홀리랜드 병사들의 숫자가 빠르게 늘었다.

결국 날개 달린 스켈레톤들이 전면에 나설 수밖에 없었다.

[이대로는 안 되겠다. 저 더러운 마물들을 직접 처리하라.]

어깨에 보라색 띠를 두른 스켈레톤이 뇌파로 명을 내렸다.

[군령을 따르리다.]

천족 전사 50여 명이 새하얀 날개를 펄럭이며 허공으로 떠올랐다. 그다음 그대로 활공하여 스벤센 진영으로 날아들었다.

천족의 비행 속도는 질풍처럼 빨랐다.

콰앙!

지름 3 미터의 단단한 나무 방패가 천족의 육탄 돌격에 그대로 박살 났다. 천족들은 커다란 날개를 펄럭여 나무 방패의 파편을 날려 버린 다음, 땅바닥에 수상한 돌을 힘껏 박았다.

파츠츠츠츠—

그 수상한 돌들이 서로 반응하여 봉인진을 결성했다. 눈에 보이지 않는 결계가 전면으로 퍼져 나갔다.

[어어어?]

결계에 접촉한 솔샤르들이 마물과의 결합을 강제로 해제당했다. 그들은 다시 평범한 거인의 모습으로 돌아왔다. 딱딱한 껍질을 자랑하던 포르키스가 사라졌다. 4개, 혹은 6개의 팔로 돌을 던지던 거인이 마물 팔을 잃었다.

천족 전사들은 그렇게 무방비 상태가 된 거인족들을 무자비하게 학살했다. 뼈만 남은 손으로 거인의 머리통을 붙잡아 으깨 버리고, 거인의 이마에 칼날을 박아 넣고, 손가락으로 눈알을 잡아뽑았다.

위기의 상황에도 류리크는 침착했다.

“다시 100 미터 밖으로 후퇴.”

두두두두둥!

고수가 땀을 뻘뻘 흘리며 북을 쳤다.

거인족들이 뒷걸음질로 물러나 봉인진의 영향권 밖으로 후퇴했다.

천족들은 도망치는 적들을 놓아둔 채 땅에 꽂은 봉인석부터 회수했다. 그다음 그 봉인석을 들고 거인족들을 추격하기 시작했다.

“투석!”

류리크가 버럭 소리쳤다.

어느새 봉인진 밖으로 후퇴한 투석 부대가 달려드는 천족을 향해 일직선으로 돌을 던졌다. 저공비행하던 천족들이 곡예를 하듯이 돌을 피했다. 그다음 땅바닥에 봉인석을 콱 박았다.

우르르릉.

봉인진이 다시 일어났다.

“후퇴.”

류리크는 기다렸다는 듯이 후퇴 명령을 내렸다.

거인족들이 즉각 후퇴했다.

천족이 봉인진을 앞으로 끌어 올리면 류리크는 딱 그만큼 뒤로 물러섰다. 이와 같은 일이 몇 차례 반복되자 천족들이 짜증을 냈다.

[커허, 이런 교활한 놈을 보았나.]

[다 같이 돌진하여 저놈부터 잡아야겠어.]

화가 난 천족들은 날개를 펄럭여 수십 미터 상공까지 솟구친 다음, 류리크를 타겟팅했다. 그러곤 무시무시한 속도로 하강하여 류리크에게 직접 달려들었다.

류리크가 이를 악물었다.

“전원 돌격!”

류리크의 잇새에서 전면 공격 명령이 떨어졌다. 언덕 주변을 넓게 포위 중이던 스벤센 왕국 거인들이 일제히 마물과 결합하여 언덕 위로 달려들었다.

거인족 주술사들은 워 크라이를 터뜨렸다.

[뿌우워어어러러—]

[뿌뿌우우러러—]

워 크라이를 들은 거인족 솔샤르들은 괴상한 전염병에 감염되기라도 한 것처럼 얼굴이 시뻘겋게 변했다. 그다음 평소보다 두 배는 더 빠른 속도로 몸을 날렸다. 비단 속도만 빨라진 것이 아니었다. 워 크라이에 노출된 거인족들은 파괴력도 1.8배나 증폭되었다.

류리크의 작전이 제대로 먹혔다. 류리크는 스스로를 미끼로 삼아 천족 전사들을 유인한 다음, 홀리랜드 주력군에게 카운터펀치를 날린 것이다.

Chapter 2

[뿌뿌우우러러—]

주술사들의 뇌에서 또다시 워 크라이가 터졌다.

[크워!]

시뻘겋게 달아올랐던 솔샤르들의 얼굴이 아예 새까맣게 변색되었다. 그들은 언덕 위 홀리랜드 본진을 향해 해일처럼 밀려들었다.

"으헉!"

홀리랜드 병사들이 기겁했다.

천족 전사들도 당황했다.

[이대로 병사들을 잃으면 곤란해.]

[저 병사들의 몸을 매개체로 삼아 우리 천족 전사들의 숫

자를 더 늘려야 한다고. 그래야 마해의 마물들과 제대로 싸울 수 있어.]

천족들의 대화가 이어지기도 전에 군령이 떨어졌다. 보라색 띠를 두른 스켈레톤이 버럭 소리쳤다.

[회군!]

천계에서 군령은 절대적이었다. 류리크를 향해 내리꽂히던 천족들 가운데 대부분이 허공에서 방향을 틀었다.

보라색 띠를 두른 스켈레톤이 좀 더 구체적으로 지휘했다.

[너희들 다섯은 적장부터 잡아라.]

[넷.]

류리크에게 가장 근접해 있던 천족 전사들이 한 번 더 방향을 틀어 류리크를 다시 노렸다. 그사이 나머지 천족들은 홀리랜드 병사들을 구하기 위해 언덕으로 날아갔다.

"치잇."

류리크가 이를 악물었다.

류리크의 몸이 어느새 신체 변형을 시작했다. 그의 어깨에서는 팔이 2개 더 돋아나 총 4개의 팔을 갖게 되었다. 덩치는 5 미터에 육박할 정도로 거대하게 부풀었다. 그 상태에서 류리크의 몸뚱어리 전체가 흐릿하게 흐려졌다. 몸에 박힌 솜털들이 가늘고 길게 뻗어 바람에 휘날렸다. 그 털들 사이를 바람이 훑고 지나가면서 바람의 세기가 말도 못 하게 증폭되었다.

반투명한 신체와 기다란 털.

그 털들로부터 소용돌이치면서 뿜어져 나오는 억센 폭풍.

해구 3층 레벨의 마물 실쿠크의 등장이었다. 바람의 속성을 타고 태어난 마물 실쿠크 말이다.

뻐엉!

류리크의 입이 180도 각도로 쩌억 찢어지면서 음파가 쏟아졌다. 공기가 응축되었다가 터지면서 강한 충격파가 발생했다. 송곳처럼 집중된 그 충격파가 하늘에서 날아오는 천족 전사 하나를 타겟팅하여 강하게 때렸다.

[크악.]

음파에 얻어맞아 천족의 두개골이 180도 각도로 꺾였다. 뒤통수로 자신의 등뼈를 때리는 독특한 경험을 하게 된 스켈레톤은 정신을 차리지 못하고 빙글빙글 돌면서 추락했다.

[피햇.]

나머지 천족 전사들이 황급히 좌우로 벌어졌다. 천족들은 고속으로 비행하면서도 좌우로 방향을 급격히 꺾는 것이 가능했다.

류리크가 다음 타겟을 공격하려고 했을 때, 천족들은 이미 류리크의 시야에서 사라진 뒤였다. 위기감을 느낀 류리크가 온몸의 털들을 곤두세웠다.

휘류류류류—

류리크의 털 사이에서 돌풍이 일어나 주변을 휘저었다.

류리크에게 접근하던 천족 전사들이 그 돌풍에 휘말려 뒤로 밀려났다. 그사이 류리크가 또 다른 천족 한 명을 포착했다.

빼엉!

180도 각도로 쩍 벌어진 류리크의 입에서 강한 충격파가 쏘아져 천족의 두개골을 때렸다. 천족의 몸뚱어리가 팽이처럼 핑그르르 돌다가 땅바닥에 추락했다.

류리크의 호위 무사들이 추락한 천족에게 달려들어 봉인석부터 빼앗았다.

류리크를 공격하던 천족 5명 가운데 벌써 둘이 당했다. 나머지 세 천족들은 허공에서 서로 눈빛을 교환하더니, 그대로 후퇴했다.

류리크는 겨우 한숨 돌렸다.

전투의 결과만 놓고 보면 류리크가 천족들을 일방적으로 박살 낸 것 같지만, 사실 전투는 아슬아슬했다. 만약 류리크의 음파 공격이 조금만 늦어서 천족들이 류리크의 주변에 봉인석을 설치했다면 승패가 뒤집혔을 것이다.

간발의 차이로 적들을 물리친 류리크가 언덕 위로 시선을 돌렸다.

"크악."

"아악, 저리 갓."

야트막한 언덕 위에서 홀리랜드 병사들의 비명이 연신 울려 퍼졌다. 워 크라이의 효과를 중첩 적용받은 거인족 솔샤르들은 평소보다 몇 배는 더 강력한 힘으로 인간들을 학살했다. 마물들이 팔을 휘두를 때마다 홀리랜드 방패병들이 10여 명씩 딸려 와 온몸이 찢어나갔다. 문어발처럼 생긴 촉수가 지면을 한 번 휘저을 때마다 병사들이 그 빨판에 붙잡혀 허공으로 딸려 올라왔다.

[뿌우우러러—]

거인족 주술사들이 또다시 워 크라이를 터뜨렸다.

이렇게 세 번, 네 번 워 크라이를 중첩시켰다가는 그 후유증이 만만치 않았다. 지금은 평소보다 몇 배나 증폭된 힘으로 미쳐서 날뛰지만 잠시 후면 거인족 전사들의 에너지가 모두 고갈되어 무기력증에 빠지게 될 것이다.

하지만 주술사들은 뒷일을 생각하지 않았다. 천족 전사들이 본진으로 되돌아오기 전에 적들에게 최대한 큰 피해를 입혀야만 했다.

[크워억.]

검붉게 변했던 마물들의 안색이 아예 칠흑처럼 변해 버렸다. 광기가 한층 올라갔다. 마물들은 미친 듯이 병사들을 학살하며 언덕 위를 피로 물들였다.

어깨에 보라색 띠를 걸친 스켈레톤이 다시 주문을 읊었다.

[ζηκ, ζηκ, λλμ, ζηκ,!]

그 즉시 하늘이 움직였다.

콰르르르르르—

시커먼 구름이 스켈레톤의 머리 위로 몰려들어 나선형으로 빙글빙글 돌았다. 그 나선 구름의 중심부에서 새하얀 표창이 장대비처럼 쏟아졌다.

이건 표창이 아니었다. 새하얀 깃털이었다. 천족의 날개를 구성하는 깃털.

그런데 새의 깃털과는 차원이 달랐다. 깃털 하나하나가 강철 화살보다 훨씬 더 단단하고 예리했다. 폭발적으로 쏟아진 깃털들이 마물들을 그대로 폭격했다. 포르키스의 단단한 껍질이 깃털에 관통당해 그대로 구멍이 뚫렸다. 몸이 민첩한 쌍발궁수 덴스가 빗줄기처럼 퍼붓는 깃털들을 미처 피하지 못하고 숨이 끊겼다.

언덕 위를 정확하게 노려서 융단폭격한 깃털의 소나기는 마물들에게 큰 타격을 입혔다.

하지만 그 와중에 홀리랜드 병사들도 많이 죽었다. 천족의 깃털은 마물과 인간을 구별하지 않고 그대로 쓸어버렸다.

Chapter 3

전세가 불리해지자 거인족 주술사들이 발작하듯 워 크라이를 터뜨렸다.

[뿌우우러러—]

[크와악!]

마지막 한 방울의 에너지까지 쥐어짠 마물들이 보라색 띠를 두른 스켈레톤을 향해 미친 듯이 달려들었다.

때마침 류리크를 공격하러 출전했던 천족 전사들이 언덕위로 복귀했다. 허공에서 한쪽 날개만 접어 90도로 방향을 전환한 천족 전사들이 일제히 지상으로 내려와 지휘관, 즉 보라색 띠를 두른 스켈레톤을 빙 둘러쌌다. 그다음 사방에서 달려드는 마물들을 향해 팔을 뻗었다.

파츠츠츠츠—

천족 전사들의 손에 들린 봉인석들이 서로 반응하여 봉인진을 결성했다.

광기에 휩싸여 달려들던 마물들이 그대로 결합을 해제당했다. 하지만 워 크라이의 영향력은 아직까지 사라지지 않았다. 눈에 홱 돌아간 거인들은 마물과의 결합이 풀린 상태에서도 스켈레톤을 향해 미친 듯이 달려들었다.

워 크라이가 거인족들에게 오히려 독이 된 셈이었다.

"안 돼."

"돌아왓!"

거인족 주술사들이 비명을 질렀다.

그때 이미 거인족 전사들은 스켈레톤들을 들이받은 뒤였다.

마물의 도움 없이 맨몸으로 돌격하여 콰앙!

2 미터가 훌쩍 넘는 거구들이 스켈레톤의 팔뼈에 부딪쳐 허공으로 부웅 떠올랐다. 그다음 그대로 목덜미가 붙잡혀 땅바닥에 세차게 내리꽂혔다.

"쿨럭."

거인족 전사의 입에서 핏물이 뿜어졌다. 스켈레톤은 양손으로 거인족 2명의 목덜미를 움켜잡아 바닥에 메다꽂고는, 그대로 목을 뜯어 버렸다. 또 다른 스켈레톤이 거인족 전사 3명의 머리통을 연달아 부쉈다. 일부 거인족들은 배에 커다란 구멍이 뚫려 내장을 쏟아 냈다. 해일처럼 들이닥친 거인족의 총공세가 물거품처럼 산산이 부서졌다.

"후퇴, 후퇴."

후방에서 류리크가 악을 썼다.

둥둥둥둥둥—

고수가 북을 찢어버릴 듯이 두드렸다. 겨우 광기에서 벗어난 거인족 전사들이 부랴부랴 후퇴를 시작했다.

[흥! 어딜 도망치려고?]

어깨에 보라색 띠를 걸친 스켈레톤이 눈구멍 사이에서 시커먼 안광을 토했다.

[가자.]

천족 전사들이 다시 날개를 활짝 펴고 전진했다. 그들의 손에 들린 봉인석이 연신 파츠츠츠 소리와 함께 빛을 토했다.

이번엔 천족의 역공이 시작되었다.

그러는 동안 후방에서 천족들이 계속 보강되었다. 새하얀 날개를 펄럭이며 날아온 천족들은 온 하늘을 가득 메우며 스벤센군을 압박했다.

"크윽, 젠장."

류리크가 잇새로 욕을 뱉었다.

둥둥둥, 두두둥둥.

고수는 연신 후퇴의 북소리를 울렸다.

스벤센군은 허둥지둥 초원 지대에서 벗어나 숲 입구까지 후퇴했다. 뒤로 물러서는 중에도 스벤센군의 피해는 점점 더 누적되었다. 초원에 널브러진 거인족 전사들의 시체가 헤아릴 수 없이 많았다.

보라색 띠를 두른 천족이 하늘에서 손을 번쩍 들었다.

신호를 받은 천족들이 공격의 고삐를 더욱 바짝 조였다.

후오오오옹!

손에 봉인석을 들고 좌우로 길게 늘어서서 진격하는 천족의 모습은 마치 광휘의 군대가 전진하는 것 같았다.

"크으윽."

그 빛에 노출된 솔샤르들은 마물과의 결합이 끊겨 괴로워하며 뒷걸음질 쳤다. 그렇게 물러서는 스벤센군은 흡사 빛을 피해 도망치는 암흑의 군대 같았다.

어둠은 빛을 이길 수 없다는 진리가 여기서도 적용되는 것처럼 보였다. 스벤센군이 숲 속으로 도망쳐 쥐새끼처럼 숨어들 때만 해도 천족의 승리가 코앞으로 다가온 듯했다.

천족들은 봉인석을 앞세워 하나둘 숲으로 날아들었다. 봉인석들이 서로 연결되어 파츠츠츠! 광휘를 내뿜었다.

그때 세상이 뒤집혔다. 아름드리나무가 콰직, 콰직, 쓰러졌다. 그 위로 수사슴의 뿔처럼 생긴 것들이 우르르 솟구쳤다. 거대한 뿔은 전면의 나무 수십 그루를 좌에서 우로 쓸어버린 다음, 더욱 높이 치솟았다. 뿔의 뒤를 따라 황금빛으로 넘실거리는 갈기가 펄럭였다.

그보다 한 박자 빠르게 거대한 동산이 치솟았다.

화산이 폭발하면서 산봉우리가 융기하는 것처럼, 크게 부풀어 오른 2개의 봉우리는 그 안에 시뻘건 구멍들을 빼꼼 드러내었다.

왼쪽 봉우리에 구멍 25개.

오른쪽 봉우리에 구멍 25개.

총 50개의 구멍들이 기괴한 소음을 내었다.

우워이이이잉—

장전 완료.

에너지 방출!

쯔쯔쯔왕! 쯔와왕! 쯔왕! 쯔왕! 쯔왕! 쯔왕! 쯔왕!

무려 50개의 구멍에서 방출된 시뻘건 광선의 다발은 전면에 거치적거리는 모든 물체들을 잘라 버리며 가로세로로 공간을 난도질했다.

그 광선에 걸려 스켈레톤의 허리가 매끈하게 잘렸다. 그 광선에 스쳐 스켈레톤의 날개가 그대로 분리되었다. 그 광선에 관통당해 스켈레톤의 두개골에 지름 30 센티미터의 구멍이 뚫렸다. 광선이 훑고 지나가면서 봉인석들이 연달아 재로 변했다.

이어서 어마어마한 포효가 천지를 뒤흔들었다.

[크우워어어어—]

아름드리나무 위로 사자를 수백 배 증폭시켜 놓은 듯한 마물이 모습을 드러내었다.

심해저 1층의 키르샤급 마물, 레오덴스의 등장이었다.

[헉! 키르샤다.]

보라색 띠를 두른 스켈레톤이 헛바람을 집어삼켰다.

후방에서 날아온 천족 전사들이 숲 입구에 봉인석을 꽉 박았다. 그 봉인석들이 서로 반응하여 결계를 크게 일으켰다. 마물을 잠재우는 봉인진이 레오덴스를 가로막았다.

흥분한 레오덴스가 그대로 숲에서 뛰쳐나왔다. 어깨까지 높이가 무려 64 미터나 되는 거대한 마물이 대지를 박차자 땅이 뒤흔들렸다.

파치치치칙!

봉인진이 만들어 낸 가상의 장벽이 샛노란 색으로 허공을 물들였다. 그 노란 빛의 장막 위에서 스파크가 사방으로 튀었다.

[크우워어어!]

레오덴스가 한 발 물러섰다가 다시 한 번 3개의 뿔로 봉인진을 들이받았다.

놀랍게도 레오덴스에게는 봉인진이 통하지 않았다. 오히려 레오덴스가 거대한 뿔을 휘두르고 발톱으로 후려칠 때마다 봉인진이 깨질 듯이 뒤흔들렸다.

[크워억!]

화가 잔뜩 난 레오덴스가 고개를 낮추고 어깨를 크게 부풀렸다.

우우워어어엉—

레오덴스의 좌우 어깨에 뚫린 붉은 구멍들이 기괴한 소음과 함께 에너지를 빠르게 충전했다.

그다음 개방!

쭈왕! 쭈왕! 쭈왕! 쭈왕! 쭈왕! 쭈왕! 쭈왕!

무시무시한 광선이 사방으로 뻗어 나가 봉인진 전체를 난도질했다.

파츠츠츠!

어지간한 동산 하나를 날려 버릴 법한 공격에 봉인진이 견디지 못했다. 천족이 설치한 봉인진이 박살 나면서 땅속에 파묻힌 봉인석에도 금이 쩍쩍 갔다.

꼴 보기 싫은 봉인진을 힘으로 부숴 버린 레오덴스는 그 거대한 몸을 날려 허공으로 뛰어오르더니, 보라색 띠를 걸친 스켈레톤을 앞 발톱으로 그었다.

[크왁.]

보라색 띠를 두른 스켈레톤이 황급히 날개로 앞을 가로막았다.

소용없었다. 날개가 그대로 찢어지고, 스켈레톤의 두개

골에 기다란 발톱 자국이 스쳐 지나갔다. 보라색 띠를 두른 스켈레톤은 허공에서 빙글빙글 돌며 추락하더니 땅에 거칠게 처박혔다.

Chapter 4

[막아랏.]

다른 스켈레톤들이 황급히 날개를 펼쳐 레오덴스의 앞을 가로막았다.

레오덴스가 어깨를 잔뜩 부풀렸다.

우위이잉—

시뻘건 구멍으로부터 잠시 소음이 울렸다. 이어서 50 다발의 붉은 광선이 폭발했다.

쭈왕!

날개 달린 스켈레톤들이 그 광선에 몸이 난도질당해 우수수 추락했다.

레오덴스가 3개의 꼬리를 수평으로 휘둘렀다. 폭풍이 몰아치는 소리가 뒤따랐다. 지상으로 떨어진 스켈레톤들이 레오덴스의 꼬리에 얻어맞아 와그작 박살 났다.

[크우워—]

레오덴스는 민첩하게 몸을 날렸다. 그다음 보라색 띠를 두른 스켈레톤을 붙잡아 물고는 와그작 씹었다.

[아, 안 돼.]

보라색 띠를 두른 스켈레톤이 발버둥 쳤다. 이미 때는 늦었다. 그의 척추 아래가 바스러지면서 레오덴스의 목구멍 속으로 넘어갔다.

레오덴스가 그 상태에서 적의 상체 부스러기를 허공으로 던졌다가 다시 콰직 씹었다. 보라색 띠를 두른 스켈레톤은 허리부터 머리까지 레오덴스의 아가리로 처박혀 완전히 사라졌다. 레오덴스의 입 부위에서 와그작와그작 뼈 씹는 소리가 났다.

키르샤급 마물의 무시무시한 무력에 천족들이 주춤했다.

[크르르르르.]

레오덴스는 하늘 높이 도망친 천족들을 향해 낮은 울음을 흘렸다.

[우힉!]

깜짝 놀란 천족들이 좀 더 높이 몸을 피했다.

[크으르르르르—]

레오덴스의 두 눈 안에서 일렁거리는 6개의 눈동자가 황금색으로 타올랐다.

[후퇴, 후퇴.]

천족들은 더더욱 겁에 질려 구름 높이까지 후퇴했다. 그 상태에서 천족들은 하늘 위를 빙글빙글 선회만할 뿐, 감히 밑으로 내려오지 못했다.

우두두두두—

그런 레오덴스의 발밑을 스쳐 지나가며 토레 왕국의 수인족들이 진격하기 시작했다. 토레의 군대는 숲에서 뛰쳐나와 폭발적으로 대지를 박차며 언덕을 향해 치달렸다.

"저, 저, 저것."

"으아아아악."

그때까지 언덕 위에서 머뭇거리던 홀리랜드 병사들의 얼굴이 하얗게 질렸다.

그런 병사들을 수인족 솔샤르들이 무섭게 덮쳤다.

콰직, 소리와 함께 홀리랜드 병사들의 머리가 포르키스의 집게발에 붙잡혀 으깨졌다. 덴스가 날린 마물 화살이 홀리랜드 병사의 목덜미에 박혀 피를 쪽쪽 빨며 살 속으로 파고들었다. 빨판이 달린 촉수가 언덕 위에 넓게 퍼지며 여러 병사들의 목뼈를 동시에 꺾었다. 전기뱀장어를 닮은 마물이 시퍼런 전하를 토해 홀리랜드 병사들을 지져 버렸다.

병사들의 눈알이 터졌다.

병사들의 팔이 산 채로 잡아 뽑혔다.

병사들의 두 다리가 절단되었다.

병사들의 몸뚱어리가 산산이 해체되어 형태를 잃었다.

병사들이 내지른 비명이 온 언덕을 뒤덮었다.

피가 철철 흘러 언덕 위를 시뻘겋게 물들였다.

천족들의 1차 저지선은 그렇게 허물어졌다. 천계와 마해의 일 차전은 마해의 승리로 귀결되었다. 어느새 언덕 위로 올라온 레오덴스가 구름 위로 숨은 천족들을 향해 거친 포효를 터뜨렸다.

천족들이 완전히 물러났다.

한편 숲 어귀에서는 류리크가 입술을 꽉 깨물었다.

"치잇."

레오덴스를 바라보는 류리크의 눈빛이 복잡하게 변했다. 그 눈빛 속에는 키르샤에 대한 두려움과 공포, 부러움, 질투, 불안감, 이 모든 감정들이 하나로 뒤섞여 소용돌이쳤다.

'우리 거인족들은 여전히 제자리걸음인데, 일족의 가장 큰 라이벌인 수인족들의 군주는 어느새 키르샤가 되었구나. 하아아, 이 일을 어쩌면 좋단 말인가?'

수인족과 거인족 사이에 벌어진 격차를 앞으로 어떻게 좁힐 수 있을지, 류리크는 막막하기만 했다. 부하들 앞에서 내색은 하지 않았지만 류리크의 가슴속이 새까맣게 타들어 갔다.

[1차 저지선이 뚫렸다지요?]

순백의 성좌에 앉은 여성형 스켈레톤이 물었다. 이 스켈레톤은 날개가 넉 장에 머리에 새하얀 티아라를 쓴 모습이었다.

어깨에 보라색 띠를 두르고, 두개골에 뾰족한 팔각모자를 쓴 스켈레톤이 척추를 꾸부정하게 굽히며 대답했다.

[그러하옵니다, 성녀님.]

순백의 성좌에 앉은 여성형 스켈레톤은 다름 아닌 남부의 성녀 클로테스였다. 그리고 팔각모자를 쓴 스켈레톤은 성녀를 섬기는 대주교 무크였다.

클로테스가 물었다.

[구암 대주교는 어찌 되었나요? 무사한가요?]

구암은 무크와 마찬가지로 홀리랜드의 대주교 가운데 한 명이었다. 어깨에 보라색 띠를 두르고 언덕 위에서 천족들을 지휘했던 스켈레톤이 바로 구암 대주교였다.

무크가 힘겹게 고개를 가로저었다.

[송구하옵니다, 성녀님.]

클로테스가 상체를 바짝 일으켰다.

[송구하다니요? 혹시 구암 대주교가 잘못되었다는 뜻인가요?]

[그러하옵니다. 안타깝게도 구암은 천신의 곁으로 갔사

옵니다.]

[뭣이라?]

클로테스가 성좌를 박차고 일어섰다. 그다음 넉 장의 날개를 펄럭여 무크의 머리 위로 날아왔다.

무크가 무릎을 꿇고 클로테스를 올려다보았다.

클로테스가 차갑게 되물었다.

[무크 대주교, 마물들이 그렇게 강한가요? 구암 대주교를 천신의 곁으로 돌려보낼 수 있을 만큼 대단하냐는 말이에요.]

[휴우우, 전사들의 보고에 따르면, 거물급 마물이 등장했다고 하옵니다.]

무크가 한숨과 함께 키르샤급 마물의 등장을 알렸다.

Chapter 5

클로테스가 신경질적으로 따져 물었다.

[아무리 거물급과 맞닥뜨렸다고 해도 그렇죠. 우리에게는 봉인진이 있잖아요. 모든 마물들을 무력화시킬 수 있는 천계의 법진이 있는데, 어떻게 저 더러운 마물들에게 패배할 수 있죠?]

무크가 고개를 가로저었다.

[휴우우, 성녀님, 아군 전사들의 보고에 따르면 키르샤급 마물에게는 봉인진이 통하지 않았다고 하옵니다.]

[뭐예욧? 봉인진이 통하지 않는다고욧?]

클로테스의 뇌파가 표독하게 변했다. 그다음 불안하게 흔들렸다.

[그 말이 사실이라면 어떻게 하죠? 우리가 무슨 수로 저 더러운 마물들과 싸울 수 있느냔 말이에요.]

무크가 클로테스를 다독였다.

[성녀님, 그 점은 안심하셔도 됩니다. 피올로 대주교가 천계의 지원 병력을 더 끌어오기 위해서 이미 움직였사옵니다.]

클로테스는 여전히 신경질적이었다.

[흥! 지원 병력이 더 오면 뭐해요? 봉인진 없이 키르샤급 마물을 막을 수 있나요? 무크 대주교가 한번 대답을 해 보세요.]

[성녀님도 아시다시피 저희들은 4계층이나 5계층에 불과합니다. 그래서 저희 홀리랜드만으로는 키르샤를 상대하기에 역부족이옵니다. 하지만 피올로 대주교가 3계층 전사들을 데려오면 상황이 달라질 것이옵니다. 그러니 안심하소서.]

[치잇.]

낮은 계층이라는 점이 자존심 상했는지 클로테스가 화를 내었다.

천계의 힘은 오롯이 천신으로부터 나오며, 그 단계가 낮아질수록 천신으로부터 멀어지는 셈이라 권능이 약할 수밖에 없었다.

천계에서 1계층은 여왕과 대원사, 단 2명만 해당되었다. 이들은 천신에게 가장 가까이 접근할 수 있고 천신과 직접 소통할 수 있는 축복받은 존재들이었다. 천계에서는 이들 1계층이야말로 천신의 자식들이라 믿었다.

천계의 2계층에는 좌원사와 우원사, 그리고 육대신장이 꼽혔다.

이 가운데 좌원사와 우원사는 대원사가 숨을 불어넣어 만들었다. 육대신장들은 천계의 전대 왕과 여왕이 일으켜 세웠다.

다시 말해서 2계층은 1계층으로부터 말미암은 천족들을 의미했다.

그 아래 단계도 같은 방식이 적용되었다. 천계의 3계층은 2계층에 의해서 일으켜 세워진 천족들이었다. 두 원사가 숨을 불어넣은 천족들, 혹은 육대신장이 직접 만들어 낸 천족들이 3계층에 속했다.

클로테스는 바로 이 3계층의 천족으로부터 키스를 받아 스켈레톤화 되었다. 따라서 클로테스의 등급은 3계층보다 하나 낮은 4계층인 셈이었다.

무크나 구암, 그리고 피올로 대주교는 클로테스의 키스를 받아 스켈레톤화 되었다. 그러니 이들 대주교들의 등급은 5계층이었다.

이어서 홀리랜드의 주교들이 6계층.

그 아래 사도들이나 성기사들이 7계층.

심지어 홀리랜드에는 8계층까지 존재했다.

자존심 강한 천족들은 어지간해서는 하위 계층들을 만들어 내지 않는 편이라 8계층까지 내려가는 것은 드문 일이었다. 다만 홀리랜드의 입지 조건 상, 급하게 천족의 숫자를 늘릴 필요가 있어 8계층까지 생성되었을 뿐이다.

물론 동일한 계층이라고 해서 전투력이 같은 것은 아니었다. 성녀 클로테스는 4계층 천족 가운데 손에 꼽힐 만한 강자라 거의 3계층, 혹은 그 이상의 힘을 내었다. 피올로 대주교도 무크나 구암을 압도하는 전투력을 보였다.

[어쨌거나 3계층의 천족이 도와주면 키르샤를 막을 수 있겠죠?]

클로테스가 다시 질문했다.

무크가 공손히 대답했다.

[그럴 것이옵니다. 일단 그렇게 시간을 벌고 나면, 그 이후에는 육대신장님들께서 움직이실 것이니 안심하셔도 되옵니다.]

[그 전에, 우리 홀리랜드의 자구책도 마련해 놓아야겠어요. 마침 적당한 대상자들이 물색되었다면서요? 5계층을 만들기에 적합한 대상자 말이에요.]

홀리랜드의 5계층 천족이면 대주교급이었다. 무크가 씨익 웃었다.

[흐흐흐. 천신께서 보우하사, 최근 2명의 대상자가 확보되었사옵니다. 감축드리옵니다, 성녀님.]

[그것참 잘되었네요. 5계층이 2명 늘어나면 구암 대주교의 빈자리를 대신할 수 있겠어요. 오호호호호호.]

클로테스가 밝게 화답했다.

[무크 대주교, 뭘 하고 있나요? 어서 그 대상자들을 내 앞에 데려오지 않고요.]

[알겠사옵니다. 그렇지 않아도 미리 준비를 시켜 놓았사옵니다.]

딱딱딱딱.

무크가 뼈만 남은 손으로 손뼉을 쳤다.

성기사의 복장을 한 스켈레톤이 법왕청으로 들어왔다.

[찾아계시옵니까?]

성기사 차림의 스켈레톤은 성녀 클로테스를 향해 한쪽 무릎을 꿇었다.

클로테스 대신 무크가 명을 내렸다.

[그들을 데려와라.]

[넵.]

스켈레톤이 나가고 잠시 후, 성기사 복장의 스켈레톤 6명이 2명의 대상자를 질질 끌고 들어왔다.

"놔라, 이놈들. 이것 놓지 못하겠느냐?"

볼이 발그레한 미소녀이 발버둥 쳤다.

이 미소녀의 정체는 루본 바야크.

지금은 멸망한 바야크 왕국의 왕이었다. 북부 마물들의 공격을 피해 왕국을 버리고 홀리랜드로 망명한 루본이 클로테스 앞에 끌려왔다. 스켈레톤들은 루본의 어깨와 머리를 양쪽에서 붙잡아 클로테스 앞에 무릎 꿇렸다.

루본은 아직 어리지만 그래도 일국의 왕이었다. 누군가의 앞에 이렇게 강제로 무릎을 꿇어 본 적이 단 한 번도 없었다. 참을 수 없는 치욕에 루본이 눈물을 흘렸다. 그러면서 루본은 부들부들 떨었다. 살점 하나 없이 뼈만 남은 천족들의 모습이 너무나 두려워 루본은 오줌을 쌀 지경이었다.

"ㅇㅇㅇㅇㅇ."

루본의 잇새에서 가느다란 신음이 흘렀다. 루본에게는

이 괴상망측한 천족들이 북부의 마물들과 하나도 다를 바가 없었다.

루본 옆에는 프라이머가 붙잡혀 끌려왔다.

바야크 왕국의 기사단장이자 마나의 벽 1단계를 돌파한 강자인 프라이머 경은 무려 4명의 천족에게 팔다리가 붙잡혀 클로테스 앞에 납죽 엎드렸다. 스켈레톤들이 손으로 프라이머의 팔다리를 붙잡고 무릎으로 어깨와 허벅지를 짓눌러 꽈악 고정했다.

"크으윽, 홀리랜드가 이미 마물들에게 넘어갔단 말인가? 크으윽."

프라이머가 으르렁거렸다. 프라이머도 클로테스와 무크를 마물로 착각했다.

클로테스가 프라이머 앞에 쪼그려 앉았다. 클로테스의 새하얀 손가락뼈가 프라이머의 뺨을 쓰다듬었다.

[어쩜, 튼튼하기도 하여라. 나이가 제법 들었지만 에너지가 넘치네요. 역시 마나의 벽 1단계를 돌파한 초인다워요.]

"으윽, 이 더러운 마물. 이 손 치우지 못할까?"

프라이머가 으르렁거렸다.

클로테스가 갑자기 프라이머의 머리카락을 꽉 움켜쥐었다. 그러곤 프라이머의 머리를 위로 당겨서 들고는 귀에 이빨을 들이밀었다.

[마물이라니? 어디서 감히 그 더러운 마해의 족속들과 나를 비교하는 거죠? 이 성녀 클로테스를 뭐로 보고 그딴 망발이에요?]

클로테스의 쩍 벌어진 입 사이에서 분홍빛 혀가 뱀처럼 길게 뻗어 나와 프라이머의 귓바퀴를 핥고 지나갔다.

"성녀? 성녀 클로테스 님이라고?"

프라이머가 놀라서 눈을 동그랗게 떴다.

클로테스가 배시시 웃었다.

[당연히 내가 성녀지요. 지금은 그대가 눈이 삐어서 나의 이 성스러운 모습을 보지 못하지만, 곧 눈을 다시 뜨게 될 거예요. 내가 프라이머 경에게 새로운 삶을 주겠어요.]

뇌파를 보내는 것과 동시에 클로테스는 두 손으로 프라이머의 턱관절을 붙잡았다.

우두둑 소리와 함께 프라이머의 목뼈가 위로 꺾였다.

상대의 턱을 강제로 치켜든 클로테스는 손가락뼈에 힘을 꽉 주어 상대의 입을 벌어지게 만들었다. 그다음 자신의 입을 쩍 벌렸다.

"우읍, 우우우읍."

스켈레톤의 두개골이 쩍 벌어지면서 그 깊은 곳에서 분홍빛 혀가 너울너울 뻗어 오는 모습이 너무나 끔찍했다. 프라이머가 발버둥 쳤다.

뜻대로 되지 않았다. 프라이머는 스켈레톤들에게 사지를 꽉 붙잡혀 전혀 움직일 수 없었다. 그 상태에서 클로테스가 프라이머의 입을 강제로 벌리고 그 속에 길고 징그러운 혀를 집어넣었다.

Chapter 6

"우우우우웁. 우우욱. 우욱."

프라이머가 답답한 신음을 토했다. 그러다 구역질까지 했다.

하지만 시간이 흐를수록 프라이머의 반항은 점점 잦아들었다. 무언가 달콤한 것이 프라이머의 목구멍 속으로 꿀꺽 넘어갔다.

"우우으으."

이내 프라이머의 눈이 몽롱하게 풀렸다. 동공과 흰자위 사이의 경계가 흐려지고, 백태가 한 겹 낀 것처럼 눈이 변하더니 입술이 헤에 벌어졌다.

그 모습을 본 루본은 공포에 질려 벌벌벌 떨었다.

클로테스는 넉 장의 날개를 활짝 펼쳐 프라이머를 감쌌다.

프라이머를 찍어 누르던 스켈레톤들이 뒤로 물러났다. 포박이 풀렸음에도 불구하고 프라이머는 저항하지 않았다. 저항은커녕 두 손으로 클로테스의 목을 끌어안고 열렬한 키스를 퍼부었다.

한동안 서로의 혀를 탐하던 클로테스와 프라이머가 떨어졌다.

"끄윽, 극. 꺽, 꺽, 꺽."

프라이머가 기괴하게 몸을 뒤틀었다. 프라이머의 피부가 갈라졌다. 피부 속 근육들이 가닥가닥 해체되었다. 근육과 힘줄은 뼈에 바짝 달라붙었다. 이렇게 변한 프라이머의 모습은 흡사 미이라 같았다.

그 상태에서 프라이머의 등을 뚫고 하얀 날개가 솟구쳤다.

꾸득, 꾸득, 꾸득.

프라이머의 근육과 살은 점점 더 흩어져 뼈가 앙상하게 드러났다.

딱딱딱.

프라이머가 이빨을 위아래로 부딪쳤다. 턱 근육이 사라진 상태에서도 프라이머는 위턱과 아래턱을 잘도 부딪쳐 댔다.

그 턱들 사이에서 분홍빛 혀가 징그럽게 자라나 프라이머의 갈비뼈까지 내려왔다.

마침내 천족으로 탈바꿈 완료.

성녀 클로테스의 숨결을 받아 5계층의 천족 한 명이 탄생했다. 비록 품계는 낮지만, 그래도 프라이머는 마나의 벽 1단계를 돌파한 초인이라 무력이 강했다.

이번엔 클로테스가 다른 대상을 찾았다. 날개를 펴고 풀쩍 날아온 클로테스가 루본을 품에 안았다.

"으으으. 하지 마시오."

15세의 미소년이 클로테스에게 안겨 바들바들 떨었다.

[루본 폐하, 호호호. 전에 대관식에서 한 번 뵌 적이 있지요?]

몇 해 전, 클로테스는 바야크 왕국의 대관식에 직접 참석해서 루본을 축복해 주었다.

"아니, 아니. 나는 본 적이 없소. 제발 나 좀 놓아주시오."

루본이 울면서 애원했다.

클로테스가 그런 루본의 머리를 꼬옥 끌어안고는 날개로 온몸을 감쌌다.

"우우웁!"

꽉 막힌 날개 안에서 루본이 답답한 신음을 토했다.

혀를 할짝거리는 소리가 뒤를 이었다. 소년의 신음이 답답함에서 황홀함으로 점점 변해 갔다. 그러다 마침내 클로테스의 커다란 날개가 다시 열렸다.

새끼 파충류가 알을 깨고 나오듯, 온몸에 뼈만 남고 등에 날개가 달린 스켈레톤이 클로테스의 품에서 튀어나왔다.

[키약.]

새로 탄생한 스켈레톤이 아가리를 쩍 벌리고 괴성을 질렀다. 검에 대한 감각이 뛰어나 장차 바야크 왕국의 전성시대를 이끌 것이라고 칭송받던 국왕 루본이 프라이머에 이어서 5계층 천족으로 거듭났다.

[크흐흐흐흐.]

무크 대주교가 새로운 동료의 탄생을 흐뭇하게 바라보았다.

위그 왕국 북쪽 마라라 요새.

홀리랜드의 성녀가 천족 전사들의 수를 늘리고 있을 무렵, 마법 왕국 위그에서도 전투가 한창이었다. 마라라 요새는 가파른 계곡의 중앙을 막아 구축된 옹골찬 성채였다. 이 마라라 요새를 넘지 않고서는 위그 왕국으로 진입하기 어려웠다.

마라라 요새를 코앞에 둔 지점에서 하라간은 공격의 고삐를 잠시 늦추었다. 룬드 왕국의 철기사단이 반듯하게 진영을 맞춰 휴식을 취했다. 후방에서는 아르네 왕국과 요르겐 왕국의 병력들이 속속 도착하는 중이었다. 헤닝 왕국도 부라부랴 워메이지(War Mage: 전투 마법사)를 급파하여 하라간의 성전을 도왔다.

병력이 집결하는 동안, 하라간은 황금 마차에서 내려 풀밭을 걸었다. 뒷짐을 지고 가볍게 산보를 하는 하라간의 모습이 그림처럼 아름다웠다.

하라간의 곁에는 잉그리드가 꼭 붙어 있었다. 그보다 한 발 떨어진 곳에 후궁 후보들이 졸졸졸 뒤를 따랐다.

마침 날이 저무는 중이라 하늘은 붉었다. 이름 모를 풀들이 바람에 나부꼈다. 하라간은 고개를 돌려 마라라 요새를 바라보았다. 요새의 성벽이 석양에 물들어 발갛게 빛났다.

'마라라 요새. 그 이름은 익히 들어 보았지.'

루잉 백작이던 시절, 하라간 위그 왕국의 명물이라 불리던 마라라 요새에 대해서 귀동냥을 한 적이 있었다.

하지만 직접 와서 본 것은 이번이 처음이었다.

'생김새가 피돌 성과 비슷하네.'

작년 11월, 하라간은 북해의 토브욘 왕국을 징벌하면서 요새 중의 요새인 피돌 성을 짓뭉갰다. 그때가 하라간이 탁소 키르샤의 모습을 세상에 처음 드러낸 순간이었다.

양쪽에 절벽을 끼고 단단하게 구축되어 있는 마라라 요새는 저절로 피돌 성을 연상시켰다. 저 단단하고 좁은 성을 뚫기 위해서는 수많은 희생이 뒤따를 수밖에 없었다.

'혹은 잉그리드를 부려서 저 요새를 불바다로 만들거나.'

잉그리드가 움직인다면 저딴 요새는 금세 없애버리는 것이 가능했다. 딱 10분이면 요새 전면을 용암에 빠트려 녹여 버릴 수 있고, 10분만 더 주면 계곡 전체를 함몰시키는 것도 문제없었다.

하지만 하라간은 잉그리드를 앞세우지 않았다.

하라간의 눈이 아군 진영의 후방을 스치듯이 훑고 지나갔다.

'잘 따라오고 있구나. 후후.'

지금 후방에서는 북부의 병력들이 물밀 듯이 보강되는 중이었다. 하라간은 그 보강 병력에 섞여 남몰래 잠입한 이질적인 존재를 포착했다.

'하하하. 그래. 그렇게 잘 따라와야지. 네가 올 때를 기다리느라 마라라 요새에 대한 공격을 미루지 않았더냐.'

이제 올 사람이 왔으니 미끼를 요란하게 흔들어 줄 때가 되었다.

'잉그리드의 이그니스 막키르샤를 선보여 주었으니 이제 다른 미끼도 한번 던져 줘야겠지? 그래야 대적자 녀석이 좀 더 빨리 다가올 거야.'

하늘을 힐끗 곁눈질한 하라간이 마라라 요새를 향해 시

선을 돌렸다. 하라간의 손가락이 요새를 가리켰다.

그 손끝에서 이적이 일어났다.

꾸와아악, 우두두두두둑!

대지를 뚫고 돋아난 거대한 금속 기둥들이 마라라 요새를 향해 치달렸다. 길이 50 미터가량에 끝이 뾰족한 금속 기둥들은 지형을 뒤틀면서 무수히 돋아나더니, 그대로 폭주해 마라라 요새 성벽을 들이받았다.

콰아앙!

눈 깜짝할 사이에 성벽이 터졌다. 갑자기 돋아난 금속 기둥들은 성벽 이곳저곳을 관통하며 수십 개의 구멍을 뚫어 버렸다.

Chapter 7

쿠아앙—

뾰족한 금속 기둥들이 우르르 돋아나 요새의 전면 성벽을 허물어뜨렸다.

"밀지 마. 크악."

"우와아아악—"

성벽 위를 지키던 위그 왕국의 경계병들이 성벽 아래로

우르르 굴러떨어졌다. 성벽 뒤 광장에선 병사들의 고함 소리가 뒤따랐다.

“뭐야? 무슨 일인데?”

“적의 공격인가 봐?”

“비상이다, 비상. 북부의 마물들이 공격을 시작했다.”

병사들을 시끄럽게 호각을 불었다.

그런 병사들의 머리 위로 시커먼 그림자가 드리웠다.

처음엔 해가 저물어 날이 갑자기 어두워진 줄 알았다. 위그 왕국의 병사들은 온통 컴컴하게 변한 하늘을 올려다보았다.

해가 진 것이 아니었다. 마라라 요새 상공에 거대한 금속 덩어리가 나타나 태양을 가렸을 뿐이다.

그 금속덩어리가 지상으로 뚝 떨어졌다.

쿠우와아아앙!

엄청난 진동이 대지를 강타했다.

마라라 요새가 금속 덩어리에 의해 덮쳐지면서 완전히 으깨졌다. 요새뿐 아니라 요새 좌우의 절벽도 그대로 함몰되었다. 직경 2 킬로미터에 걸쳐서 땅이 10 미터 깊이로 꺼졌다. 충격의 여파로 강한 여진이 뒤따랐다. 뿌연 흙먼지는 무려 수 킬로미터 상공까지 솟구쳤다. 구름이 온통 흙먼지에 뒤덮여 버렸다.

말 그대로 압살!

이것은 마치 신화 속의 거신이 산악만 한 해머를 내리쳐 요새의 앞부분 2 킬로미터 영역을 찍어 버린 것 같았다.

그 2 킬로미터 이내의 모든 생명체는 그대로 몸이 깔려 죽었다. 그 2 킬로미터 이내의 모든 건축물은 그대로 땅속으로 파묻혀 으깨졌다.

이건 시작에 불과했다.

츄라락! 츄라라라락!

땅속 깊숙이 파묻힌 거대한 금속 덩어리로부터 기괴한 소리가 울렸다. 이윽고 황금빛으로 번쩍거리는 거대한 촉수들이 대지를 뚫고 튀어나왔다. 이 금속 촉수들은 요새 양쪽의 절벽과 계곡을 차례로 휘감아 으깼다. 마치 살아 있는 생명체처럼 꿈틀거리며 난동을 부렸다.

"으아악, 살려 줘."

"지진이다. 강진이 났어."

"지진이 아니야. 이건 괴물이야."

계곡에서 매복 중이던 위그 왕국의 마법사들이 사방팔방으로 도망쳤다. 그런 마법사들의 머리 위로 땅거죽이 뒤집히고 바위가 날아다녔다. 거목이 쓰러져 마법사들의 길을 막았다.

"안 되겠다."

"하늘로 피해야 해."

마법사들이 플라이 마법으로 몸을 띄웠다.

금속 촉수들은 하늘까지 집요하게 쫓아와서 위그 왕국 마법사들을 때려잡았다. 거대한 촉수가 스쳐 지나갈 때마다 마법사들이 비명과 함께 추락했다.

"으아악."

"크헉."

절벽은 진즉에 허물어졌다. 계곡도 눈 깜짝할 사이에 폐허로 변했다. 마라라 요새가 세워져 있던 주변부가 온통 헤집어지고 뒤집혔다. 금속 촉수가 한 번 거창하게 땅을 뒤집고 나면, 뾰족한 금속 가시가 튀어나와 마법사들의 목을 찔렀다.

그게 끝이 아니었다.

가로 5 킬로미터.

세로 500 미터.

두께 100 미터.

한눈에 다 들어오지도 않는 어마어마한 크기의 금속판이 허공에 새로 돋아났다. 이 금속판이 마라라 요새 전면부에 콰앙! 떨어지더니, 뒤쪽 끝까지 그대로 쓸어버렸다.

부우와아악—

거대한 금속판에 쓸려 대지가 반듯하게 다져졌다. 이 네모반듯한 경작지(?) 위에는 풀 한 포기 남지 않았다.

지금 하라간의 손끝에서 벌어진 현상은, 이적이라는 단

어 외에는 표현할 길이 없었다. 하라간은 군나르의 막키르샤를 동원하여 마라라 요새를 때려 부순 것도 아니고, 마법을 펼친 것도 아니며, 검을 휘두르지도 않았다.

"허억!"

"자네, 봤어? 뭐가 어떻게 되었는지 보았냐고?"

"아니. 못 봤어."

"조금 전에 무슨 일이 벌어졌지?"

북부의 솔샤르들이 입을 쩍 벌렸다.

"아아."

마리네나 에실레드와 같은 후궁 후보들도 말문이 막혔다. 레다와 라티파, 이쉬타르와 오이난테도 예외는 아니었다.

심지어 잉그리드도 가늘게 전율했다.

조금 전 하라간이 벌인 이적은 막키르샤 레벨에서 가능한 수준이 아니었다. 잉그리드는 본능적으로 그 사실을 느꼈다.

하라간이 히죽 웃었다.

'한번 해 봤는데, 잘되네?'

조금 전 하라간은 투명 마수의 발가락 끝에 돋아난 수만 개의 돌기 가운데 하나를 골라낸 다음, 그 돌기 표면을 덮고 있는 수억 개의 미세한 솜털 가운데 딱 한 가닥을 소환했다.

아니, 그 솜털조차도 제대로 소환하지 못했다. 하라간이 가진 수억 개의 발, 그 발에 매달린 수억 개의 발가락, 그 발가락 표면에 돋아난 헤아릴 수 없이 많은 돌기, 그 돌기 표면에 빼곡하게 박힌 솜털들 가운데 단 한 가닥만 소환해도 이 대륙 전체를 짓눌러 버릴 정도로 거대했다.

그래서 하라간은 솜털의 일부만 조금 불러온 다음, 그 솜털 표면에 금속 막을 얇게 입혀서 사람들 앞에 보여 주었다.

사실 금속 막을 입히지 않고 투명 마수의 미세 솜털만 움직여도 마라라 요새를 밀어 버리는 것은 일도 아니었다.

하지만 그래서는 사람들이 놀라지 않는다.

'투명한 탓에 시각적 효과가 떨어지지.'

이러한 단점을 피하기 위해서 하라간은 투명한 솜털 위에 금속 막을 얇게 입혔다. 오드의 메탈릭 막키르샤를 잡아먹은 이후로 하라간은 금속을 다루는 것에 익숙해졌다. 덕분에 이런 이적을 일으키는 데 아무런 어려움도 없었다.

물론 이 얇은 금속 막은 투명한 솜털을 시각화했다는 점 외에는 아무런 효과도 가지지 않았다.

그래도 결과는 효과 만점이었다.

사람들은 놀라서 턱이 빠질 지경이 되었다. 저 먼 곳에 숨어서 하라간을 염탐 중이던 수상한 감시자도 부들부들 전율했다.

하라간의 감각에 감시자의 행동이 똑똑히 잡혔다.

잠시 후, 감시자가 은밀하게 자취를 감추었다. 하라간이 히죽 웃었다.

'그래. 어서 가라. 가서 네 주인에게 고해바쳐야지. 그래야 네 주인이 얼른 이 세상으로 내려올 것이 아니겠느냐? 하하하.'

대적자를 떠올린 하라간은 진득한 웃음을 흘렸다. 그 웃음 끝에 군침이 하라간의 목구멍을 타고 꿀꺽 넘어갔다.

지금까지 마신은 미세 솜털에 매달린 입으로 심해저 3층의 초거대 마물들을 잡아먹어 왔다. 그런데 이제 그 정도로는 도저히 허기가 져서 살 수가 없었다. 미세 솜털이 모여서 이루어진 자그마한(?) 돌기, 그 돌기가 잔뜩 모여서 이루어진 마신의 발가락, 그리고 그런 발가락이 수천만 개, 수억 개가 모여서 이루어진 마신의 발에도 어엿하게 입들이 달려 있었다.

하지만 마신은 평생 그 입들을 써먹어 본 적이 없었다.

그러한 발들이 무수히 모여서 떠받치는 마신의 진짜 몸통과, 그 몸통 위에 쩍 벌어진 진짜 입! 그 진짜 입을 먹는 용도로 사용해 본 적은 더더욱 전무했다. 이제 마신은 진짜 입을 한껏 벌려서 뭔가를 한번 먹어 보고 싶었다.

이것이 마신의 평생소원이었다.

하라간의 궁극적 목표였다.

Chapter 8

"뭣이라? 마라라 요새가 뚫렸다고? 아니, 어떻게?"

벨커스의 추종자들 가운데 한 명, 위즈덤이 버럭 화를 내었다.

은둔 수호자가 되기 전 위즈덤의 신분은 샤를르 위그 대제였다. 고국의 위기 소식에 위즈덤이 흥분할 수밖에 없었다. 그는 갈색 머리카락과 갈색 수염을 흔들며 방 안을 왔다 갔다 했다.

"어떻게 그럴 수가 있지? 북부의 마물들이 마라라 요새에 도착한 것이 불과 한 시간 전인데, 그 짧은 시간 안에 탄탄하던 천연 요새가 뚫리고 마물들이 남하하는 중이라고?"

마나의 벽 3단계에 올라선 남부 최강의 초인 위즈덤도 불과 한 시간 만에 마라라 요새를 허물어뜨릴 능력은 없었다.

"허어, 북부의 군주라도 내려온 겐가? 설령 군주가 왔다고 해도 그렇지, 어떻게 그렇게 빨리 요새를 뚫어? 안 되겠다. 내가 직접 가 봐야겠어."

위즈덤이 방문을 벌컥 열었다.

때마침 문 앞에 도착한 골드 라이온이 위즈덤을 맞았다.

"위즈덤, 어딜 그렇게 급하게 가려는 겐가?"

150 센티미터의 자그마한 골드 라이온이 짓무른 눈으로 위즈덤을 올려다보았다.

산악처럼 풍채가 좋은 위즈덤이 골드 라이온을 위에서 굽어보았다.

골드 라이온이 다시 물었다.

"어딜 그렇게 급하게 가시냐고 물었네."

위즈덤을 바라보는 골드 라이온의 표정은 냉랭했다.

위즈덤이 갈색 수염을 손으로 쓸어내렸다.

"골드 라이온 님, 마라라 요새에 한번 다녀와야겠습니다."

"그건 곤란하네. 마라라 요새는 이미 마물들에게 함락당했어."

"저도 소식을 들었습니다. 그래도 한번 가 봐야겠습니다. 대체 얼마나 무시무시한 마물이 남하했기에 마라라 요새가 허물어졌는지 한번 이 눈으로 봐야겠습니다."

"위즈덤."

골드 라이온이 엄한 눈으로 위즈덤을 노려보았다.

위즈덤은 꿈쩍도 하지 않았다.

마운틴 고우트나 화이트, 다크 블랙과 같은 예전 수호자들은 골드 라이온의 말을 잘 따르는 편이었다. 골드 라이온이 정색을 하고 말하면 그들은 순한 양이 되었다. 최근 영입한 블랙 이글과 레오파드도 골드 라이온에 대한 존경심이 대단했다.

그런데 위즈덤은 달랐다.

자존심으로 똘똘 뭉친 위즈덤은 골드 라이온을 나름 존중해 주었지만, 그렇다고 맹목적으로 추종하지는 않았다.

스윽.

위즈덤이 왼쪽으로 발을 내밀었다.

골드 라이온이 같은 방향으로 움직여 위즈덤의 앞을 가로막았다.

"멈추시게."

"하아, 골드 라이온 님. 제가 한번 마물들을 염탐해 보려고 합니다. 놈들의 대략적인 전력이라도 파악해야 전쟁을 할 것 아닙니까? 제가 어린아이도 아니고, 마물들과 무모하게 싸움박질을 할 리도 없으니까 그냥 보내 주시지요. 금방 다녀오겠습니다."

위즈덤은 이렇게 말한 뒤, 오른쪽으로 몸을 움직였다.

골드 라이온이 한 번 더 위즈덤의 앞을 막았다.

"골드 라이온 님?"

위즈덤의 눈초리가 살짝 올라갔다.

골드 라이온이 위즈덤을 달랬다.

"위즈덤, 자네의 마음은 내가 잘 아네. 한때 일국의 왕이었던 자네가 아닌가. 그런데 조국이 마물들에게 유린을 당했으니 그렇게 흥분하는 것도 이해는 가. 하지만 지금은 냉정해야 할 때라네. 자네와 같은 귀중한 전력을 섣부르게 분산시켜서는 곤란해. 내게 계획이 있으니 조금만 참아 주게."

위즈덤은 꿈쩍도 안 했다.

"골드 라이온 님. 저는 흥분하지 않았습니다. 냉정한 마음으로 마물들의 전력만 살피고 오겠습니다."

"이런! 내가 그렇게 말했건만 아직도 고집을 부리는 겐가? 명령 체계가 이렇게 흐트러져서야 어찌 우리가 북부의 마물들을 상대할 수 있단 말인가? 모든 과거를 잊고 오로지 남부와 인간 종족을 위해서만 헌신하기로 맹세한 자네가 아니던가? 그런데 이렇게 사적인 감정을 앞세워서야 어떻게 큰일을 도모할 수 있겠어? 쯧쯧쯧."

골드 라이온이 위즈덤을 나무랐다.

위즈덤이 콧김을 푹 내뿜었다.

"아니, 제가 무슨 사적인 감정을 앞세웠단 말씀이십니까? 저는 위그 왕국이 피해를 봐서 흥분한 것이 아닙니다. 냉철한 고민 끝에 마물들의 전력을 파악할 필요성을 느꼈을 뿐입니다. 그리고 전에 하신 이야기는 다 어디로 갔습니까? 은둔 수호자들은 벨커스 님을 추종하여 스스로를 버리고 자발적으로 모여든 조직이다. 제게 이리 말씀하지 않으셨습니까? 그렇게 자발적으로 모인 은둔 수호자들 사이에 무슨 상하 관계가 있습니까? 뭔가 착각하시나 본데, 골드 라이온 님은 제게 명령을 내리실 수 없습니다. 그저 제가 골드 라이온 님을 존경하여 말씀하시는 바를 따를 뿐이지, 우리 사이에 무슨 명령 체계입니까? 얼어 죽을. 크흥."

"뭐야?"

골드 라이온이 주먹을 꽉 움켜쥐었다. 골드 라이온은 한참 연장자인 자신에게 꼬박꼬박 말대꾸를 하는 위즈덤이 정말 마음에 들지 않았다.

"크흥. 어쨌거나 저는 가야겠습니다."

위즈덤이 왼쪽으로 스윽 발을 내밀었다.

화가 난 골드 라이온이 이번에도 위즈덤의 길을 막았다.

위즈덤이 고개를 삐딱하게 기울였다.

"지금 뭐하자는 겝니까?"

"케흠. 뭐하자는 것이긴? 어른도 몰라보고 천방지축 날뛰는 자네의 앞을 가로막는 중이라네."

"골드 라이온 님, 이러지 마십시오."

위즈덤이 목소리를 낮게 깔았다.

골드 라이온의 이마에 핏대가 솟았다.

"이러지 말라고? 왜? 내가 이러면 어쩌려고? 자네가 뭘 어떻게 할 건데?"

“이러시지 말라고 분명히 말씀드렸습니다. 더 이상 저를 핍박하시면 저도 참지 못합니다.”

위즈덤의 음성은 점점 더 낮게 가라앉았다.

협박하는 듯한 위즈덤의 태도가 골드 라이온의 이성을 완전히 날려 버렸다.

“뭐? 참지 못해? 이런 천둥벌거숭이 같은 작자를 보았나. 그러고도 자네가 지혜의 화신, 위즈덤이라고 할 수 있어? 앙?”

화가 폭발한 골드 라이온이 검자루를 움켜잡았다.

그 즉시 위즈덤도 품에서 오브를 꺼냈다.

원래 골드 라이온은 이렇게 쉽게 흥분하는 성격이 아니었다. 그런데 최근 엉망진창으로 망가진 카롤 왕실을 목격한 이후로 골드 라이온의 성격이 변했다.

Chapter 9

“정녕 저를 막으시겠습니까?”

위즈덤의 오브가 골드 라이온을 향해 꼿꼿이 세워졌다. 오브의 끝에는 강렬한 빛이 뭉쳐 있었다.

골드 라이온이 피식 비웃었다.

"캬하! 그깟 알량한 마법으로 뭘 어쩌려고? 자네가 이렇게 고집불통이니 남부 연합의 선배인 내가 그 못된 버르장머리를 고쳐 줄 수밖에 없겠구먼. 끌끌끌."

"말씀 다 하셨습니까?"

위즈덤이 한 발 앞으로 내디뎠다.

후오오옹!

위즈덤의 몸 주변에서 마나가 미친 듯이 들끓어 올랐다. 실내에 아지랑이가 피어오르기라도 한 것처럼 복도의 풍경이 잔뜩 일그러졌다. 그 속에서 위즈덤의 두 눈이 휘황찬란한 안광을 내뿜었다.

하지만 골드 라이온은 꿈쩍도 하지 않았다.

"흥, 말을 다 했느냐고? 아니지. 아직 다 하지 못했지. 자네처럼 천둥벌거숭이 후배에게 내가 가르쳐 줘야 할 것이 많다네."

촤앙—

마침내 골드 라이온도 검집에서 검을 뽑았다.

위즈덤이 오브를 가슴께로 들어 올렸다.

두 거인 사이에서 살벌한 기운이 사방으로 휘몰아쳤다.

"이이잇."

골드 라이온이 먼저 움직였다.

"하압."

위즈덤도 거의 동시에 마법을 구현했다.

골드 라이온이 시간을 잠깐 멈춘 것과, 위즈덤이 '절대 속박' 마법을 구현한 것은 거의 동시였다.

절대속박은 일반적인 속박 마법과는 궤를 달리하는 위즈덤만의 비술이었다. 위즈덤이 고대 문서에 착안하여 오랜 시간 공들인 끝에 재현해 낸 이 신비로운 마법은, 그 근본이 공간 분리에 닿아 있었다. 적이 머무는 공간을 잠시 동안 이 세상과 분리해 내는 마법 말이다.

그렇게 분리된 공간 안에서 적이 아무리 발버둥 쳐도 단 한 걸음도 앞으로 움직이지 못하게 마련이었다. 손가락을 1 밀리미터 위쪽으로 드는 것도 불가능했다.

두 초인의 절대권능이 격돌했다.

'시간이 멈췄다.'

골드 라이온이 눈을 번쩍 빛냈다. 권능을 발휘하여 잠시 동안 시간을 멈춘 골드 라이온은 당장 위즈덤에게 달려가 상대의 목젖에 검날을 들이밀 요량이었다. 그러곤 저 시건방진 녀석에게 따끔한 훈계를 내려 주려고 했다.

그런데 멈춰진 시간 속에서 골드 라이온이 아무리 발을 놀려도 앞으로 나아가지가 않았다. 불과 2 미터 앞의 위즈덤에게 다가갈 수가 없었다. 2 미터는커녕 0.1 밀리미터를 전진하는 것도 불가능했다.

"뭐야? 이게 왜 이래?"

골드 라이온이 기겁했다.

그러는 사이에도 위즈덤의 시간은 스톱된 상태였다.

원래 위즈덤은 골드 라이온에게 절대속박 마법을 건 다음, 곧바로 상대를 얼려 버릴 계획이었다.

'그렇게 선배를 얼려 버린 뒤, 마라라 요새로 가야지. 10분 뒤면 얼었던 몸도 풀릴 테고, 선배도 막무가내로 내게 명령하려 들었던 것을 후회할 게야.'

이것이 위즈덤의 생각이었다.

그런데 시간이 멈추면서 위즈덤의 연속 공격도 중단되었다. 위즈덤은 오브를 반쯤 들은 상태로 모든 행동을 멈췄다.

물론 절대속박의 권능은 골드 라이온을 꼼짝 못 하게 만들었다.

하지만 그뿐.

위즈덤의 절대속박은 그 위력이 대단했으나, 대신 적용시간이 그다지 길지 못했다. 위즈덤이 아무리 애를 써도 공간이 분리된 채로 유지되는 시간은 3분을 넘기지 못했던 것이다.

위즈덤의 권능이 골드 라이온에게 적용된 시간이 총 2분 58초.

골드 라이온의 시간 정지 한계가 3분.

둘의 싸움은 종이 한 장 차이로 골드 라이온이 앞섰다. 시간 정지가 끝나기 2초 전, 절대속박에서 풀려난 골드 라이온이 이빨을 악물고 몸을 날렸다.

"이이익!"

2 미터의 거리가 눈 깜짝할 사이에 좁혀졌다. 골드 라이온의 검날이 위즈덤의 목으로 날아갔다.

골드 라이온은 그 상태에서 상대의 목젖에 상처만 살짝 입힐 생각이었다.

그런데 갑자기 골드 라이온의 온몸에 힘이 쭉 빠졌다. '시간 정지' 라는 절대적인 권능을 남발한 탓이었다.

거대한 후유증이 골드 라이온의 온몸을 강타했다.

"커헉."

골드 라이온이 입에서 피를 뿜었다.

그 바람에 골드 라이온의 검 끝이 위에서 아래로 조금 처졌다. 원래 골드라이온이 노렸던 것은 위즈덤의 목에 검을 대고 위협만 하는 것이었지만, 피를 토하면서 무의식중에 상대의 가슴을 베었다. 잘 벼린 검날은 눈 깜짝할 사이에 위즈덤의 가슴을 쪼개고 명치까지 내려왔다.

쩌억!

멈춰진 시간 속에서 위즈덤의 가슴이 좌우로 벌어졌다.

시간이 흐르지 않아 가슴이 갈라져도 피는 뿜어지지 않았다.

그 상태에서 시간 정지 권능이 소멸했다.

멈춰졌던 시간이 다시 째깍째깍 흘렀다.

푸확!

위즈덤의 가슴에서 피가 분수처럼 뿜어졌다.

골드 라이온이 그 피를 흠뻑 뒤집어썼다. 거기에 더해서 골드 라이온은 시간 정지 권능의 후유증으로 각혈까지 했다.

"크허어?"

위즈덤이 두 눈을 크게 껌뻑였다.

위즈덤의 눈에 2 센티미터 깊이로 갈라져서 피를 뿜어내는 자신의 가슴이 먼저 들어왔다. 이어서 온몸에 피를 뒤집어쓴 채 복도 바닥에 주저앉는 골드 라이온의 모습이 담겼다.

"크앗!"

위즈덤은 반사적으로 오브를 뻗었다. 시간이 멈추기 전, 위즈덤이 미리 준비해 놓았던 마법이 발현되었다. 강렬한 얼음 마법이 골드 라이온을 후려쳤다.

쩌저정!

골드 라이온의 온몸이 얼어붙었다. 바닥에 반쯤 허물어

지던 자세 그대로 골드 라이온은 꽝꽝 굳어 버렸다.

물론 이것은 목숨을 앗아 갈 만한 공격 마법은 아니었다. 얼마 지나지 않아 냉기가 풀리면 골드 라이온은 다시 움직일 수 있다.

반면 위즈덤의 상태는 골드 라이온보다 훨씬 더 나빴다. 검에 베인 부위로부터 선혈이 멈추지 않고 흘렀다.

"이럴 수가. 선배가 나를 죽이려고 들었어. 크허어. 나를 죽이려고 들었다고."

위즈덤이 크게 분노했다.

비록 의견이 대립되어 싸움이 벌어지기는 했지만, 위즈덤은 골드 라이온의 생명에 위협을 줄 만한 마법을 퍼붓지는 않았다.

그런데 골드 라이온은 위즈덤의 심장 부위를 검으로 베려고 들었다.

실제로 골드 라이온의 의도는 그저 위즈덤을 위협하는 것뿐이었지만, 멈춰진 시간 속에 갇혀 있었던 위즈덤은 그 사실을 알지 못했다.

"어떻게 이럴 수가 있어? 선배가 어떻게 나한테 이럴 수가 있느냐고?"

위그 왕실의 장자로 태어나, 마법 천재로 각광을 받고, 왕위에 오른 이후로 절대권력을 휘둘렀던 위즈덤이었다.

그는 타인으로부터 이런 대접을 받아 본 적이 없었다. 버럭버럭 악을 쓰던 위즈덤이 얼어붙은 골드 라이온을 향해 오브를 번쩍 들었다.

츠츠츠츠읏—

위즈덤의 오브 주변에 강렬한 빛이 스몄다.

"이익, 이이익."

그러나 위즈덤은 끝내 공격을 퍼붓지 못했다.

오브를 축 늘어뜨린 위즈덤이 발을 쾅 굴렀다.

"크아, 생각 같아서는 한 방 크게 먹여 주고 싶지만, 그동안 선배가 우리 남부 연합을 위해서 헌신했던 점을 높이 사서 그냥 두는 거요. 그거나 아쇼."

위즈덤은 이렇게 한마디를 내뱉고는 골드 라이온의 곁을 스쳐 지나갔다. 이제 어느 정도 지혈이 되었지만, 그래도 위즈덤의 상처는 얕지 않았다. 그의 가슴은 아직도 강렬하게 욱신거렸다. 하마터면 죽을 뻔했다는 생각에 위즈덤은 등골이 서늘했다.

"퉤엣!"

복도 끝에서 위즈덤이 바닥에 침을 뱉었다.

빨간 핏덩이가 침에 섞여 나왔다.

Chapter 10

10분 뒤.

얼음 마법에서 풀려난 골드 라이온이 땅이 꺼져라 한숨을 쉬었다.

"허어! 내가 사람을 잘못 뽑았구나. 과거의 인연과 정을 모두 끊기로 맹세하고 은둔 수호자에 가입한 자가 어떻게 저렇게 사적인 감정에 흔들려서 조직의 결속을 흐트러뜨린단 말인가? 허어어."

위즈덤은 이미 사라지고 없었다. 골드 라이온은 위즈덤이 사라진 복도 저편을 이글거리는 눈빛으로 노려보았다.

솔직히 골드 라이온은 위즈덤을 나무랄 자격이 없는 사람이었다. 그 또한 과거의 인연을 끊어내지 못하고 최근까지 카롤 왕실 사건에 개입했다.

하지만 골드 라이온은 그 사실을 까맣게 잊어버렸다. 그저 지금 골드 라이온은 위즈덤의 제멋대로인 행동이 불쾌할 뿐이었다.

거기에 더해서 한 가닥의 질투심이 골드 라이온의 가슴 속에서 피어올랐다.

'설마 핏덩이 같은 애송이 녀석이 나를 능가한단 말인가?'

조금 전 위즈덤과의 격돌에서 골드 라이온은 위즈덤을 살짝 앞섰다. 다만 위즈덤이 운이 좋아 이긴 것처럼 보였을 뿐, 상처는 위즈덤이 더 크게 입었다.

하지만 골드 라이온의 눈에는 위즈덤이 이기고 그가 패한 것처럼 보였다.

'내가 졌어. 이 골드 라이온이 그 통제 불능 녀석에게 패했다고.'

골드 라이온은 강한 경각심을 느꼈다.

'이래선 안 돼. 위즈덤은 사사로운 감정에 얽매여서 은둔 수호자 조직 전체를 위험에 빠뜨릴 인물이야. 그런 통제 불능이 조직을 장악하게 내버려 두어서는 대업을 망칠 뿐이야. 크으윽. 내가 반드시 그놈의 입에 재갈을 물려 놓아야 해. 그 천둥벌거숭이를 통제해야 한다고.'

그렇다면 방법은?

골드 라이온은 열심히 머리를 굴렸다.

'나 혼자서는 그놈을 통제하기 어렵다.'

조금 전 패배한 이후로 골드 라이온은 위즈덤에 대한 자신감이 뚝 떨어졌다. 그렇다고 이 힘겨루기에 신참 수호자들을 동원할 수도 없었다.

'만약 내가 위즈덤에게 졌다는 사실이 블랙 이글이나 레오파드에게 알려진다면? 그럼 나의 리더십이 약해질 수밖

에 없어. 그건 안 돼.'

골드 라이온은 무엇보다 리더십의 약화를 걱정했다. 결국 골드 라이온은 믿을 만한 동료를 끌어들여서 위즈덤을 제어할 수밖에 없다고 생각했다.

'레드 베어.'

200명의 레인저 부대를 지휘하는 레드 베어라면 골드 라이온이 위즈덤을 통제하는 데 큰 도움이 될 것이다.

'데스 로즈.'

북부에 침투 중인 데스 로즈도 골드 라이온을 충분히 도와줄 만한 뛰어난 마법사였다.

'이 2명을 부르자. 일단 위즈덤의 정신이 번쩍 들도록 만들어 놓아야 해. 지금은 다른 무엇보다 그것이 더 급해.'

레드 베어는 북부 침략자들의 움직임과 이동 경로를 파악하느라 정신이 없는 상황이었다. 레드 베어가 키워 낸 레인저 부대가 쉴 새 없이 정보를 전해 왔다. 레드 베어는 그 정보를 취합하여 방어 대책을 수립하는 중이었다.

데스 로즈도 바쁘기는 마찬가지였다. 그녀는 북부 깊숙한 곳에 홀로 침투하여 목숨을 걸고 임무를 수행 중이었다.

거기에 비하면 골드 라이온이 위즈덤을 혼내 주는 것은 아주 사소한 사안에 불과했다.

그런데도 골드 라이온은 무엇이 더 중요한지를 제대로

판단하지 못했다. 후배에게 밀렸다는 수치심과 분노가 골드 라이온의 판단을 흐리게 만들었다.

허둥지둥 밖으로 나온 골드 라이온이 솔개 두 마리를 날렸다.

"가라. 훨훨 날아가서 레드 베어와 데스 로즈에게 이 급박한 사실을 전해 주어라."

힘차게 날갯짓을 하는 두 마리 솔개를 향하여 골드 라이온이 크게 외쳤다.

"소집? 골드 라이온께서 왜 하필 이 시기에 소집 명령을 내리셨지?"

불곰 가죽을 뒤집어쓴 레드 베어가 숲 한복판에서 고개를 갸웃했다. 레드 베어는 지금 바야크 왕국과 홀리랜드 사이를 오가며 북부 마물들의 전력을 파악하는 중이었다. 레드 베어의 명을 받은 레인저들이 온 사방을 수색하여 적의 규모와 취약점, 보급 부대의 경로 등을 탐문해 오면, 레드 베어가 정보를 취합하여 군사 자료를 만들어 갔다.

"무슨 급한 일이 벌어졌기에 이 시기에 나를 부르신단 말인가? 설마 벨커스 님께서 골드 라이온을 통해 무언가 중요한 정보를 내리신 겐가?"

아무리 생각해도 그것 말고는 다른 이유를 찾기 힘들었

다. 레드 베어가 고개를 주억거렸다.

"그렇다면 만사 제쳐 놓고 가 봐야지. 벨커스 님이시라면 저 북부의 마물들을 단숨에 소탕할 묘안이 있으실지도 몰라."

이렇게 판단한 레드 베어는 현재 진행 중인 모든 수색 작전을 레인저들에게 떠넘겼다. 그다음 직접 몸을 움직여 골드 라이온의 소집 명령에 응했다.

같은 시각.

데스 로즈도 골드 라이온의 편지를 받아 보았다. 골드 라이온의 솔개가 데스 로즈의 팔뚝에 앉아 고개를 귀엽게 까딱였다.

"그래, 그래. 착하지."

데스 로즈는 솔개에게 고기 한 점을 먹여 주고는 편지를 펼쳐 읽었다.

"뭐? 나더러 아르네 왕국을 떠나서 남부로 내려오라고? 흐응, 이걸 어쩌나. 나는 이미 남부에 내려와 있는데?"

데스 로즈가 차갑게 비웃었다.

골드 라이온은 데스 로즈가 아직 북부에 침투해 있는 것으로 알고 있지만, 사실 그녀는 북부의 별동 부대를 이끌고 남부 연합 깊숙한 곳까지 내려온 상태였다.

데스 로즈의 등 뒤, 공간 이동 포탈이 푸르스름한 빛을 토해 놓았다. 그 옆에는 회색 피부에 이빨이 뾰족뾰족한 민치들이 40 개체가 도열했다. 그믐 조직에 소속된 올가와와 메네스도 데스 로즈와 함께했다.

올가와는 원래 토브욘 왕국 출신의 마법사로, 불의 마녀라 불리던 노파였다. 그러다 하라간에게 붙잡혀 강제로 진화 실험을 당했고, 결국 과거보다 몇십 배는 더 강해졌지만 백치가 되었다.

메네스도 마이림의 외궁 조직에서 5호로 활동하던 인물이었다. 그 또한 하라간의 명에 따라 강제로 진화실험을 당했으며, 결국 백치로 변했다.

데스 로즈는 골드 라이온에게 답장을 써서 솔개의 다리에 다시 매달아 주었다.

푸드덕!

고기 한 점을 더 얻어먹은 솔개는 날개를 활짝 펴고 상공으로 날아올랐다.

데스 로즈가 손을 이마에 대고 날아가는 솔개를 올려다보았다.

"그 음흉한 늙은이에게 가서 전해라. 내가 소집 명령에 응해서 찾아가겠노라고. 하지만 북부의 사정이 복잡하여 스무 날 이상 시간이 걸릴 것이니 그 점을 양해해 달라고 전해 주려무나."

이렇게 뇌까린 데스 로즈는 시선을 낮춰서 숲 저편을 바라보았다.

우거진 숲이 끝나는 곳.

넓게 펼쳐진 평지 중앙에 단단하게 세워져 있는 대도시가 하나 보였다.

다름 아닌 카롤 왕국의 수도였다.

북부의 아르네 왕국을 떠나 대륙 최남단의 카롤 왕국까지. 무려 수십 년 만에 고향에 돌아온 데스 로즈가 카롤 왕국의 수도를 향해 차갑게 내뱉었다.

"20일이면 충분하지. 저 가증스러운 카롤 왕실을 뒤집어버리기에는 충분하고도 넘치는 시간이야. 오호호호호."

복수심에 불타는 데스 로즈가 카롤 왕국 심장부를 향해 발걸음을 옮겼다.

영혼을 잃은 올가와와 메네스가 데스 로즈의 뒤를 얌전히 따랐다. 40 개체의 민치들도 어슬렁어슬렁 움직였다.

제2화

발루아 공방전

Chapter 1

하라간은 토레 왕국과 스벤센 왕국에게 서부 전선 돌파를 맡겼다. 수인족과 거인족으로 구성된 두 왕국은 하라간의 명을 충실히 따랐다. 그들은 우선 방패 왕국이라 불리는 바야크 지역을 단숨에 돌파한 다음, 홀리랜드를 압박해 들어갔다.

서부 전선에서 두 왕국이 승전보를 울리는 동안 동부 전선은 룬드 왕국이 공격의 핵심을 맡았다. 시노브와 아이다 공주가 이끄는 룬드의 대군은 맥클라우드 왕국을 불태운 다음, 위그 왕국의 마라라 요새까지 점령했다.

하라간 본인도 잉그리드와 함께 어슬렁어슬렁 시노브의 뒤를 따랐다.

이렇게 대륙의 동부와 서부에서 동시에 전쟁이 시작될 무렵, 중부 지방에서도 큰 폭발이 발생했다. 하라간은 중부 지방을 아르네 식민지에게 맡겼다.

아르네의 전투병들은 한때 북부 최강이라 불리던 자들이었다. 그들은 바야크 대장벽을 넘어 발루아 왕국 코앞까지 밀고 내려왔다. 비록 지금은 식민지로 전락한 아르네이지만, 그 전투력만큼은 북부 최강이라 불려도 손색이 없었다. 하라간이나 잉그리드, 그리고 군나르와 같은 막키르샤급 거물급을 제외하면 북부에서 아르네의 군사력이 최고였다.

정복 전쟁에 나서기 전, 중부 전선의 선봉장 바루니우스가 전투병들을 격려했다.

"오늘 우리에 주어진 것은 다름 아닌 신인의 명령이시다. 영광스러운 신인의 아들들이여, 자랑스러운 아르네의 정예병들이여, 힘차게 떨쳐 일어나라. 그리하여 남부의 겁쟁이 버러지들을 신인의 발밑에 무릎 꿇려라."

그 한마디에 귀청을 떨어 울리는 환호가 터졌다.

"우와아아아—"

"신인 만세!"

"만세! 만만세!"

탕탕탕탕탕.

아르네의 전투병들은 창검으로 사각 방패 표면을 두드려 열광적인 신앙심을 드러내었다.

전투병들 사이사이엔 홀리 생츄어리의 집행자들이 합류해 있었다. 홀리 생츄어리의 법주들도 신인의 정복 전쟁에 동참하기 위해 전력을 투입했다.

판박이처럼 외모가 똑같은 8명의 법주들이 목청을 높여 소리쳤다.

"이참에 남부의 어리석은 미개인들에게 신인의 교리를 전파해야 할 것이야."

"물론이지. 교리 전파야말로 우리 법주들이 해야 할 과업 중의 과업이지."

"암. 남부 미개인들의 두개골을 강제로 열어서라도 제대로 된 교리를 알려 줘야 하고말고."

"800년 전 신인께서 이 땅에 내려오셔서 우리 북부인들을 깨우쳐 주시고, 다시 800년의 시간이 흐른 뒤, 그 성스러운 말씀을 남부의 미개한 땅까지 전파한다는 것이 얼마나 큰 은총이란 말인가! 오오오오, 신인이시여."

다들 그 말에 동의했다.

"이것은 성스러운 전쟁, 즉 성전이다."

법주들 가운데 한 명이 이번 전쟁의 성격을 '성전'이라고 정의했다. 그 말이 광신도들의 가슴에 불을 질렀다.

"성전!"

"성전! 성전!"

"성전! 성전! 성전! 성전!"

아르네의 전투병들은 목이 터져라 성전을 외쳐 댔다. 그들의 눈에 핏발이 곤두섰다. 집행자들도 흥분하여 허연 이빨을 드러내었다.

바루니우스가 그 타이밍을 맞춰 진격 명령을 내렸다.

"나를 따르라. 신인의 자식들이여. 나의 형제들이여."

"와아아아아!"

아르네 식민지 곳곳에서 차출된 대군이 분노한 파도처럼 진격했다.

이건 시작에 불과했다. 바루니우스가 중부 전선의 선봉장을 맡아 진격 명령을 내릴 즈음, 아르네 식민지의 집정관 디포에우스가 후속 병력을 징집하여 직접 남하할 채비를 마쳤다.

여기에 더해서 하라간은 베니젤로스를 디포에우스에게 붙여 주었다. 한때 불순한 마음으로 룬드 왕국에 침투했다가 하라간에게 포로로 붙잡힌 베니젤로스는, 그 후 군나르 왕국 실험실에서 세뇌 과정을 거쳐서 백치나 다름없는 상태가 되었다. 그렇게 전투 노예로 전락한 베니젤로스지만 무력만큼은 압권이었다.

선봉장 바루니우스의 마물이 심해져 1층의 롤코.

집정관 디포에우스의 마물도 심해져 1층 레벨의 키르샤.

그런데 베니젤로스의 마물도 바루니우스나 디포에우스와 동급인 키르샤였다. 아직 완전한 키르샤라고 부르기엔 약간 손색이 있었지만, 해구 3층 레벨은 확실히 뛰어넘었다.

서부 전선에 토레 한 명이 동원된 것에 반해 중부 전선엔 키르샤급 거물이 3명이나 투입된 셈이다.

이 어마어마한 전력을 몰아쳐서 단숨에 바야크 왕국을 돌파한 아르네의 전투병들은, 발루아 왕국 북쪽 국경 지대에서 본격적인 전투를 벌이게 되었다.

이 시점이 5월 21일.

이보다 닷새 전인 5월 16일에는 군주 토레가 천계의 전사들을 상대로 언덕 전투에서 완승을 거두었다. 이틀 뒤인 5월 18일에는 하라간이 직접 나서서 위그 왕국의 마라라 요새를 이 세상에서 완전히 지워 버렸다.

이 두 번의 전투가 천계 전사들의 경각심을 일깨웠다. 사흘이라는 촉박한 시간 동안 천계에서는 마물들의 남하를 막아 내기 위해 철통 같은 방어선을 구축했다. 홀리랜드, 발루아 왕국, 그리고 위그 왕국으로 이어지는 기다란 방어선을 구축한 것이다.

이렇게 전선을 길게 늘어뜨려 방어를 할 때에는 군사적 철칙이 있었다. 방어선의 중앙 부분이 뚫리면 전체 방어가 위태로워지므로 중앙을 두텁게 가져가야 한다는 철칙이었다. 천계에서는 전선의 중심부인 발루아 국경 지대에 가장 많은 병력을 투입했다.

다만 천계의 여왕과 삼원사, 그리고 육대신장들은 아직까지 전선으로 올라오지 않았다. 대신 육대신장 바로 아래 단계인 3계층 고위급 천족들이 발루아 방어선에 집중 배치되었다.

산들바람이 코끝을 간지럽히는 따뜻한 봄날이었다. 바루니우스가 이끄는 아르네 대군이 마침내 천계의 방어선과 정면으로 맞닥뜨렸다.

천계에서는 격류가 흐르는 개천 뒤에 방어 진지를 구축했다. 개천의 폭은 30 미터가량 되었으나, 의외로 깊이가 얕아 대부분의 물길이 1 미터 수심 안팎이었고, 부분적으로 2 미터 깊이인 곳도 존재했다.

"스톱."

바루니우스는 개천을 앞에 두고 주먹을 번쩍 들었다.

전투병들이 잠시 행군을 멈췄다. 아르네의 전투병들은 개천 앞에 줄을 맞춰 도열했다.

우둑, 우둑.

바루니우스가 개천 건너편의 적진을 물끄러미 바라보았

다. 그러다 자신의 고개를 좌우로 한 번씩 꺾었다.

아르네의 전투병들은 말없이 바루니우스에게 시선을 집중했다.

한동안 뜸을 들이던 바루니우스가 말에서 내려 물가로 내려갔다. 지휘봉을 부관에게 넘긴 바루니우스는 지름 1.5미터 크기의 원형 방패마저 땅바닥에 풀어 놓은 다음, 그대로 격류 속으로 발을 담갔다.

거친 탁류가 바루니우스의 허벅지를 때렸다.

그래도 바루니우스는 끄떡하지 않았다. 바위처럼 묵묵히 전진할 뿐이었다.

"저놈은 뭐지?"

"마물들의 선봉장 같은데?"

개천 건너편의 발루아 병사들이 수군거렸다.

탕탕탕탕탕—

아르네의 전투병들은 창검으로 사각 방패를 두드려 바루니우스를 응원했다.

마침내 개천 중앙까지 걸어온 바루니우스가 숨을 크게 들이쉬었다.

"후우읍!"

콰앙!

일순간 바루니우스의 몸이 폭발적으로 솟구쳤다. 사방으

로 물보라가 튀었다. 개천 중앙에서 도약한 바루니우스는 눈 깜짝할 사이에 개천의 나머지 절반을 뛰어넘어 발루아 진영으로 쇄도했다.

그렇게 허공을 날아가는 도중에 바루니우스의 옷이 터져 버렸다. 바루니우스의 몸뚱어리가 5 미터 크기로 증폭되었다. 바루니우스의 양팔은 통나무보다 더 굵게 부풀었다. 온통 보라색으로 변해 버린 바루니우스의 피부엔 온갖 기괴한 형태의 고대 문자들이 문신처럼 돋아났다.

바루니우스의 양팔엔 지름 7 미터 크기의 원반처럼 생긴 돌출물이 형성되었는데, 그 모습이 마치 거대한 원형 방패 2개를 팔뚝에 찬 것처럼 보였다.

슈슈슈슈슉—

바루니우스의 등 뒤에서는 끈처럼 보이는 보라색 촉수 여섯 가닥이 돋아나 독사 대가리처럼 적들을 노려보았다.

이 여섯 가닥의 촉수 하나하나의 길이가 무려 1 킬로미터가 넘었다.

심해저 1층 키르샤급 마물인 롤코의 등장!

바루니우스는 마물과 결합하는 것과 동시에 적진에 뚝 떨어졌다.

Chapter 2

발루아 왕국의 오를레앙 대제는 태양처럼 빛나는 왕이었다. 형인 비딕 발루아(현재의 블랙 이글)를 대신하여 왕위에 오른 오를레앙은 발루아 왕국을 남부 연합의 중심축으로 이끌었으며, 신하들로부터 경외와 존경을 받았다. 그는 늘 활기가 넘쳐 백성들과도 자주 만났다.

그러던 오를레앙이 최근 1년 사이에 은둔형 인간으로 변했다. 어느 순간부터 오를레앙은 왕궁 밖으로 출궁 행사를 멈추었다. 조금 더 시간이 흐르자 신하들을 알현하는 일도 귀찮아했다. 오직 극소수의 측근들만이 오를레앙의 얼굴을 직접 대면할 수 있었다.

대신 오를레앙은 왕비와 만나는 횟수가 늘었다. 왕비의 오라버니이자 발루아 왕국의 재상인 푸콘 공작과도 자주 대화했다. 소위 말해서 '푸콘 일파'라 불리는 몇몇 신하들도 드문드문 오를레앙의 거처에 드나들었다.

그렇게 폐쇄적으로 변했던 오를레앙이 다시 은둔을 깨고 세상에 나왔다. 북부 마물들의 침공이 그를 다시 세상에 불러낸 것이다.

화려한 대관복을 온몸에 두르고, 황금빛 가면으로 얼굴을 가린 오를레앙 대제는 발루아 왕국의 중앙군을 손수 이

끌고 북쪽 국경 지대로 출격했다.

왕비인 아뜨리나도 남편과 함께 전쟁터에 나섰다.

푸콘 공작도 오를레앙의 뒤를 쫓았다.

왕이 전쟁터에 나설 때 왕비를 함께 데려가는 경우는 거의 없었으나, 사람들은 그 점에 신경을 쓰지 못했다.

"대제께서 나서셨으니 이제 걱정이 없다."

"북부의 사악한 마물들을 대제께서 물리쳐 주실 거야."

"그렇지. 우리는 남부 연합 최강이라고."

"어둠 속에 숨어서 사는 마물들 따위가 감히 우리 발루아 왕국을 범접할 수는 없어."

발루아의 백성들은 오를레앙과 발루아의 힘을 굳게 믿었다. 발루아 왕국 전역에서 사병을 이끌고 달려온 여러 영주들도 국왕의 지도력을 믿었다.

발루아 국경선은 그렇게 단단히 봉쇄되었다.

그 철벽 방어선에 북부 최강 아르네 전투병들이 와서 부딪쳤다. 아르네군의 선봉에 선 바루니우스는 단독으로 개천에 뛰어들더니, 갑자기 크게 도약하여 발루아 진영을 그대로 강타했다.

꽈아앙!

20 미터 높이까지 도약했던 바루니우스가 그대로 내리꽂혀 7 미터 지름의 대형 방패로 대지를 후려치는 장면은

그야말로 비현실적이었다.

보라색으로 번들거리는 대형 방패 2개가 땅바닥을 내려친 순간, 대지 전체가 파도처럼 출렁이며 동심원 형태로 파문이 번져가는 모습은 더더욱 현실성이 없었다.

"어어억?"

"크악."

꿀렁꿀렁 출렁거리는 대지 변형 때문에 발루아 병사들이 고꾸라지고, 엎어지고, 땅바닥에 코를 처박았다. 촘촘하게 일렬로 세워 놓았던 방패도 온통 헝클어졌다. 방어진 바로 앞에 설치해 놓은 각종 트랩(Trap: 덫)들도 바루니우스의 공격 한 방에 와르르 파손되었다.

가장 큰 문제는 기마병들이었다.

히이이잉! 히히힝!

대지가 1 미터 높이로 출렁거리자 말들이 비명을 지르며 나뒹굴었다. 그 와중에 말의 다리가 괴상한 각도로 꺾여 버렸다.

바루니우스의 일격은 무려 수 분 동안 여파가 지속되었으며, 그 영향력이 반경 3 킬로미터에 이를 정도였다.

[크워어—]

한 방에 적진을 뒤흔든 바루니우스가 2차 공격에 나섰다. 보랏빛 거인의 형태로 변한 바루니우스는 마치 기사가 차지(Charge) 공격을 하는 것처럼 일직선으로 쭉 달려들더니, 발루아 병력이 집중적으로 뭉쳐 있는 지역을 왼팔로 후려쳤다.

바루니우스의 왼팔에 돋아난 7 미터 크기의 방패가 순간적으로 화악 달아올랐다. 보라색 플라즈마와 보라색 스파크를 사방으로 내뿜으며 발광한 방패는, 그 플라즈마의 구름으로 적의 방패와 갑옷을 녹이며 파고들어 발루아의 병사 수십 명을 그대로 날려 버렸다.

퍼퍼퍼퍼퍽!

끔찍한 소리와 함께 병사 40명 이상이 그대로 피떡이 되었다.

보랏빛 거인이 오른팔을 번쩍 치켜들었다. 거인의 팔뚝에 돋아난 거대한 방패가 보라색 플라즈마를 사방으로 발산했다.

보랏빛 거인, 즉 바루니우스는 그 오른팔로 그대로 대지를 내리찍었다.

꽈아앙!

쇠가 깨지는 듯한 폭음과 함께 대지가 다시 출렁였다.

온 사방을 헤집으며 퍼져 나간 충격파가 발루아 병사들을 곤죽으로 만들었다.

"끄악!"

땅바닥에 엎드려 있던 방사들이 강렬한 충격파에 내장이 터져 나뒹굴었다.

다리를 쩔뚝거리던 말들이 뱃가죽이 터져 피를 흘렸다.

강한 충격에 뇌진탕을 일으킨 병사들도 많았다. 바루니우스를 중심으로, 반경 3킬로미터 동심원 안에서 제대로 서 있는 사람이 없었다.

파츠츠츠츠—

그 와중에 바루니우스의 마물 신체 전체가 보랏빛으로 진하게 달아올랐다.

또 한 번의 차지 충전 완료!

빛을 내뿜는 램프처럼 형광빛을 내뿜는 바루니우스가 적진 한복판을 향해 또다시 달려들었다. 바루니우스가 일직선으로 훑고 지나간 자리에 보라색 잔영이 길게 남았다.

그렇게 눈 깜짝할 사이에 적 중심부로 파고든 바루니우스는 양손을 등 뒤로 활짝 벌렸다가 폭격을 하듯이 전면을 후려쳤다.

바루니우스의 앞을 막은 발루아 병사들 수백 명이 그 강렬한 공격에 그대로 노출되었다.

"아악!"

병사들이 눈을 질끈 감았다. 그들의 눈앞에서 보라색 플라즈마가 무시무시하게 날아들었다. 그 플라즈마는 눈 깜짝할 사이에 병사들의 방패를 녹이고, 투구를 녹이고, 갑옷을 흐물흐물하게 만들었다. 이어서 수백 명의 병사들의 몸뚱어리까지 갈기갈기 해체했다.

[크워!]

바루니우스가 팔뚝에 힘을 꾹 주었다.

이대로 플라즈마를 방출해 전면 수백 미터 영역을 그대로 휩쓸어 버리겠다는 것이 바루니우스의 의도였다.

그런데 중간에 막혔다.

바루니우스의 공격 선상에 위치해 있던 황금빛 마차가 문제였다.

일반적으로 저런 마차 따위는 심해저 1층 레벨의 어마어마한 공격에 휩쓸리면 1초도 되지 않아 녹아 버리는 것이 정상.

한데 마차에서 뛰쳐나온 황금 가면의 사내가 손을 뻗자 굉음이 터졌다. 바루니우스의 공격과 황금 가면 사내의 반격이 허공에서 부딪치면서 그 여파가 사방팔방으로 퍼져 나갔다.

"우아악."

"크악."

발루아 병사들이 몸이 터져 죽었다.

바루니우스가 보라색 방패 2개를 번쩍 치켜들었다가 그대로 대지를 내리찍었다.

Chapter 3

꽈아앙!

대지가 깨지면서 강한 충격파가 동심원을 그리며 전파했다.

황금 가면 사내는 출렁거리는 대지를 벗어나 허공으로 몸을 띄웠다.

[그럴 줄 알았다.]

바루니우스는 상대의 행동을 예측이라도 한 것처럼 차지 공격을 퍼부었다. 보라색 거인이 허공에 일직선의 잔영을 남기면서 허공으로 돌진하는 모습이 실로 환상적이었다.

그 강한 돌파 공격에 상대의 황금 가면이 튕겨져 나갔다. 상대가 망토처럼 휘감고 있던 화려한 대관복도 펄럭펄럭 날아갔다.

"폐하?"

"안 돼. 안 돼."

"피하십시오오오오—"

주변에서 정신을 차리지 못하고 있던 발루아 병사들이 일제히 비명을 질렀다. 황금 가면을 착용한 사내의 정체는 다름 아닌 오를레앙 대제였다.

그런데 그다음 순간, 병사들의 눈이 휘둥그레졌다.

"아앗?"

"저, 저게 뭐야?"

발루아 병사들이 숨이 멎을 듯한 비명을 질렀다.

원래 병사들이 예상했던 것은 태양처럼 빛나는 오를레앙 대제의 얼굴이었다. 그런데 강제로 벗겨진 황금 가면 뒤에서는 오를레앙의 모습이 드러나지 않았다. 대신 허옇게 두개골만 남은 끔찍한 괴물의 모습이 나타났다. 찢어진 대관복 속에서 모습을 보인 것도 사람의 몸이 아니었다. 뼈다귀만 남은 스켈레톤의 형상이었다.

본체를 드러낸 오를레앙이 바루니우스에게 화를 냈다.

[더러운 마물 따위가 감힛!]

오를레앙의 등 뒤에선 무려 여섯 장, 즉 세 쌍의 새하얀 날개가 돋아나 거칠게 펄럭거렸다.

바루니우스가 입가를 비틀었다.

[훗! 네가 그 천계인가 뭔가 하는 곳에서 내려온 잡탱이냐?]

[뭐? 잡탱이?]

오를레앙이 노여워하는 사이, 바루니우스가 차지 돌격을 사용했다. 번쩍하는 순간에 오를레앙의 코앞까지 도착한 보라색 거인은 진한 플라즈마를 뿌려 대는 7 미터 크기의 방패 2개를 강하게 맞부딪쳤다.

꽈아앙!

2개의 방패가 맞부딪치면서 사방으로 충격파가 퍼졌다.

코앞에서 터진 강렬한 충격에 오를레앙의 상체가 뒤로 150도 각도까지 크게 꺾였다가 다시 튕겨 올라왔다. 퍼덕거리던 세 쌍의 날개로 부러질 듯이 휘청거렸다.

그 틈을 노려 바루니우스가 주먹을 내리꽂았다.

50 센티미터는 족히 넘어 보이는 마물 롤코의 주먹이 오를레앙의 안면에 그대로 꽂혔다.

콰직!

순간적으로 뼈 으스러지는 소리가 울렸다.

바로 뒤이어 바루니우스의 왼손이 오를레앙의 목뼈를 강하게 붙잡았다. 그다음 잔뜩 당겨진 활시위처럼 뒤로 장전된 바루니우스의 오른손이 오를레앙의 두개골에 다시 한 번 꽂혔다.

콰—즉!

보랏빛 주먹이 두개골 속까지 박혔다가 다시 뽑혀 나오는 동안, 두개골의 으깨진 부스러기가 같이 딸려 왔다.

[크억.]

오를레앙의 입에서 바람 빠지는 소리가 났다.

하지만 오를레앙도 그냥 당하고만 있지는 않았다. 오를레앙의 손아귀에서는 어느새 새하얀 뼈 한마디가 길쭉하게 자라나더니 길이 2 미터의 대검으로 변형되었다.

봉인골로 만들어진 이 대검이야말로, 마해의 마물들을 상대하기에 가장 적합한 무기였다.

츄확—

뼈다귀로 만들어진 대검, 즉 골검이 수평으로 허공을 휩쓸었다. 그 검 끝에서 피어오른 기운이 바루니우스의 마물, 즉 보랏빛 거인 롤코의 가슴 어림을 베고 지나갔다.

바루니우스의 가슴 부위에서 보라색 스파크가 번쩍번쩍 튀었다. 가슴이 쩍 갈라지면서 보라색 플라즈마가 진하게 새어 나왔다.

[크왁!]

바루니우스가 비명을 질렀다.

바루니우스의 마물 롤코는 키르샤급 거물. 어지간한 무기로는 눈곱만큼의 상처도 입지 않는 것이 당연했다. 마나의 벽 1단계를 돌파한 초인이 전력을 다해 검을 휘둘러도 마물과 결합한 바루니우스의 피부에 상처를 입히기란 쉽지 않았다.

그런데 오를레앙의 무기는 봉인골로 만들어진 대검이었다. 마물과의 결합을 끊어 버리는 봉인골 말이다.

거기에 더해서 오를레앙은 천족으로 변하기 전, 이미 마나의 벽 1단계를 돌파한 뛰어난 검수였다.

그런 오를레앙에게 천계의 육대신장 가운데 서열 2위인

어둠 신장 막센이 직접 숨을 불어넣었다. 다시 말해서 오를레앙은 천계의 3계층 천족이 된 셈이었다.

마나의 벽 1단계.

천계 3계층.

이 두 가지 특성이 결합되면서 오를레앙은 아주 특별한 천계 전사로 거듭났다. 과거 토레의 궁전에서 반역을 일으켰던 카프레 따위와는 비교도 되지 않는 강자가 바로 오를레앙인 것이다.

바루니우스가 비틀거리며 다시 지상으로 내려왔다.

[마물 따위가 감히 누구에게 손을 대는 거냐? 잘게 썰어서 개밥으로 던져 주마.]

오를레앙이 골검을 꽉 쥐고 바루니우스를 뒤쫓았다.

콰앙!

오를레앙의 골검에서 피어오른 새하얀 빛이 바루니우스의 보랏빛 방패와 맞부딪쳤다.

방패 표면이 순간적으로 쩍 갈라졌다가 다시 붙었다.

물리적인 강도만 놓고 보면 분명 바루니우스가 몇 배는 더 강했다. 오를레앙의 골검으로는 바루니우스의 방패에 흠집을 내는 것도 쉽지 않았다.

그런데 오를레앙이 뿜어내는 마나의 기운이 골검의 칼날에 예리함을 더했다.

천족 특유의 봉인골의 기운이 바루니우스와 마물 간의 결합을 약화시켰다.

이 두 가지가 합쳐지면서 바루니우스가 타격을 받았다.

물론 바루니우스도 쉽게 밀리지는 않았다. 바루니우스의 심장을 대체한 마정석이 강한 에너지를 뿜어내었다. 키르샤급 마물 롤코가 발작적으로 기세를 뿌렸다.

바루니우스의 등 뒤에서 일렁거리던 보랏빛 촉수 6개가 동시에 움직였다. 배배 꼬여 있던 촉수들은 어느 순간 용수철처럼 튀어 나가 오를레앙을 공격했다.

[흥. 어림없다.]

오를레앙이 재빨리 날개로 몸을 감쌌다.

콰득, 콰드득

촉수의 끝에 달린 마물의 아가리가 뾰족한 이빨을 드러내어 오를레앙의 날개를 물어뜯었다. 새하얀 깃털이 날개에서 뽑혀 나와 마구 흩뿌려졌다.

그사이 오를레앙이 골검을 십자로 휘둘렀다.

써거걱—

바루니우스의 방패가 십자 모양으로 쩌억 갈라졌다가 다시 붙었다.

[크윽.]

바루니우스가 또다시 뒷걸음질 쳤다.

오를레앙은 질풍처럼 달려들어 바루니우스의 촉수 2개를 골검으로 베어 버렸다.

[꺄아악—]

촉수의 끝이 비명을 질렀다.

용수철처럼 다시 오그라든 촉수 끝에서 새로운 마물 아가리가 돋아났다.

오를레앙이 자세를 낮춘 상태에서 몸을 팽이처럼 빙글빙글 회전했다. 그 회전의 중심부로부터 새하얀 검의 기운이 사방으로 뻗어 나갔다.

바루니우스가 다시 20 미터를 후퇴했다.

그다음 보라색 방패 2개를 활짝 벌렸다가 꽈아앙! 부딪쳤다.

엄청난 충격파가 공기를 찢어발겼다.

그 충격을 이기지 못하고 오를레앙의 날개 2개가 뒤로 꺾였다. 충격이 집중된 오를레앙의 갈비뼈도 와락 함몰되었다.

[키힛?]

오를레앙의 잇새에서 괴이한 신음이 흘렀다. 오를레앙은 이빨과 이빨 사이에서 뱀처럼 기다란 분홍빛 혀를 드러내어 자신의 갈비뼈를 쓰윽 핥았다.

그러자 놀라운 일이 벌어졌다. 반쯤 으스러졌던 갈비뼈

가 스스스슥 다시 붙은 것이다. 오를레앙은 골검을 사용한 강한 공격력을 갖췄을 뿐 아니라 혓바닥을 이용한 치유 능력까지 보유했다.

Chapter 4

[지독한 놈.]

바루니우스가 이빨을 갈았다.

오를레앙이 상반신을 수평으로 눕히며 좌하단에서 우상단으로 골검을 비스듬히 휘둘렀다.

부왕! 하고 풍압이 밀려들었다. 풍압보다 한발 앞서 새하얀 검의 기운이 바루니우스의 가슴을 베었다.

이 한 방에 바루니우스가 큰 상처를 입었다.

하지만 이건 바루니우스가 의도했던 바였다. 바루니우스는 북부 최강 아르네 왕국의 노장이었다. 평생 군에서 봉사한 노장 바루니우스는 '이렇게 전투를 질질 끌면 위험하다.' 라고 판단했다. 그래서 일부러 본인의 가슴을 노출하여 적에게 틈을 보였다.

오를레앙이 그 틈을 노리고 들어왔다.

[오냐. 어서 들어와라.]

바루니우스가 어금니를 꽉 물었다.

[크악!]

바루니우스의 눈에서 불똥이 튀었다. 적에게 가슴을 내줄 때부터 각오는 했지만, 골검에 베인 고통이 이만저만이 아니었다. 하마터면 정신을 잃고 롤코와의 결합이 끊어질 뻔했다.

하지만 바루니우스는 끝내 정신을 잃지 않았다. 그는 오를레앙에게 가슴을 내준 대신, 상대와의 거리를 빼앗았다.

[요놈!]

바루니우스가 크게 호통을 질렀다.

그때 오를레앙은 속으로 만세를 부르던 중이었다. 골검으로 상대의 가슴을 깊게 베고 난 뒤 손에서 느껴진 손맛이 그야말로 꿀이었다. 순간적으로 오를레앙은 '이 펄떡펄떡한 손맛 때문에 칼질을 하는구나.' 라고 생각했다.

그 순간 보라색 거인이 오를레앙의 코앞까지 다가왔다.

[엇?]

오를레앙이 깜짝 놀란 사이, 바루니우스는 오를레앙의 목뼈 아래 쇄골을 거칠게 움켜잡았다.

콰직!

오를레앙의 양쪽 쇄골이 동시에 부러졌다.

이어서 바루니우스의 억센 손톱이 오를레앙의 양쪽 갈비

뼈들을 우두두둑 훑고 내려왔다. 바루니우스의 손톱 주변엔 어느새 보라색 플라즈마가 일렁거렸다.

[크아아악!]

오를레앙이 입을 쩍 벌렸다.

바루니우스의 거대한 손이 오를레앙의 입에서 튀어나온 분홍빛 혓바닥을 재빨리 잡아챘다. 그다음 그 징그러운 혀를 꽉 잡고 허공으로 번쩍 들었다가 대지에 내리꽂았다.

콰앙!

혓바닥이 적에게 붙잡힌 오를레앙은, 상대의 무지막지한 힘을 이기지 못하고 허공으로 번쩍 딸려 올라갔다가 다시 땅바닥에 내리꽂혔다.

콰앙! 콰앙! 쾅!

바루니우스가 적의 혀를 붙잡고 네 번 연달아 패대기쳤다.

오를레앙은 마치 끈에 매달린 장난감처럼 휙휙 딸려가 땅바닥을 네 번 연달아 들이받아야 했다. 그 와중에 날개가 2개 더 부러졌다.

바루니우스는 상대가 정신을 차릴 틈을 주지 않았다.

콰직!

비틀거리는 오를레앙의 척추에 바루니우스의 거대한 주먹이 꽂혔다.

순간적으로 오를레앙의 척추가 S자로 크게 휘었다가 다시 튕겨 나왔다.

이번엔 오를레앙의 관자놀이에 바루니우스의 주먹이 박혔다. 오를레앙의 두개골이 쩌억 벌어졌다가 다시 붙었다.

정신없이 두들겨 맞는 바람에 오를레앙은 무기마저 손에서 놓쳐 버렸다.

마지막으로 바루니우스가 보라색 방패에 에너지를 잔뜩 모았다가 수평으로 후려쳤다.

부와앙—

방패의 풍압만으로도 사람의 살점을 흩어 버릴 정도였다. 플라즈마에 휩싸인 7 미터 크기의 대형 방패가 직접 뼈를 강타하는 충격은 말로 표현하기 불가능했다.

빠억!

오를레앙의 뼈마디 전체가 1 센티미터 간격으로 벌어졌다가 다시 붙었다. 그러면서 뼈다귀 가운데 4분의 1이 으깨졌다.

휘청거리며 옆으로 날아간 오를레앙을 받아 든 것은 순백의 드레스를 입은 또 다른 천족이었다. 두개골에 반짝거리는 티아라를 쓰고, 하얀 망사로 턱까지 가린 여성체 천족.

그녀의 정체는 다름 아닌 아뜨리나 왕비였다.

아뜨리나 왕비 또한 남편과 마찬가지로 천족이 되었다. 어둠 신장 막센은 푸콘 공작과 아뜨리나 왕비를 먼저 천족으로 만든 다음, 오를레앙 국왕에게까지 마수를 뻗었다.

[넌 또 뭐냐?]

바루니우스가 아뜨리나에게 으르렁거렸다.

아뜨리나 왕비는 오를레앙과 같은 3계층의 천족이다. 하지만 그녀는 마나의 벽을 돌파하지 못해 남편보다 약했다.

처참하게 몸이 으스러진 오를레앙을 품에 안은 뒤, 아뜨리나는 여섯 장의 날개를 활짝 펴서 하늘 높이 피신했다.

[어딜 도망치려고?]

바루니우스가 두 주먹을 불끈 쥐었다.

바루니우스에게 비록 날개는 없지만, 차지 돌격으로 몸을 날리면 수백 미터 높이까지는 단숨에 솟구쳐 오를 수 있었다.

그렇게 바루니우스가 아뜨리나 부부를 공격하려고 할 때였다. 바루니우스의 등 뒤에서 섬뜩한 기세가 뻗어 왔다.

[뭐얏?]

바루니우스가 반사적으로 방패를 휘둘렀다.

쩌억—

이번에도 바루니우스의 방패가 쩍 갈라졌다가 다시 붙었다.

바루니우스의 보라색 눈이 향한 곳.

그곳엔 세 쌍의 날개를 펄럭이며 허공 1 미터 높이에 둥실 떠 있는 천족의 모습이 보였다. 새로 등장한 이 세 번째 천족은 은빛 망토를 어깨에 걸쳤으며, 손에는 1.3 미터 길이의 골검 두 자루를 움켜쥔 상태였다.

발루아 왕국 최고의 검수.

쌍검을 기가 막히게 쓰는 검의 달인.

푸콘 공작이 드디어 등장했다.

Chapter 5

오를레앙 대제의 충실한 신하이자 아뜨리나 왕비의 오빠인 푸콘 공작이 드디어 전면에 나섰다. 푸콘의 무력 수준은 오를레앙과 비슷한 정도지만, 전투 경험이나 노련함은 오를레앙과 비교도 되지 않게 높았다. 검에 대한 이해력도 오를레앙과 비교할 수 없는 수준이었다.

그런 푸콘이 처음부터 나서지 않은 것은 오를레앙의 명령 때문이었다. 천족의 강력한 힘에 취한 오를레앙은 푸콘에게 [저 마물을 상대로 짐의 권능을 한번 시험해 보고 싶으니 경은 절대 나서지 마시오. 짐이 죽을 상황이 아니라면 절대 끼어들면 안 되오.]라고 명했다.

지엄하신 왕명이었다. 푸콘은 마음속에서 꿈틀거리는 열기를 꾹 억눌렀다. 그러곤 참전할 기회만 엿보아야 했다.

드디어 그 기회가 찾아왔다. 오를레앙에게 위기가 닥친 것이다.

참다못한 아뜨리나 왕비가 먼저 나섰다. 뒤를 이어 푸콘에게도 자연스럽게 기회가 찾아왔다. 마나의 벽 1단계를 돌파한 상태에서 천계 3계층의 천족으로 변신한 푸콘이 키르샤급 마물과 정면으로 맞서 싸워 볼 기회 말이다.

[키리릿.]

푸콘이 괴상한 뇌파를 내뱉었다.

땅바닥을 향해 축 늘어뜨린 푸콘의 양손엔 1.3 미터 길이의 골검 두 자루가 쥐어져 있었다. 푸콘은 그 골검들을 좌우로 건들건들 흔들며 전장에 나섰다.

바루니우스도 푸콘이 내뿜는 숨 막히는 기세를 느꼈다.

[네놈이 진짜구나.]

그 낮은 으르렁거림이 다 뱉어지기도 전, 푸콘의 몸이 허공에서 퓻! 사라졌다. 바루니우스가 반사적으로 양팔의 방패를 끌어당겨 온몸을 보호했다.

번쩍!

갑자기 사라진 푸콘이 바루니우스의 오른쪽 20 미터 전방에 나타났다. 푸콘의 등장과 함께 그의 골검 두 자루가 십자로 교차했다.

쯔꺼억 소리와 함께 바루니우스의 보라색 방패가 십자 모양으로 갈라졌다가 다시 붙었다. 바루니우스의 등 뒤에 매달린 보라색 끈 여섯 가닥이 지그재그로 공간을 난도질하며 푸콘을 공격했다.

허탕이었다. 푸콘은 어느새 그 자리에서 다시 사라져 바루니우스의 등 뒤에 나타났다.

[흡!]

섬뜩함을 느낀 바루니우스가 방패를 뒤로 당겨 몸을 보호했다.

그보다 푸콘의 공격이 한발 빨랐다. 바루니우스의 등판이 쩍 갈라졌다.

[크윽.]

보라색 플라즈마가 태양 표면의 홍염처럼 크게 일어났다가 다시 사그라졌다. 한 차례 휘청거린 바루니우스가 방패 2개를 번쩍 들었다가 지표면을 후려쳤다.

끔찍한 굉음과 함께 땅거죽이 들고 일어났다. 강력한 기파가 동심원을 그리며 뻗어 나갔다.

퓨슉!

푸콘이 어느새 또 사라져 바루니우스의 공격권을 벗어났다.

바루니우스는 기다렸다는 듯이 여섯 가닥의 끈을 뻗어 푸콘을 추적했다.

푸콘이 시계 방향으로 돌면서 적의 공격을 피했다. 가까이 파고드는 적의 공격은 골검으로 쳐 내고, 우회해서 등 뒤로 접근하는 공격은 빠른 몸놀림으로 회피해 버리는 푸콘의 움직임은 그야말로 환상적이었다.

하지만 바루니우스도 만만한 상대는 아니었다. 노련하기 이를 데 없는 이 백전노장은 그렇게 여섯 가닥의 끈으로 푸콘의 시선을 붙잡아 둔 다음, 5 미터 길이의 팔을 쭉 뻗어 벼락처럼 푸콘의 후방을 휩쓸었다.

지름 7 미터나 되는 바루니우스의 방패가 수평으로 회전하면서 공간을 둘로 갈랐다.

[치잇.]

푸콘의 입에서 처음으로 곤혹스러운 신음이 터졌다. 푸콘은 두 자루 골검을 십자로 겹쳐서 적의 공격을 막았다.

골검의 신비로운 효능이 마해 마물의 결합력을 흐트러뜨렸다. 순간적으로 바루니우스의 거대한 방패가 소환을 취소당하는 것처럼 사라졌다.

[이이익.]

바루니우스가 이빨을 악물었다.

반쯤 사라지려던 방패가 다시 나타나 푸콘을 후려쳤다.

푸콘의 골검과 플라즈마 방패의 날이 정면으로 충돌했다. 어마어마한 굉음과 함께 사방으로 충격파가 뻗었다.

허공을 몇 바퀴나 돌면서 튕겨 나간 푸콘이 날개를 퍼덕거리며 겨우 중심을 잡았다.

그런 푸콘의 전면에 보라색 거인이 산악처럼 솟구쳤다.

꽈앙!

보라색 플라즈마 방패가 푸콘의 두개골을 그대로 후려쳤다.

[켁.]

타격을 받은 푸콘의 몸뚱어리가 쏜살같이 지상으로 내리꽂혔다. 땅을 뚫고 20 미터 깊이까지 처박힌 푸콘이 두개골을 좌우로 흔들었다.

천족의 머리뼈가 워낙 단단하기에 망정이지, 하마터면 이 한 방에 즉사할 뻔했다.

바루니우스의 공격은 거기서 끝나지 않았다. 바루니우스의 등 뒤에 돋은 여섯 가닥의 끈 다발이 푸콘이 처박힌 구덩이 속으로 뱀 떼처럼 몰려들었다.

[크윽, 젠장.]

비좁은 구덩이 속에서 푸콘이 골검을 빠르게 휘둘렀다. 따다다당 소리가 미친 듯이 울려 퍼졌다. 바루니우스의 끈 여섯 가닥은 이빨이 송송 돋아난 아가리를 쩍 벌려 푸콘을 물어뜯었다. 딱딱거리는 그 아가리 주변에 보라색 플라즈마가 무섭게 피어올랐다.

푸콘은 벼락처럼 달려드는 그 마물 아가리들을 골검으로 정확하게 쳐 냈다. 눈 깜짝할 사이에 수백 번의 공방이 오갔다.

벼락처럼 퍼부어진 바루니우스의 공격도 살벌했지만, 그 빠른 공격을 일일이 방어해 낸 푸콘의 능력도 대단했다.

그렇게 끈으로 공격하던 바루니우스가 어느새 지상으로 내려와 푸콘이 파묻혀 있는 구덩이를 방패로 후려쳤다.

꽈아앙!

또다시 굉음이 터졌다. 지표면이 파도처럼 들고 일어났다. 그 충격파가 구덩이 속의 푸콘에게 집중되었다.

[크왁.]

푸콘의 입에서 다시 한 번 비명이 터졌다. 강한 충격에 푸콘의 날개 여섯 장이 엉망으로 꺾였다. 뼈도 뒤틀렸다. 두개골에도 금이 쩍쩍 간 상태였다.

[이제 그만 죽어라.]

바루니우스가 푸콘을 향해 으르렁거렸다. 그러면서 2개의 방패를 5 미터 높이까지 치켜들었다.

푸콘의 몸이 가늘게 떨렸다. 이 좁은 구덩이 안에서 저 어마어마한 충격을 다시 한 번 받으면 그의 목숨이 위험했다.

빠직!

그때였다. 멀쩡하던 하늘로부터 벼락 한 줄기가 떨어져 바루니우스의 등판을 때렸다.

[큽.]

바루니우스가 입을 꽉 다물었다.

빠직! 빠직! 빠직! 빠직!

연달아 네 번의 벼락이 떨어져 바루니우스를 직격했다. 바루니우스는 푸콘을 공격하려다 말고 방패를 머리 위로 들어 벼락부터 막아야 했다.

그사이 푸콘이 구덩이에서 빠져나와 하늘로 도망쳤다.

[이런 제장.]

바루니우스의 입장에서는 다 잡은 먹이를 놓친 셈이었다.

Chapter 6

[너희들은 또 뭐냐?]

바루니우스가 못마땅한 표정으로 하늘을 노려보았다.

높은 하늘 위, 10명이 넘는 천족 전사들의 모습이 보였다. 새로 등장한 이 천족들은 하나같이 날개가 여섯 장이었다.

푸콘이 볼썽사납게 깃털이 빠진 날개를 펄럭여 동료들의 곁으로 다가갔다.

[도움에 감사드리오.]

푸콘이 천족들에게 감사 인사를 건넸다.

새로 등장한 천족들은 지상의 바루니우스에 시선을 고정한 채 대꾸했다.

[별말씀을 다 하시오.]

[우리는 이미 한 식구가 아니오.]

[마해의 마물들과 싸우는 일인데, 당연히 도와야지.]

바루니우스가 눈을 꿈틀했다.

[너희들은 또 뭐냐니까?]

바루니우스의 등 뒤에 돋아난 보라색 끈이 용수철처럼 튕겨 올라와 천족들을 휩쓸었다.

천족 가운데 한 명이 종을 흔들었다.

소리가 전혀 나지 않는 희한한 종이었다. 전혀 종답지 않은 무음의 종이지만, 소리 대신 벽력을 불러오는 기능이 있었다.

콰직!

마른하늘에서 갑자기 벼락 여섯 가닥이 떨어져 바루니우스의 끈을 정확하게 때렸다.

한 차례 충격을 받아 방향이 틀어졌던 보라색 끈들이 다시 아가리를 쩍 벌리고 천족을 공격했다.

12명의 천족이 동시에 종을 흔들었다.

이번엔 72 가닥의 벼락이 지상을 가격했다.

바루니우스는 보라색 끈을 풍차처럼 휘둘러 절반의 벼락을 막아 내었다. 나머지 절반은 2개의 방패로 방어했다.

파츠츠—

바루니우스의 플라즈마 방패는 천족이 만들어 낸 고압 벼락을 거뜬히 흘려 내었다.

하지만 바루니우스는 혼자고 상대는 12명이었다. 무음의 종이 좌우로 흔들릴 때마다 칠십이 다발의 벼락이 생성되어 대지를 강타했다. 그러한 벼락의 향연이 숨 쉴 틈도 없이 계속 쏟아졌다.

쩌저저저저저저적! 쩌저저저적!

온 사방이 번쩍거리는 불빛에 노출되어 하얗게 달아올랐다. 무시무시한 뇌전이 소낙비가 오듯이 내리꽂혔다. 벼락이 한 번 강타한 자리를 그다음 벼락이 연달아 때렸다. 플라즈마 방패가 고압의 전하를 분쇄하는 데에도 한계가 있었다. 미친 듯이 내리꽂히는 수천 다발의 벼락을 전부 다 막아 내기에는 역부족이었다.

"아아아."

북부군은 그 끔찍한 모습을 보면서 한 발자국도 움직이지 못했다. 바루니우스처럼 키르샤급 거물이 아니라면 감히 저 벽력의 폭우 속으로 들어갈 수 없었다.

그건 상대편도 마찬가지였다. 발루아 왕국의 병사들도 입만 쩍 벌릴 뿐, 감히 이 초월자들의 전투에 끼어들 엄두를 내지 못했다.

[크읏, 크으읏.]

바루니우스가 곤혹스럽게 신음했다.

온 에너지를 방패에 쏟아 부어 버티고는 있지만, 그게 바루니우스가 할 수 있는 전부였다. 이 자리를 벗어날 여력은 눈곱만큼도 없었다. 고슴도치처럼 몸을 웅크린 바루니우스가 방패 속에 숨어서 천족의 공격을 그대로 얻어맞았다.

초반에는 바루니우스도 끈을 휘저어 천족들을 공격했다.

하지만 천족들이 끈이 닿지 않는 높이까지 올라가 버리자 손을 쓸 방도가 없었다. 천족들은 바루니우스의 공격권 밖에서 연신 벼락을 떨어뜨렸다. 그 한 가닥 한 가닥이 정확하게 바루니우스를 가격했다.

'이대로는 곤란해. 크우웃. 이렇게 시간만 끌다가는 끝장이야.'

바루니우스가 어금니를 꽉 깨물었다. 이 상황에서 바루니우스가 할 수 있는 일은 뻔했다.

'피해를 감수하고서라도 여기서 벗어나야 해.'

단단히 각오를 다진 바루니우스가 방패를 번쩍 들어 지

표면을 때렸다.

[쿠왁.]

방어를 포기하고 공격으로 전환한 셈이었다.

빠지지지직!

지극히 짧은 시간 안에 수백 다발의 벼락이 바루니우스의 온몸을 강타했다.

[으아악!]

방패도 없이 맨몸에 지져 대는 고압의 벼락은 실로 끔찍한 고통을 바루니우스에게 안겨 주었다. 대신 바루니우스가 터뜨린 충격파 공격이 거대한 해일이 되어 발루아 병사들을 덮쳤다.

[안 돼.]

먼 하늘에서 푸콘이 악을 썼다. 푸콘은 심각한 부상을 입은 터라 아군 병사들을 도와줄 처지가 아니었다.

오를레앙 국왕도 병사들을 돌보기에는 부상이 너무 심했다. 아뜨리나 왕비도 남편을 챙기기에 급급했다.

무방비 상태로 노출된 발루아 본진에 충격파가 강타했다.

쿠와아아앙—

땅거죽이 해일처럼 융기해서 사람들을 덮치는 장면은 말 그대로 압권이었다.

"우와왁."

"피햇!"

"어서 피하라고."

발루아 병사들이 악을 썼다.

말은 이렇게 했지만 병사들에게는 피할 시간도, 피할 만한 공간도 주어지지 않았다. 무지막지한 파도에 휩쓸린 병사들이 허우적거리며 후방으로 떠밀려 갔다. 성벽이 연속으로 허물어지는 듯한 굉음과 함께 무수히 많은 생명들이 흙더미에 파묻혀 압살을 당했다.

[크어어, 이럴 수가.]

까마득히 높은 상공에서 푸콘이 자신의 두개골을 두 손으로 붙잡았다. 바루니우스의 충격파 공격 한 방에 발루아 병력의 상당 부분이 죽었다. 푸콘은 온몸의 뼈가 다 끊어지는 듯한 고통을 느꼈다.

12명의 천족 전사들이 무음의 종을 더욱 격렬하게 흔들었다.

쩌저저저적!

벼락이 다발로 쏟아져 바루니우스를 강타했다.

[큽!]

바루니우스는 다시 방패를 들어 몸을 가렸다. 플라즈마 방패 위로 고압의 벼락이 쉴 새 없이 집중되었다. 바루니우스가 다시 수세에 몰렸다.

그 위기를 벗어나게 도와준 것은 다름 아닌 후발대였다.

바루니우스가 천족 12명의 집중 공격을 받아 휘청거리고 있을 때, 아르네 식민지 본진이 전장에 도착했다.

아니, 엄밀하게 말해서 본진은 아직 도착하지 못했다. 본진을 이끌고 남하 중이던 집정관 디포에우스가 무수히 떨어지는 벼락 세례를 목격하고는 먼저 날아왔을 뿐이다.

디포에우스는 바루니우스와 마찬가지로 키르샤였다. 그것도 바람의 속성을 타고난 웬투스 키르샤였다. 웬투스 키르샤는 심해저 1층의 키르샤들 가운데 가장 속도가 빠르고 공격이 광범위한 일족이었다.

"이런, 바루니우스 장군이 적들에게 공격을 받나 보구나."

디포에우스는 눈 깜짝할 사이에 말안장에서 점프하더니, 허공에서 날개를 활짝 펴고 남쪽 하늘로 날아올랐다.

임산부처럼 배가 불룩한 디포에우스가 사뿐하게 허공으로 도약하는 장면도 놀라웠지만, 등을 찢고 수십 미터 크기의 날개가 돋아나고, 엉덩이로부터 푸르른 꼬리가 솟구치는 모습도 충격적이었다. 디포에우스의 이마에는 짧고 뭉툭한 뿔 4개가 돋아나 푸르스름한 빛을 토했다.

쐐애액—

그렇게 허공으로 솟구친 디포에우스가 한 줄기 질풍이

되어 남쪽 하늘로 쏘아졌다.

갑자기 불어닥친 질풍에 놀라 아르네 진영 군마들이 주저앉았다.

"집정관님?"

"허거걱!"

디포에우스의 부하들도 놀란 눈으로 하늘만 올려다보았다.

놀랄 일은 거기서 끝나지 않았다. 디포에우스의 곁에서 함께 이동하던 베니젤로스가 갑자기 신체 변형을 시작했다. 온몸으로부터 황금빛 광채를 내뿜은 베니젤로스는 수십 미터가 넘는 동체를 움직여 숲을 뚫고 치달렸다.

"으헉?"

덕분에 아르네군은 한 번 더 기겁을 해야만 했다.

Chapter 7

디포에우스가 바루니우스의 위기를 발견한 것은 불과 몇 초 전이었다. 그 짧은 시간 안에 디포에우스는 10 킬로미터의 거리를 날아와 질풍을 내뿜었다.

휘류류류류류류—

무시무시한 광풍이 남쪽 하늘을 뒤덮었다. 나선형으로 빙글빙글 돌아가는 돌개바람은 1 킬로미터 상공에 둥둥 떠 있는 천족들을 그대로 휩쓸었다.

[이런!]

[키르샤가 한 마리 또 있었구나.]

12명의 천족들이 안면을 찌푸렸다.

날개 달린 천족들의 입장에서는 보라색 마물 롤코보다 지금 등장한 웬투스 키르샤가 더 까다로운 상대였다.

천족들이 강한 돌개바람을 피해 사방으로 흩어졌다.

덕분에 벼락이 잠시 멎었다.

[허억, 헉헉헉헉헉.]

지상에서 바루니우스가 숨을 헐떡였다. 바루니우스의 온몸엔 그슬린 자국이 가득했다. 플라즈마 방패도 반쯤 망가져 상처투성이였다.

그렇게 바루니우스가 상처 입은 몸을 추스르는 동안, 하늘에서는 디포에우스가 맹공을 퍼부었다. 디포에우스를 중심으로 불기 시작한 돌개바람은 그 영역을 수 킬로미터까지 넓히며 점점 더 드세졌다.

천족들이 돌개바람의 범위 밖으로 몸을 피했다.

몇몇 천족들은 무음의 종을 흔들어 돌개바람을 향해 벼락을 방출했다.

하지만 이것은 마치 뿌연 안개 속에 숨은 적을 향해 돌을 던지는 것이나 다를 바 없었다. 강한 돌풍 때문에 디포에우스의 위치가 전혀 보이지 않았다. 바람 소리가 워낙 강해서 디포에우스의 위치를 감지하는 것도 불가능했다. 돌풍을 뚫고 들어간 벼락은 빈 허공만 가로지른 다음, 돌풍의 반대쪽으로 빠져나올 뿐이었다.

천족들의 공격이 그렇게 헛방질이 되었다.

그 와중에도 돌풍의 범위는 점점 더 커졌다.

천족들은 점점 더 멀리 흩어질 수밖에 없었다.

그때 바루니우스가 반격을 시작했다. 보라색 끈으로 대지를 탕 내리친 바루니우스는, 그 반동을 추진력으로 삼아 눈 깜짝할 사이에 1 킬로미터 상공까지 도약했다. 그다음 천족 한 명의 등 뒤에서 불쑥 솟구쳐 목뼈를 붙잡았다.

[요놈!]

천둥소리에 놀라 천족이 뒤를 돌아보았다.

[우갹?]

바루니우스, 아니, 바루니우스와 결합한 마물 롤코가 천족을 향해 으스스한 미소를 지어 보였다. 그러곤 무서운 힘으로 상대를 품에 끌어안고는 온몸에서 보라색 플라즈마를 내뿜었다.

파츠츠츠츠츠—

넘실거리는 플라즈마가 천족의 단단한 뼈를 녹이며 안으로 파고들었다. 그 와중에 천족의 날개 여섯 장이 바루니우스의 억센 손에 붙잡혀 우두둑 꺾였다.

[안 돼.]

[이 더러운 마물아, 죽어랏.]

동료 천족들이 무음의 종을 흔들어 바루니우스를 공격했다.

바루니우스가 갑자기 지상으로 뚝 떨어졌다. 천족 한 명을 품에 꼭 끌어안은 채로 무섭게 낙하했다.

동료 천족들이 쏘아 낸 벼락은 바루니우스의 머리 위를 스치며 빈 허공만 갈랐다.

[으아아아악— 살려 줘.]

바루니우스에게 붙잡혀 낙하하는 천족이 비명을 질렀다.

동료들이 도와줄 새도 없었다.

쿠왕!

가속에 가속이 붙은 바루니우스와 천족은 1 킬로미터가 넘는 높이에서 떨어지더니 둔탁한 소리와 함께 땅속으로 파묻혔다.

그 깊은 구덩이 속에서 우두둑, 우두둑 뼈 으스러지는 소리가 울렸다. 빠각, 빠각 뼈 갉아 먹는 소리도 들렸다.

[우갸. 우갸. 캬악, 크악, 살려…… 캬악.]

끔찍한 비명이 동료들의 뇌에 울렸다.

뻥 뚫린 구덩이 속에서 하얀 깃털 수십 가닥이 둥실둥실 떠올랐다.

휘우우웅— 휘우우우우웅—

디포에우스가 만들어 낸 돌개바람은 이제 거의 15 킬로미터 영역을 뒤덮을 정도가 되었다. 천족들이 그 강풍을 피해 지상으로 내려왔다.

바루니우스가 기다렸다는 듯이 천족들을 덮쳤다.

빠악!

플라즈마 방패가 천족 한 명을 옆에서 후려쳤다. 순간적으로 천족의 뼈가 사방으로 흩어졌다가 다시 붙었다.

그렇게 얼떨떨한 천족의 두개골을 바루니우스가 붙잡았다.

빠드드드득—

[끄악.]

끔찍한 소리와 함께 천족의 두개골이 박살 났다.

바루니우스는 그것만으로 성이 풀리지 않았는지 천족의 쇄골과 갈비뼈를 차례로 부수고 날개를 한 장 한 장 뜯어내었다.

몇몇 천족들이 저공비행하여 숲으로 숨었다.

[크왕—]

그 숲에서 아가리를 쩍 벌린 황금빛 키르샤가 튀어나왔다. 키르샤는 20 미터가 넘는 아가리를 악어처럼 쩍 벌려 천족을 물었다.

콰득! 콰드득!

천족의 뼈가 키르샤의 억센 이빨에 물려 으스러졌다. 악어를 닮은 황금빛 키르샤는 순식간에 천족 하나를 박살 내고는 재빨리 몸을 틀어 또 다른 천족들을 사냥했다.

[후퇴.]

천족 가운데 우두머리가 후퇴 명령을 내렸다.

천족들은 동료 2명을 잃은 채 후방으로 몸을 뺐다.

[어딜 도망치려고?]

디포에우스가 어느새 남쪽 방향으로 내려가 거대한 돌풍을 만들어 내었다.

바루니우스와 베니젤로스가 몰이 사냥을 하듯 10명의 천족들을 공략했다.

그렇게 천족들이 위기에 처했을 때였다. 천계 여왕이 보낸 후속 부대가 구름을 뚫고 나타났다.

[이런, 끓는 기름에 튀겨 죽일 마물들이 감히.]

머리부터 발끝까지 길이가 거의 50 미터에 달하고, 등에 여섯 장의 거대한 날개가 달렸으며, 두개골 양옆에도 두 장의 날개를 매단 새로운 천족이 등장했다.

비록 육대신장에 들지는 못했지만, 천계의 전대 왕으로부터 직접 날숨을 부여받은 2계층의 천족이 나타난 것이다.

구름을 뚫고 쏜살같이 하강한 대형 천족은 수 미터 크기의 손바닥을 쩍 펼쳐서 베니젤로스의 목덜미를 꽉 붙잡았다. 그다음 어마어마한 완력으로 베니젤로스를 번쩍 들어 옆으로 집어 던졌다.

우당탕탕—

황금빛 악어, 혹은 황금빛 도마뱀을 수천 배로 뻥튀기시켜 놓은 듯한 베니젤로스가 데굴데굴 굴러 아르네군 진영을 덮쳤다.

"어이쿠."

"으악."

베니젤로스의 몸에 깔려 아르네 병사들 수십 명이 죽어나갔다.

[쿠우억.]

베니젤로스가 얼떨떨한 표정으로 머리를 좌우로 흔들었다.

[이 노옴—]

바루니우스가 플라즈마 방패를 좌우로 쩍 벌려 2계층의 천족을 덮쳤다.

바루니우스의 마물 롤코의 키가 5 미터 안팎.

2계층의 천족은 50 미터 육박.

단순히 크기만 비교해도 10배의 차이가 났다.

바루니우스는 그래도 겁먹지 않고 적에게 달려들더니, 적 바로 앞에서 플라즈마 방패를 부딪쳤다.

꽈아앙!

폭음과 함께 충격파가 터졌다.

Chapter 8

바루니우스의 공격은 적의 정강이뼈에 집중되었다.

2계층의 천족이 잠시 비틀거렸다.

그사이 디포에우스가 돌개바람을 해제하고 뛰쳐나와 2계층 천족의 목덜미를 물었다. 2계층 천족이 50 미터 크기라면, 디포에우스는 그 두 배가 넘는 수준이었다. 그런 디포에우스가 푸른 날개로 적을 감싸고, 억센 이빨로 적의 목뼈를 물고 위에서 짓누르자 2계층 천족이 비틀거렸다.

[크윽, 이 비겁한 마물들. 셋이서 한꺼번에 덤비겠다는 것이냐?]

2계층 천족이 사납게 으르렁거렸다. 조금 전 그의 부하

12명이 바루니우스에게 합동 공격을 퍼부은 사실은 2계층 천족의 머릿속에 없었다.

디포에우스는 대꾸하지 않았다. 그저 더욱 강하게 적의 목뼈를 물어뜯을 뿐이었다.

바루니우스도 이 기회를 놓치지 않았다. 플라즈마 방패에 에너지를 잔뜩 불어넣은 바루니우스가 방패를 번쩍 들어 2계층 천족의 발등을 내리찍었다.

[크악!]

2계층 천족이 고개를 치켜들고 비명을 질렀다.

멀리 나가떨어졌던 베니젤로스가 무섭게 돌진하여 2계층 천족의 허벅지 뼈를 물었다.

키르샤급 마물 셋에게 공격을 당하자 2계층 천족도 겁이 덜컥 났다.

[뭐하고 있어? 이러다 나 죽겠어.]

2계층 천족이 구름 위를 향해 악을 썼다.

[쯧쯧. 엄살도 심하시지.]

나른한 음성과 함께 또 다른 2계층 천족이 등장했다. 구름을 뚫고 하강한 천족도 키가 50 미터 정도였다. 또한 등에는 세 쌍의 날개가 매달려 있었고, 두개골에도 조그만 날개 두 장이 붙은 모습이었다.

다만 이 천족은 골반뼈가 유난히 커서 여성형 천족임을

짐작게 만들었다.

남성형 천족이 새로 등장한 여성형 천족에게 구조 요청을 보냈다.

[빨리 와서 이 더러운 놈들 좀 떼어 줘.]

[알았어. 조금만 참아.]

여성형 천족이 날아오자 남성형 천족도 한층 힘이 났다. 남성형 천족은 왼손을 뒤로 뻗어 웬투스 키르샤, 즉 디포에우스의 어깻죽지를 붙잡았다. 이어서 오른손으로는 베니젤로스의 목덜미를 움켜쥐었다.

그 악력이 어찌나 강했던지, 디포에우스와 베니젤로스가 꼼짝도 하지 못했다.

그렇게 둘이 붙잡힌 틈을 노려 여성형 천족이 달려들었다.

좌앙!

여성형 천족의 손가락 끝에서 손톱이 10 미터 길이로 자라났다.

푸부북—!

뾰족한 손톱 5개가 디포에우스의 옆구리를 쑤셨다.

[크악—]

디포에우스가 비명을 질렀다.

그 바람에 적의 목뼈를 물고 있던 디포에우스의 입이 쩍 벌어졌다.

[캬아, 드디어 풀려났구나.]

목이 자유로워진 2계층 남성형 천족이 팔꿈치를 수평으로 휘둘렀다.

콰직!

천족의 팔꿈치 뼈에 관자놀이를 강타당한 디포에우스가 옆으로 크게 휘청거렸다.

그사이 여성형 천족은 왼손 손톱 5개도 디포에우스의 배에 마저 쑤셔 박았다. 가죽 찢어지는 소리와 함께 키르샤의 뱃속으로 차가운 것이 깊숙이 들어왔다.

[꾸르륵.]

디포에우스의 푸른 얼굴이 벌겋게 달아올랐다.

그사이 남성형 천족은 두 가지 일을 동시에 해냈다. 우선 오른발을 힘껏 내질러 바루니우스를 수십 미터 밖으로 차 버린 다음, 오른손으로는 베니젤로스를 가까이 끌어당겨 헤드록(Headlock: 팔로 상대의 머리를 안아서 죄는 공격)을 걸듯이 목을 졸랐다.

뿌드드드득

베니젤로스의 황금빛 비늘이 마찰을 견디지 못하고 으스러졌다. 목이 콱 졸린 베니젤로스가 혓바닥을 길게 빼어 물었다.

[요 시건방진 마물 놈들. 아주 목줄을 끊어 주마.]

남성형 천족이 이빨을 뿌드득 갈았다. 그 와중에도 천족의 팔뚝 뼈가 베니젤로스의 두툼한 목 속으로 점점 더 깊숙하게 파고들었다.

바로 옆에서는 여성형 천족이 한 손으로 디포에우스의 머리를 붙잡고 다른 손으로 배때기에 연신 구멍을 내고 있었다. 푹푹푹푹, 손톱이 뱃가죽을 뚫는 소리가 귀를 자극했다.

[크아아악—]

디포에우스가 고통에 머리를 좌우로 흔들었다. 디포에우스는 날개를 펄럭거려 어떻게든 도망치려고 들었다.

어림도 없었다.

[흥. 요 도마뱀 새끼가 어딜 가려고?]

여성형 천족이 디포에우스를 놓아주지 않았다.

남성형 천족은 바루니우스에게 발길질을 하는 한편, 베니젤로스의 목을 강하게 졸랐다.

[꾸어엉! 꾸어어엉!]

베니젤로스는 수십 미터가 넘는 동체를 좌우로 흔들며 어떻게든 빠져나가려고 버둥거렸다. 그 바람에 사방으로 흙먼지가 휘날렸다.

2계층의 천족 2명과 키르샤급 마물 셋이 부딪치는 싸움은 정말 대단했다. 양측 병사들은 감히 그 싸움에 끼어들지도 못하고 발만 동동 굴렀다.

특히 아르네군 전투병들의 안색이 어두웠다.

하늘에는 어느새 날개 달린 천족들이 새까맣게 몰려들어 진을 쳤다. 대부분 4계층에 속하는 천족들이었다. 간간이 3계층도 보였다.

그렇지 않아도 키르샤들이 2계층의 천족 2명에게 일방적으로 밀리는 형편이다. 그런데 천족들이 점점 더 수가 늘었다. 아르네 전투병들은 후퇴를 염두에 둘 수밖에 없었다.

그렇게 사람들의 이목이 전투에만 쏠려 있기 때문일까? 바루니우스가 데려온 북부군 선봉대 가운데 회색 피부의 민치 하나가 섞여 있다는 사실을, 그리고 그 민치가 어느새 뽀얀 피부의 아름다운 미남자로 바뀌어 있다는 사실을 그 누구도 알아차리지 못했다.

"흐음."

하라간은 전투의 여파로 부러진 나뭇등걸에 앉아 흥미진진한 눈으로 전장을 지켜보았다. 강하게 불어 닥치는 강풍도 하라간의 근처에만 오면 산들바람으로 변했다. 뿌연 흙먼지도 하라간 앞에선 낮게 가라앉았다.

하라간이 분홍빛 입술을 오물거렸다.

"처음엔 바루니우스를 상대로 천족 하나가 나섰지? 왕

관을 쓴 천족 말이야. 그러다 그 천족이 패배하자 여성형 천족이 도왔고, 쌍검을 쓰는 천족도 결국 전투에 끼어들었어.”

이 세 천족들은 날개가 여섯 장, 즉 세 쌍이었다.

제3화

레이나 소환의 여파

Chapter 1

"그렇게 1대 3으로 싸워도 바루니우스가 우세했어. 다시 말해서 여섯 날개의 천족보다는 키르샤가 몇 배는 더 강하다는 소리겠지? 하지만 그다음 12명의 천족이 합공을 하자 바루니우스도 죽을 뻔했다고."

하라간이 전투 상황을 꼼꼼하게 되짚어 보았다.

조금 전 하라간은 바루니우스가 위기에 몰려 있는 장면을 보면서도 도와주지 않았다.

대신 디포에우스가 나타나 천족들을 지상으로 밀어내었다. 베니젤로스도 숲에서 뛰쳐나와 천족들을 공격했다.

"12대 1로 싸웠을 때는 바루니우스가 열세였지. 하지만

12대 3이 되자 다시 전세가 역전되었거든."

하라간은 마물과 천족 사이의 전투력 차이를 세밀하게 정리했다.

전세가 다시 북부군에게 유리하게 돌아가자 날개가 8개나 달린 대형 천족이 나타났다. 이 대형 천족은, 하라간이 토레의 궁전에서 잡아먹은 육대신장 도릭스보다는 크기도 작고 힘도 미약했다.

하지만 키르샤보다는 확실히 강했다. 녀석은 키르샤 셋의 합동 공격에도 쉽게 무릎을 꿇지 않았다.

"만약에 저 천족 녀석이 지상으로 내려오지 않고 하늘에서 차근차근 싸웠으면 1대 3의 싸움에서도 거뜬히 이겼을 거야. 힘도 없는 주제에 무식하게 적진에 뛰어들었다가 위기를 자초했을 뿐이지."

하라간이 파악하기에, 남성형 천족이 무식하게 적진 한복판에 뛰어든 데는 두 가지 이유가 있을 것 같았다.

첫째, 키르샤급 마물쯤은 쉽게 짓이겨 버릴 수 있다는 만용.

둘째, 동료 천족에 대한 믿음.

그 믿음에 보답이라도 하듯이 여성형 천족이 구름 뒤에서 내려와 전투에 개입했다. 그 즉시 전세가 다시 뒤집혔다. 2계층의 천족 둘에게 키르샤 셋이 형편없이 밀린 셈이다.

[크악, 크아악.]

하라간은 흥미진진하게 지켜보는 가운데 디포에우스가 피투성이가 되었다. 배가 너덜너덜하게 뚫린 디포에우스는 금방이라도 숨이 넘어갈 것처럼 헐떡거렸다.

[푸우—, 푸우— 푸우우—]

베니젤로스도 혀를 길게 빼어 물고 격하게 숨을 몰아쉬었다. 베니젤로스의 눈은 이미 반쯤 돌아간 상태였다. 힘없이 벌어진 베니젤로스의 아가리 틈새에선 게거품이 뚝뚝 떨어졌다.

하라간이 슬쩍 뒤를 돌아보았다.

아르네군 뒤편 저 멀리 수 킬로미터 밖, 은밀한 시선들이 포착되었다. 대적자가 이 세계에 깔아 놓은 눈들이었다.

"흣. 역시 여기저기에 정보망을 깔아 두었네?"

하라간의 시선이 잠시 구름 위를 향했다가 다시 전장으로 향했다.

"그렇다면 녀석에게 제대로 보여주어야지. 이 세계에 그럴듯한 먹이가 등장했다는 사실을 대적자에게 똑똑히 각인시켜 주어야 할 거야. 그래야 저 조심스러운 녀석이 좀 더 가까이 접근할 테니까 말이지. 후후훗."

하라간이 엉덩이를 툭툭 털고 일어났다.

"이리 와."

하라간이 손가락을 까딱였다.

민치 하나가 냉큼 달려와 하라간의 앞에 자신의 목덜미를 대주었다. 하라간이 민치의 목을 가만히 붙잡았다. 하라간의 시선은 다시 하늘로 향했다.

"자, 어서 와라. 먹음직스러운 미끼를 던져 줄 터이니 어서 내려와."

주문처럼 음산하게 깔리는 읊조림.

다음 순간, 하라간은 낚시꾼이 미끼를 던지는 것처럼 민치를 허공에 뿌렸다.

부웅—

180 센티미터가 넘는 민치가 단숨에 하늘로 떠올랐다. 그 상태에서 민치는 하라간의 힘을 이기지 못하고 허공에서 두어 번 재주넘기를 했다.

한 바퀴 빙글.

두 바퀴 빙글.

세 번째 바퀴를 빙글 돌면서 민치가 다른 사람으로 변했다.

민치를 포탈처럼 사용하여 원하는 사람을 강제로 끌고 오는 것은 하라간의 주특기 가운데 하나였다. 이번에 그 주특기에 걸려든 대상은 다름 아닌 레이나였다. 머나먼 북서부, 군나르 왕국에서 한가롭게 목욕 중이던 레이나가 민치의 몸뚱어리 속으로 불쑥 붙잡혀 들어온 것이다.

과거 레이나는 민치를 통해 강제로 공간 이동을 당한 적이 있었다. 하라간을 처음 만났을 때 당한 경험이었는데, 그렇게 아득하고 진저리쳐지는 기분은 난생처음이었다.

그런데 이번에 또다시 그 일을 겪게 되었다. 그것도 목욕을 하다 말고 발가벗은 채로.

"어이쿠, 썅!"

레이나의 입에서 절로 욕이 나왔다. 그녀는 거품목욕을 하다가 아득한 무저갱 속으로 영혼과 육체가 함께 쭈욱 빨려 들어가는 듯한 더러운 느낌을 받았다. 그다음 새로운 공간으로 갑자기 툭 튀어나오게 되었다.

"어어어?"

하늘이 빙글빙글 돌고 땅에 무섭게 회전했다. 발가벗은 나체로 허공에서 세 바퀴를 더 회전한 레이나는 겨우 땅바닥에 한 발을 디뎠다. 하지만 강한 어지럼증 때문에 제대로 중심을 잡을 수가 없었다. 술 취한 주정뱅이처럼 비틀비틀거리던 레이나가 기어코 엉덩방아를 찧고야 말았다. 레이나의 미끈한 다리가 보기 민망하게 쩍 벌어졌다.

[이건 또 뭐야?]

여성형 천족이 디포에우스의 배를 쑤시다 말고 레이나를 굽어보았다.

축 늘어진 디포에우스의 눈알도 자연스럽게 레이나에게 향했다.

체중을 잔뜩 실어 황금빛 키르샤 베니젤로스의 목을 조르던 남성형 천족도 멀뚱멀뚱 레이나를 응시했다.

반쯤 감긴 베니젤로스의 왼쪽 눈알도 레이나의 나체에 멎었다.

천족에게 걷어차여 멀리 나뒹굴었던 바루니우스도 갑자기 튀어나온 레이나를 어이없다는 듯이 바라보았다.

그뿐만이 아니었다.

저 멀리 떨어진 곳에서 전투의 향방을 지켜보던 아르네 군 전투병들도 레이나를 향해 두 눈을 껌뻑거렸다.

발루아 왕국 병사들도 갑자기 등장한 나체의 미녀를 주목했다.

"이런 썅."

레이나가 벌떡 일어났다.

"내 몸뚱어리가…… 아니 내 며느리의 몸뚱어리가 온 동네 발정 난 남정네들의 공유물이냐? 개나 소나에게 전부 다 보여 주게? 씨팔."

레이나가 걸쭉하게 욕을 뱉었다.

물론 레이나의 목소리는 모기 소리보다 더 작았다. 그녀는 감히 하라간이 듣는 곳에서 욕을 퍼부을 만큼 간이 붓지는 않았다.

그런 레이나의 뇌에 하라간의 차가운 음성이 울렸다.

[억울하면 눈알을 뽑아.]

[네?]

화들짝 놀란 레이나가 하라간을 돌아보았다.

하라간이 입술을 달싹였다.

[네 몸뚱어리, 아니 네 며느리의 나체를 공개한 것이 치욕적이라며? 그럼 목격자들의 입을 다물도록 만들면 되겠네.]

[정말입니까?]

레이나가 인상을 팍 썼다.

하라간이 비틀린 입술 사이로 미소를 머금었다.

[정말이지.]

[진짜로 다 죽여도 됩니까? 이 자리에 있는 놈들의 눈깔을 모조리 뽑아 버리고 대갈통을 부숴 버려도 되냔 말입니다.]

[마음대로 해.]

하라간이 흔쾌히 고개를 끄덕였다.

레이나의 눈이 시퍼런 광채를 토했다.

[좋습니다. 전부 다 눈깔을 뽑아 버립니다.]

레이나가 막 실행에 옮기려고 할 때였다. 하라간이 한마디를 덧붙였다.

[다만…….]

[다만?]

[내 신도들은 건드리지 마.]

[크악!]

레이나가 신경질적으로 자신의 머리카락을 쥐어뜯었다.

Chapter 2

하라간도 더는 레이나의 성질을 긁지 않았다. 그저 쓰러진 나뭇등걸에 다시 앉아 한가롭게 싸움 구경을 할 뿐이었다.

뚜둑, 뚜둑, 뚜두둑.

레이나가 깍지를 낀 손가락에서 뼈 부딪치는 소리를 냈다. 레이나의 오른발이 스윽 앞으로 나갔다.

여성형 천족이 고개를 갸웃했다.

[너, 뭐냐?]

50 미터 높이에서 굽어보는 천족의 오만한 모습이 레이나의 심기를 건드렸다. 레이나의 입매가 고약하게 비틀렸다.

[너희들, 천계의 천족이라고 했지? 그렇지 않아도 내가 요새 속이 부글부글하는데, 마침 잘 걸렸다. 어디 한번 원없이 박살 나 봐라.]

레이나의 말이 끝나기도 전에 여성형 천족의 오른손이 지상으로 내리꽂혔다.

콰직!

10 미터나 되는 손톱이 치즈 속에 박히는 포크처럼 대지를 뚫고 들어갔다. 레이나의 몸뚱어리는 그 속에 파묻혀서 보이지도 않았다.

여성형 천족이 레이나를 비웃었다.

[건방진 년. 벌레만도 못한 인간 주제에 어디서 감히 아가리를 놀려?]

하지만 비웃음은 오래가지 못했다.

[꺄악!]

여성형 천족이 비명과 함께 뛰어올랐다. 그녀는 왼손 뼈로 오른손 뼈를 붙잡고 펄쩍펄쩍 뛰기 시작했다. 여성형 천족의 오른손 손바닥뼈에는 어느새 커다란 구멍이 뚫려 있었다.

스르륵.

움푹 팬 구동이 속에서 나체의 레이나가 둥실 떠올랐다. 머리 높이로 들린 레이나의 양손에는 영롱한 빛이 달무리처럼 은은하게 맺힌 상태였다.

사실 이건 빛이 아니라 주술이었다. 북부 최고의 천재 헤닝 이전에는 세상 그 누구도 구현하지 못했던 최고 난이도 주술 말이다.

이른바 디설루션(Dissolution: 해체)이라 불리는 이 끔찍한 이능력은 반딧불이 모여서 춤을 추는 듯한 형태로 사람들 앞에 드러나곤 하는데, 이 빛 속에는 정체불명의 형광색 문자들이 끊임없이 8자를 그리며 순환한다.

이 순환 문자에 스치는 모든 사물을 원자 단위, 혹은 세포 단위로 해체해서 없애버리는 것이 바로 디설루션의 특징이었다.

[끄으읏.]

여성형 천족이 부르르 뼈를 떨었다.

그 천족 앞에서 레이나가 점점 더 높이 떠올랐다. 레이나의 머리카락은 하늘로 솟구쳐 사납게 흔들렸다. 레이나의 얼굴엔 살벌한 광기가 어렸다.

여성형 천족이 버럭 화를 내었다.

[하찮은 인간 따위가 감힛!]

천족의 왼손이 벼락처럼 빠르게 허공을 그었다. 사납게 일어선 손톱 5개가 레이나가 머무는 공간을 여섯 토막으로 난도질했다.

퓻—

레이나가 그 자리에서 사라졌다.

여성형 천족도 약속이라도 한 듯 그 자리에서 자취를 감추었다.

15 미터 오른쪽, 여성형 천족이 먼저 모습을 드러내었다.

바로 그 옆에 레이나가 나타났다.

여성형 천족이 반사적으로 날개를 휘둘러 레이나를 공격했다.

레이나는 그 공격을 막지 않았다.

[흥!]

레이나가 같잖다는 듯이 비웃었다. 하늘을 향해 뻗친 레이나의 머리카락이 불길한 기운을 뭉텅이로 끌어왔다. 레이나의 온몸에서 강렬한 광채가 터졌다.

후오옹!

그 광채 속에서 레이나의 얼굴이 길쭉하게 늘어났다. 레이나의 목 언저리에선 기포가 끓어오르면서 새로운 머리통들이 마구 돋아났다. 그렇게 새로 돋아난 머리가 무려 11개였다. 레이나의 본래 머리까지 더하면 총 12개나 되었다.

머리통 하나하나가 길이는 1 킬로미터 근방.

각각의 머리통에는 뿔이 5개.

그 거대한 12개의 머리를 떠받치며 레이나의 몸이 창대하게 부풀었다. 온 세상을 전부 뒤덮을 것처럼 증폭된 레이나의 몸체는 그 크기가 무려 70 킬로미터가 넘었다. 머리 길이가 1 킬로미터인데 목부터 꼬리까지 길이가 70 킬로미터나 되다 보니 상대적으로 레이나는 머리가 조그맣게 보였다.

물론 이건 먼 하늘에서 굽어보았을 때나 파악되는 형태이고, 사람들 눈에는 레이나가 어떤 모습인지 파악되지 않았다. 사람의 눈에 담기에는 레이나가 너무나 거대한, 규격 외의 존재이기 때문이다.

또 한 가지.

지금 사람들은 레이나의 본체, 즉 다즈키르샤의 모습을 볼 수 없었다.

딱!

하라간이 나뭇등걸에 앉아 손가락을 튕겼다.

츠츠츠츠츳.

그 즉시 레이나 주변의 공기가 얼어붙으면서 원통형의 얼음벽이 생겨났다. 높이 70 킬로미터에 지름이 4 킬로미터인 얼음벽이었다.

까마득한 하늘 위, 대기가 희박해지고 공기 밀도가 뚝 떨어지는, 대기와 우주의 경계선까지 단숨에 자라난 원통형의 얼음벽은 사람들의 시야를 완전히 차단했다.

[쿠와르르—]

[쿠와르르르르—]

[쿠와르르르르르르르—]

[쿠와르르르르—]

그 좁은 원통 얼음벽에 갇혀서 레이나의 열두 머리가 답답하게 울부짖었다. 레이나가 아무리 발버둥 쳐도 이 얇은 얼음벽을 깨트릴 수가 없었다.

하라간의 음성이 레이나의 뇌를 때렸다.

[내가 정해 준 범위 안에서만 싸워.]

하라간이 4 킬로미터로 범위를 제한한 이유는 간단했다. 조금 전 바루니우스 등이 천족과 싸우던 영역이 대충 그 언저리기 때문이다. 덕분에 북부군과 남부 연합군도 4 킬로미터가 조금 넘는 거리를 두고 마주하고 있었다. 만약 이 상황에서 레이나가 본체를 여과 없이 드러낸다면, 남부 연합군뿐 아니라 북부군 병사까지 깔려 죽게 생겼다. 하라간은 북부군을 보호하기 위해서 레이나 주변을 얼음으로 둘러쌌다.

또 한 가지.

하라간은 군중에게 다즈키르샤의 모습을 보여 줄 생각이 없었다. 혹시라도 신인의 존재가 의심받을까 봐 우려한 탓이었다.

대신 하라간은 원통 위쪽은 막지 않았다.

'하늘 꼭대기에선 다즈키르샤의 모습이 잘 보여야지. 모처럼 던진 미끼를 대적자가 보지 못하면 곤란하잖아?'

하라간이 히죽 웃었다.

Chapter 3

[이건 너무하시는 것 아닙니까?]

좁은 얼음벽 안에서 레이나가 반발했다. 솔직히 레이나는 억울했다.

'나더러 마음껏 날뛰라며? 신도들만 건드리지 않으면 마음껏 화풀이를 해도 된다며?'

그 억울한 마음을 담아 레이나가 하라간에게 따지려고 들 때였다. 그보다 한발 앞서 하라간의 경고가 떨어졌다.

[언제든지 말해.]

[네?]

[그 안이 좁아서 싫으면 언제든지 말하라고. 너의 조그만 머리통 12개 가운데에 11개를 뜯어먹고 몸뚱어리의 95 퍼센트를 먹어 치워 줄 테니까. 그럼 네 본체가 볼품없이 쪼그라들겠지? 그 얼음벽 안에서 싸우기에 충분할 만큼 내가 크기를 줄여 줄게.]

[커헉.]

레이나가 펄쩍 뛰었다. 마신에게 온몸의 95 퍼센트가 뜯어 먹히는 상상을 하는 것만으로도 레이나는 공포에 질렸다. 그렇게 신체의 대부분을 잃고도 살 수 있을 것인지도 의문이지만, 만에 하나 운이 좋아서 레이나가 목숨을 건진다고 하더라도 다즈키르샤의 권능을 다 빼앗긴 채 막키르샤로 퇴보할 것이 뻔했다.

'아니지. 그렇게 될 순 없지. 으으으으.'

레이나는 12개의 머리로 열심히 도리질을 해 댔다. 그다음 하라간이 실행에 옮기기 전에 스스로의 크기를 20분의 1로 줄였다.

그렇게 몸을 축소했는데도 레이나의 머리부터 꼬리까지 길이는 여전히 3.5 킬로미터가 넘었다. 그녀 입장에서 보면, 지름 4 킬로미터의 얼음 원통은 여전히 비좁았다.

어쨌거나 하라간이 까라고 하면 까야 한다.

[크롸라라라—]

[크롸라—]

[크우롸롸롸—]

레이나는 이 억울함과, 분노와, 서러움을 12개의 중첩된 포효를 통해 드러내었다. 그다음 화풀이라도 하듯이 두 천족을 덮쳤다.

[다즈키르샤!]

깜짝 놀란 여성형 천족이 하늘로 도망쳤다.

[푸헉?]

남성형 천족도 패닉 상태에 빠져 땅바닥을 기다시피 도주했다.

[요 앙실방실한 연놈들!]

레이나가 여러 개의 발 가운데 하나를 휘둘렀다.

[헙!]

여성형 천족이 아슬아슬하게 곡예비행을 하며 레이나의 발톱 사이로 피했다. 아니, 피하는 것처럼 보였다.

실제로는 피하지 못했다. 레이나의 발톱과 발톱 사이에서 디설루션 주술이 발동한 탓이다.

후오옹!

세상의 모든 물체를 원자 단위로 분해하고 모든 생명체를 세포 단위로 분해해 버리는 이 끔찍한 주술은 2계층의 고위급 천족을 단숨에 재기 불능 상태로 만들었다.

[끄악—]

날카로운 비명과 함께 여성형 천족이 추락했다. 키가 50미터나 되는 천족이지만, 레이나의 본체—실은 본모습 그대로가 아니라 20분의 1로 줄어든 축소형에 불과하지만—에 비하면 날파리 수준에 다름 아니었다. 디설루션에 노출된 여성형 천족의 하반신 뼈가 모두 와해되어 사라졌다. 날개의 일부도 디설루션에 노출되어 원자 단위로 흩어졌다.

[아아아아악.]

골반 아래를 모두 잃은 여성형 천족이 빙글빙글 돌면서 추락했다.

남성형 천족도 무사하지 못했다.

땅바닥을 기면서 비굴하게 도망치던 남성형 천족을 향해 레이나의 열두 머리 가운데 2개가 움직였다. 기다란 목을 꾸불텅 휘어서 남성형 천족을 추적한 머리통 하나가 아가리를 150도 각도로 벌렸다. 입을 쩍 벌린 머리통의 크기만 100 미터가 넘었다.

[캬우우—]

어마어마한 뇌파가 남성형 천족의 등 뒤에서 울렸다.

그 포효에 노출된 남성형 천족은 그대로 스턴(Stun: 기절) 상태에 걸렸다. 비록 몇 초간이지만, 남성형 천족은 손가락뼈 한 마디 까딱할 수 없었다.

상대가 스턴에 걸린 틈을 노려서 또 하나의 마물 머리가 덮쳤다. 오른쪽으로부터 빠르게 접근한 레이나의 머리는 남성형 천족을 홱 낚아챘다. 그다음 하늘 높이 끌고 올라갔다.

[끄악, 살려 줘—어—어—]

남성형 천족이 비명을 질렀다. 레이나의 머리가 상승하는 속도가 워낙 빨라 남성형 천족의 뇌파가 길게 꼬리를 끌며 늘어졌다.

그 비명이 오래가지 않아 끊겼다.

콰득!

다즈키르샤의 억센 이빨이 2계층 천족의 뼈를 그대로 으깨 버리며 세 토막을 내 버린 탓이었다. 잘게 부서진 뼈의 잔해가 다즈키르샤의 이빨 사이로 우수수 떨어졌다.

남성형 천족이 마물에게 잡아먹히는 동안, 여성형 천족도 같은 운명을 겪게 되었다. 디설루션에 의해 하반신을 잃고 추락하던 여성형 천족은, 아래쪽에서 훅 치고 들어온 다즈키르샤의 아가리에 그대로 처박혔다.

콰직!

빈틈없이 꽉 맞물린 다즈키르샤의 이빨이 여성형 천족의 상체 뼈를 으깼다.

[꼑.]

여성형 천족은 짧은 비명 한마디를 남기고 다즈키르샤의 뱃속으로 들어갔다. 천족 특유의 하얀 깃털들이 다즈키르샤의 이빨 사이로 떨어져 허공에 흩날렸다.

쿠웅—

다즈키르샤가 상체에 매달린 여러 개의 발을 지상에 내디뎠다.

지축이 크게 울렸다.

바루니우스의 마물 롤코가 털썩 주저앉았다.

[으어어.]

디포에우스의 마물 웬투스 키르샤가 그대로 얼음이 되었다.

[끼익.]

목이 졸려 비몽사몽인 베니젤로스도 가물거리는 눈으로 다즈키르샤의 공포스러운 모습을 올려다보았다.

키르샤들은 자신보다 35배나 더 키가 큰 심해저 3층의 마물 다즈키르샤를 맞닥뜨린 뒤 사고가 뚝 정지했다.

아니, 실제로는 35배가 아니었다. 레이나가 몸을 20분의 1로 줄여서 35배니까, 실제로는 700배의 키 차이였다. 부피나 몸무게의 차이는 대략 따져도 삼 억 배, 정확하게는 343,000,000배가 넘었다. 이 정도면 사람과 불개미 정도의 격차라고 보아도 무방했다.

레이나가 12개의 머리를 꾸부정하게 낮췄다.

[끄윽, 끅끅, 끅.]

웬투스 키르샤, 즉 디포에우스가 딸꾹질을 해 댔다. 그러다 결국 웬투스 키르샤는 공포를 견디지 못하고 마정석 속으로 숨어들어 버렸다. 결합이 해제되면서 다시 사람의 몸으로 돌아온 디포에우스가 땅바닥에 넙죽 엎드렸다.

[호, 혹시 신인이시옵니까?]

디포에우스가 말을 더듬었다.

디포에우스는 레이나를 신인이라고 착각했다. 아르네 왕궁에서 디포에우스가 목격한 신인의 본체는 분명 메탈룸 계열의 황금빛 키르샤였다. 그런데 지금 레이나는 메탈룸 계열과는 확실히 차별되는 모습이었다.

'하지만 이렇게 어마어마한 규격 외의 존재가 신인 말고 또 있을까?'

이것이 디포에우스의 생각이었다. 다른 한편, 디포에우스의 머릿속에는 또 다른 의문이 똬리를 틀었다.

'가만 있자. 조금 전에 내가 목격한 모습은 분명 여인이었는데? 신인께서 설마 여인이시란 말인가? 신인께서 외모가 워낙 아름다우시니까 그럴 수도 있다만…… 아니지. 그건 아니지. 전에 내가 신인의 발가벗은 존체를 목격했을 때는 분명 남성이셨는데? 설마 신인께서 성별을 마음대로 바꾸시나?'

디포에우스의 생각은 길게 이어지지 않았다. 하라간이 원통형 얼음벽을 허물어뜨리고 대신 일자형 평면 얼음벽을 다시 세운 탓이었다.

Chapter 4

새로운 얼음벽에 막혀서 아르네군 병사들은 여전히 다즈키르샤의 모습을 볼 수 없었다.

반면 발루아 왕국 병사들의 눈에는 다즈키르샤의 흉포한

모습이 고스란히 드러났다. 남쪽 하늘을 가득 메운 천족 전사들에게도 다즈키르샤가 똑똑히 보였다.

하라간이 레이나를 자극했다.

[저기 또 있네. 너의 알몸, 아니 네 며느리의 치부를 목격한 눈알들이 저기 저렇게 많잖아?]

[크윽.]

레이나가 어금니를 꽉 깨물었다.

원래 하라간에게 향했어야 할 레이나의 울분이 불쌍한 발루아 병사들에게 집중되었다. 불쌍한 천족들에게도 분노가 쏟아졌다. 레이나의 12개 머리가 동시다발적으로 뇌파를 발산했다.

[크롸롸롸롸.]

[이 쌍놈의 것들.]

[다 죽여 버린다아아—]

[크우롸롸롸—]

거대한 함성과 함께 다즈키르샤의 몸이 허공으로 떠올랐다.

길이 3.5 킬로미터를 초월하는 거대한 생명체가 도움닫기를 하면 당연히 땅이 붕괴하고 지진이 일어나야 정상이었다. 그런데 레이나는 마치 공간 이동이라도 한 것처럼 사뿐하게 허공으로 점프했다.

후오옹!

그 상태에서 레이나의 온몸이 영롱한 빛에 휩싸였다. 온 하늘을 가득 메운 그 거대한 덩치가 빛, 아니 주술문으로 변한 것이다.

수 킬로미터 수준의 에너지 덩어리를 모았다가 그대로 폭발!

레이나가 보유한 권능 가운데 가장 강력한 삼대 비기 가운데 하나인 '광역 디설루션'이 작렬했다.

투—확—!

섬광처럼 폭발한 광역 주술의 효과는 무지막지했다. 빛이 퍼진 모든 공간, 레이나를 중심으로 남쪽 방향의 모든 사물들이 그대로 증발해 버렸다.

남쪽 하늘의 구름이 증발했다. 구름 아래 빽빽하게 몰려들었던 수천 명의 천족 전사들도 그대로 온몸이 와해당했다. 어지간한 왕국 하나를 30분 만에 밀어 버릴 수 있는 대병력이 그냥 사라진 적이다.

아스라이 보이는 남쪽의 산이 증발했다. 산에 포함된 묵직한 바위와 나무, 수풀, 산속 동물들이 산과 함께 사라져 버렸다.

산 아래 펼쳐진 너른 숲이 거짓말처럼 삭제를 당했다. 숲의 입구부터 시작해서 평원까지 늘어선 발루아 병사들도 흔적도 남기지 못하고 와해되었다.

이건 공포였다.

이것은 생명체가 발휘할 수 있는 힘이 아니었다.

단 한 번의 섬광만으로 아르네군의 앞을 가로막는 모든 존재가 지움을 당했다.

오직 3명의 천족만이 목숨을 부지했다.

오를레앙 국왕.

아뜨리나 왕비.

푸콘 공작.

발루아 왕국을 다스리는 3명의 천족은 레이나의 '광역 디설루션' 공격에 죽지 않았다.

레이나가 그들을 살려 준 것이 아니었다. 세 천족 앞에 갑자기 생겨난 얼음 방패가 레이나의 무지막지한 권능을 반사시켜 3명의 천족을 보호했다.

레이나가 무서운 눈으로 생존자들을 노려보았다.

그런 레이나의 뇌에 하라간의 음성이 들렸다.

[저 녀석들은 그냥 놔둬.]

[네?]

[내가 따로 써먹을 데가 있어.]

누구의 명이라고 거역하겠는가. 레이나가 광역 디설루션을 펼치건, 또 다른 권능을 쓰건 마찬가지였다. 마신에게는 단 한 톨도 통하지 않는다. 마신이 1 밀리미터 두께의 얇은 얼음 방패를 세우는 것만으로도 레이나의 최고위 공격이 허무하게 차단당했다.

[예에, 알겠습니다.]

레이나가 힘없이 대답했다.

딱!

하라간이 손가락을 튕겼다.

아르네군의 시야를 차단했던 얼음벽이 사르륵 녹았다. 레이나는 재빨리 사람의 모습으로 돌아온 다음 적당한 크기의 장애물 뒤에 숨었다.

하라간이 아르네군 지휘부에게 손짓했다.

"신인이시여."

"저희를 찾아계시옵니까?"

디포에우스와 바루니우스가 냉큼 달려왔다. 두 사람 모두 마물과 결합했던 탓에 나체 상태였다.

하라간이 눈을 찌푸렸다.

"보기 거북하니까 좀 가리지?"

"아, 네."

"송구하옵니다."

디포에우스와 바루니우스가 굴러다니는 돌로 하체를 가리고 공손하게 자세를 낮췄다.

하라간이 엄지로 등 뒤를 가리켰다.

"너희들이 상대하기에 버거울 것 같았다. 그래서 장애물들을 적당히 치워줬어."

"그저 송구할 따름이옵니다."

"저희들의 능력이 미흡하여 몸 둘 바를 모르겠나이다."

디포에우스와 바루니우스가 진땀을 뚝뚝 흘렸다.

하라간이 말을 계속했다.

"조금 전에 보았던 장면은 잊어버려. 그게 좋을 거야."

"단단히 명심하겠나이다."

"저희의 머릿속에서 깨끗이 지우겠나이다."

디포에우스와 바루니우스는 곧바로 대답했다.

하라간이 손을 털었다.

"좋아. 그럼 여기서부터는 너희들이 다시 지휘해."

이 말을 끝으로 하라간의 모습이 팍 사라졌다. 하라간은 잉그리드의 곁에 남겨 놓은 민치를 이용해 공간을 뛰어넘었다.

디포에우스와 바루니우스는 하라간이 사라진 이후에도 땅바닥을 향해 연신 머리를 조아렸다.

한편 레이나는 당황했다.

'아 놔, 그냥 가 버렸어? 목욕 중이던 나를 강제로 이곳에 소환해 놓고는 한마디 말도 없이 그냥 가 버렸다고? 하

아아, 어이가 없네.'

그렇다고 마신에게 따질 수도 없었다. 레이나는 알몸인 상태로 허공에 공간 이동 포탈을 그렸다. 그다음 포탈을 열고 군나르 왕국으로 돌아갔다.

"정말 어이가 없어. 하아아."

포탈의 빛이 꺼지기 전, 레이나의 조그만 중얼거림이 바닥에 내리깔렸다.

Chapter 5

후유웅—

바위 뒤에서 갑자기 포탈 하나가 열렸다가 닫혔다.

"누구냣?"

디포에우스와 바루니우스가 깜짝 놀랐다. 바위 뒤쪽 마법진의 흔적을 조사하던 디포에우스가 고개를 가로저었다.

"아무런 도구도 없이 포탈을 열은 터라 추적이 불가능하군. 아마도 신인께서 불러오신 신인의 권속인 것 같소."

'머리가 12개 달린 다즈키르샤.'

'바로 그 다즈키르샤로구나.'

입을 열어 말을 하지는 않았지만, 디포에우스와 바루니

우스는 자신들이 목격했던 다즈키르샤가 신인의 권속일 것이라고 짐작했다. 그리고 그 권속이 포탈을 통해 어딘가로 사라진 것이라 추측했다.

디포에우스가 화제를 돌렸다.

"바루니우스 장군."

"말씀하시지요."

"아무래도 행군을 서두르는 편이 좋지 않겠소?"

바루니우스가 고개를 끄덕였다.

"당연히 서둘러야지요. 신인께오선 오래 기다리시지 않는 분인 것 같습니다. 만약 아군의 진군 속도가 늦어지면 신인께오서 중부 전선에 또다시 개입하실 듯합니다."

"우리가 계속 신인께 의지할 수는 없지. 신인의 자식된 도리로써 어떻게 매번 그분의 도움만 기다리겠소?"

"안 될 말이지요. 제가 먼저 선발대를 끌고 길을 뚫겠습니다. 집정관께서 후방을 받쳐 주십시오."

바루니우스가 굳은 의지를 보였다.

디포에우스가 바루니우스의 뜻에 동의했다.

"그게 좋겠소. 그럼 장군이 먼저 출발하시구려."

"네."

바루니우스가 부하들에게 달려가 군령을 내렸다. 넋이 나가 있던 전투병들이 바루니우스의 지휘를 받아 전열을 정비했다.

얼마 지나지 않아 행군 태세가 다시 갖춰졌다. 둥둥 북이 울렸다. 병사들 앞 열 중앙에선 신인의 깃발이 높이 올라갔다.

"전원, 진군하라."

바루니우스가 굵은 목소리로 외쳤다.

"전워어—언, 진군하랍신다아—"

부관이 그 말을 받았다.

척, 척, 척, 척, 척.

각이 딱 잡힌 아르네 전투병들이 질서정연하게 발걸음을 내디뎠다. 말발굽 소리가 따그닥, 따그닥 규칙적으로 울렸다. 바루니우스가 이끄는 선발대는 마해와 천계의 전투로 인해 폐허로 변한 황무지를 향해 망설임 없이 나아갔다. 저 멀리 앞을 가로막았던 산이 하나 사라진 터라 행군하기는 오히려 편했다.

뒤에 남은 디포에우스가 베니젤로스의 곁으로 다가갔다.

"헉헉, 헉, 허억."

원숭이를 닮은 청년 베니젤로스는 나무그늘에 드러누워 숨을 헐떡거렸다. 베니젤로스의 온몸은 상처투성이였다. 의식도 완전히 잃은 것 같았다.

디포에우스가 상대의 눈꺼풀을 열어 상태를 확인했다.

"쯧쯧. 부상이 심하군."

디포에우스가 혀를 차는 동안 아르네 식민지의 본진이 도착했다.

"집정관님."

본진의 지휘관들이 말에서 내려 디포에우스에게 달려왔다.

디포에우스가 손가락으로 나무그늘을 가리켰다.

"저기에 부상자가 있다. 의무병부터 불러라."

"넷."

지휘관 한 명이 곧장 명을 받들었다.

멀리서 의무병들이 들것을 가져오는 사이, 나머지 지휘관들이 디포에우스에게 다가와 물었다.

"집정관님, 혹시 조금 전에 여기서 전투가 벌어졌습니까?"

"저희들이 멀리서 보기에도 뭔가가 번쩍번쩍거렸습니다."

디포에우스는 폐허가 된 현장을 턱으로 가리켰다.

아르네군 지휘관들은 디포에우스가 가리킨 방향을 멍하게 바라보았다.

디포에우스는 산이 사라진 자리도 턱 끝으로 지목했다.

"저기 저쪽에 원래는 산이 하나 있었다네."

"집정관님의 말씀이 맞는군요. 여기 지도에 그려진 등고선을 보면 꽤 큰 산이 저 자리에 있어야 정상입니다. 한데 그 산이 어디로 갔습니까?"

수석 지휘관이 양피지로 만든 지도를 손가락으로 짚으며 물었다.

다른 지휘관들이 깜짝 놀랐다.

"예? 저 자리에 산이 있었다고요?"

"대체 어디에 말입니까? 제 눈엔 아무런 흔적도 보이지 않습니다."

디포에우스가 시큰둥하게 대답했다.

"원래 저기 있었어. 그런데 그분께서 흔적도 없이 치워 버리셨다네."

"그분이라고요?"

눈이 휘둥그레진 부하들을 향해 디포에우스가 툭 내뱉었다.

"그래. 그분. 조금 전에 신인께서 이곳에 친림하셨지."

"헙."

지휘관들이 몸을 움찔 떨었다.

디포에우스가 다시 한 번 산이 있던 자리를 향해 턱짓을 했다.

"그분께서 산을 날려 버리셨다네. 선발대의 앞을 가로막은 천계의 적들과 함께 휘익~"

디포에우스는 바람에 날리는 가랑잎처럼 손바닥을 움직였다.

지휘관들이 기겁했다.

“네에에? 신인께오서 산을 통째로 날려 버리셨다고요?”

“그게 정말입니까?”

부하들의 불신에 디포에우스가 안색을 굳혔다.

“어허, 이 사람들 좀 보게. 내가 어찌 감히 신인께오서 행하신 이적을 거짓으로 증언하겠는가? 그러다 신벌을 받지.”

신벌.

배교자.

북부인들에게 이보다 더 뜨끔한 단어는 없을 것이다. 지휘관들이 냉큼 자신들의 경솔한 언행을 취소했다.

“아이고, 절대 그런 뜻이 아닙니다.”

“저희가 어찌 신인께오서 행하신 이적을 의심하겠습니까?”

“저희는 그저 깜짝 놀라 반문한 것뿐입니다.”

“그럼요. 멀쩡한 산이 하나 없어졌다는 말에 누가 놀라지 않겠습니까?”

지휘관들이 큰 죄라도 지은 사람들처럼 앞다투어 변명했다. 디포에우스가 그런 부하들을 쓰윽 둘러보고는, 아군 진영을 향해 뒷짐을 지고 걸었다.

“집정관님.”

수석 지휘관이 후다닥 디포에우스의 뒤를 따랐다. 나머지 사람들이 허둥지둥 움직였다.

한동안 말없이 걷던 디포에우스가 다시 입을 열었다.

"부상자도 있으니 여기서 조금만 휴식하지."

"네, 집정관님."

침묵이 깨진 것이 반가웠는지 지휘관들이 냉큼 대답했다.

디포에우스의 말이 뒤따랐다.

"하지만 오래 머물 수는 없네. 조금 전에 선발대가 출발했으니 우리는 40분의 간격을 두고 따라감세."

"군령을 따르겠습니다."

"40분 뒤에 출발하는 것으로 알고 병사들에게 휴식을 주겠습니다."

신벌이라는 단어에 크게 놀란 듯, 아르네군 지휘관들은 지극히 조심스러운 태도를 보였다.

Chapter 6

아르네군 본진으로부터 꽤 떨어진 바위 뒤.

수염이 덥수룩한 사내가 조심스레 움직였다. 사내는 포복 자세로 엎드려 후퇴하는가 싶더니, 흐르는 강물 속으로 천천히 입수했다.

물길을 따라 하염없이 하류로 내려가던 사내가 어느 순간 헤엄을 쳐서 뭍으로 올라왔다. 갈대숲을 향한 사내의 시선이 잘게 흔들렸다.

"내 눈으로 보고도 믿을 수가 없구나. 머리가 12개나 되는 그 거대한 마물은 대체 뭐란 말인가? 설마 그 열두 머리 마물이 마해의 신이라도 되는 것일까?"

사내는 다즈키르샤를 마신이라고 여겼다. 신이 아니고서는 그렇게 천계의 전사들을 단숨에 쓸어버릴 수 없었다.

"마신이 인간계에 등장했다면 정말 끔찍한 일이다. 서둘러서 이 사실을 스승님께 전해야 해."

사내가 갈대숲을 헤쳐 길을 열었다.

사내의 정체는 레인저.

벨커스의 추종자들 가운데 레드 베어가 바로 사내의 스승이었다.

"뭣? 마신?"

레드 베어가 거구를 벌떡 일으켰다. 그 바람에 의자가 우당탕 쓰러졌다.

"진정하시게."

골드 라이온이 손을 들어 레드 베어를 진정시켰다. 그다음 레인저를 향해 물었다.

"흥분하지 말고 차근차근 말해 보게. 그 전에 누가 저 용사에게 물 한 잔 가져다주지?"

레오파드, 즉 람이 왜소한 몸을 일으켜 찬물을 한 잔 떠왔다. 레인저는 물을 벌컥벌컥 들이켠 다음, 자신이 목격한 장면을 생생하게 전했다.

2개의 커다란 방패를 가진 보라색 마물의 등장.

그에 맞서 전장에 나선 천족.

벨커스의 추종자들은 눈을 깊게 번뜩이며 레인저의 말에 귀를 기울였다. 그러다 왕관을 쓴 천족 이야기가 나오자 블랙 이글(Black Eagle: 검은 독수리)이 고개를 갸웃했다.

골드 라이온이 남몰래 블랙 이글의 눈치를 살폈다.

블랙 이글이 다시 평온한 표정으로 이야기를 경청했다.

골드 라이온이 안도의 한숨을 내쉬었다.

'비딕 대공, 아니 블랙 이글은 동생인 오를레앙이 천족으로 변했다는 사실을 아직 모르는구나. 휴우, 다행이다.'

블랙 이글은 모든 과거를 버리고 은둔 수호자가 되기로 맹세했다.

'블랙 이글이 동생의 변화에 동요하여 사명감을 저버리면 곤란하지. 우리 은둔 수호자는 과거의 사적인 감성에 얽매여서는 안 돼. 오로지 사명감만 생각해야 해.'

이것이 골드 라이온의 신념이었다.

물론 카롤 왕국은 예외였다. 골드 라이온은 다른 사람의 허물은 곧바로 지적하지만, 본인의 허물은 보지 못하는 성격이었다.

그러다 레인저가 쌍검을 사용하는 천족을 입에 담았다.

블랙 이글이 다시 한 번 고개를 갸웃했다.

골드 라이온이 재빨리 끼어들었다.

“불필요한 부분은 생략하게. 지금 천족들의 검술이 중요한 것이 아니지 않나? 그래서, 싸움의 결과는 어찌 되었나?”

레인저가 이야기를 훅 건너뛰었다.

“무려 세 분의 천족이 나섰건만 보라색 거인을 이기지 못했습니다. 그때 하늘에서 벼락이 떨어져 보라색 거인을 공격했습니다.”

“옳거니. 천계에서 추가 병력이 도착했구먼.”

골드 라이온이 손뼉을 쳤다.

레인저는 비처럼 쏟아지는 벼락을 설명했다. 그다음 북쪽 하늘에서 날아온 거대한 드래곤과, 숲을 뚫고 뛰쳐나온 황금빛 드래곤을 언급했다.

“헉, 키르샤!”

골드 라이온이 헛바람을 집어삼켰다.

토레의 궁전에서 탁소 키르샤, 즉 하라간에게 된통 당했던 기억 때문일까? 골드 라이온은 키르샤를 두려워했다.

바루니우스와 결합한 보라색 거인 롤코도 키르샤급이지만, 골드 라이온은 마물의 등급에 대해서 꿰뚫고 있지는 못했다.

"키르샤가 두 마리나 등장했단 말인가?"

골드 라이온이 심각하게 독백했다.

그 와중에도 레인저의 말은 끝날 줄 몰랐다.

거대한 크기의 천계 전사가 등장했다는 소식에 골드 라이온이 흥분했다.

"옳지. 천계에서 이미 알고 있었구나. 키르샤가 둘이나 등장할 것을 알고 고위 천족을 보낸 게야."

"그렇습니다. 구름을 꿇고 하강한 천족이 드래곤을 닮은 마물 두 마리를 거뜬히 상대하셨습니다. 이어서 또 한 명의 천족이 등장하자 아군의 승리가 확실시되었습니다. 그때 문제가 터졌습니다."

"문제라니? 또 무슨 문제인가?"

골드 라이온이 이글거리는 눈빛으로 레인저를 직시했다.

레인저는 침을 한 번 꿀꺽 삼키고는, 말을 이었다.

"마신!"

"마신?"

"송구합니다. 제가 목격한 것을 마신이라고 봐야 할지 어떨지 잘 모르겠습니다. 하지만 마신이라는 단어 외에는 그 어마어마한 존재를 설명할 길이 없습니다."

"그게 뭔가? 도대체 무슨 마물을 목격했다는 게야?"

답답해진 골드 라이온이 손바닥으로 탁자를 탕 때렸다.

레인저는 얼빠진 표정으로 기억을 더듬었다.

"그 마물은…… 머리가 12개였습니다. 그 마물은, 다른 드래곤들과는 비교도 되지 않게 덩치가 거대했습니다. 저는…… 그렇게 커다란 생명체는 처음 보았습니다. 어찌나 거대했던지 제 눈으로는 상대의 전체 형태를 다 볼 수도 없었습니다. 그 어마어마한 존재가 천족 군단 전체를 날려 버렸습니다. 으으으! 천족 군단뿐 아니라 발루아 왕국의 병사들도 한 방에 사라졌습니다. 으으으으! 어디 그뿐인 줄 아십니까? 산! 산! 산! 산이 없어졌습니다. 그 어마어마한 존재가 산을 없앴습니다. 이게 말이 됩니까? 어떻게 생명체가 산을 없앱니까? 우리는 대체 무엇을 상대로 싸우는 것입니까? 으으으으. 저는 자신이 없습니다. 제가 무슨 정신으로 여기까지 달려왔는지도 잘 모르겠습니다. 상대는 악마입니다. 아니, 모든 악마들을 통솔하는 신입니다. 숨결 한 방에 산을 통째로 날려 보내는 존재란 말입니다. 으흐흐흐흑."

결국 레인저가 울음을 터뜨렸다.

"으으으읍."

골드 라이온이 손바닥에 얼굴을 묻었다. 골드 라이온의 심장이 터질 듯이 뛰었다.

레드 베어도 기겁했다.

"마신? 마신이 등장했다고?"

두 주먹을 꽉 움켜쥔 레드 베어가 부릅뜬 눈으로 레인저를 노려보았다. 레드 베어의 이마에 푸른 핏줄이 돋았다.

레오파드는 옆에서 입술만 벙긋거렸다.

블랙 이글이 골드 라이온에게 물었다.

"골드 라이온, 마신이라는 것이 무엇입니까?"

Chapter 7

"마신! 으으음. 마신."

골드 라이온은 '마신' 이라는 단어만 되뇔 뿐, 제대로 대답하지 않았다. 대신 레드 베어가 블랙 이글의 궁금증을 풀어 주었다.

"마신이라는 게 존재하는지 확인된 바는 없다네. 그저 그런 존재가 있지 않을까 생각한 것뿐이야. 우리와 손을 잡은 천계에는 천신이 계시거든. 그러니까 마해에도 모든 마물들을 지배하는 흉포한 마신이 있지 않을까 하는 생각 말일세."

"선배님, 그러면 그 마신이 인간계에 등장했단 말씀이십니까?"

이어지는 블랙 이글의 질문에 레드 베어는 한숨 섞인 대답을 했다.

"후우우, 그거야 모르지. 마신이라는 존재 자체가 상상 속의 관념일 뿐인데, 내가 어찌 후배님에게 가타부타 확답을 하겠나. 후우우, 빌어먹을."

이번엔 레오파드가 질문했다.

"만약 마신의 등장이 사실이라면, 누가 그 신적 존재를 막을 수 있습니까? 우리 벨커스의 추종자들의 힘으로 가능합니까?"

레드 베어가 씁쓸히 고개를 가로저었다.

"아니. 우리들만으로는 불가능하네. 마신이 정말 존재한다면, 그리고 그 마신이 인간계에 올라왔다면 그를 막을 수 있는 존재는……."

골드 라이온이 불쑥 끼어들어 답을 가로챘다.

"마신을 막을 수 있는 존재는, 오로지 천신뿐이지. 인간계에 마신이 나타났다면, 반드시 천신께서 강림하셔야 해. 이럴 때가 아니야. 서둘러 천계와 접촉해 보아야겠어."

의자를 박차고 일어선 골드 라이온이 한 차례 비틀거렸다.

"골드 라이온."

레드 베어가 깜짝 놀라 골드 라이온을 부축했다.

골드 라이온이 머리를 털고 일어섰다.

"괜찮아. 나는 괜찮다네. 그나저나 일이 급해졌어. 서둘러 천계와 접촉해야 해. 그렇지 않으면 우리 인간 세상은 끝이야. 끝!"

골드 라이온은 이 말을 남기고는 허둥지둥 자리를 떴다.

남은 사람들이 심각하게 서로의 얼굴을 마주 보았다.

벨커스의 추종자들은 레인저의 눈을 통해 다즈키르샤의 존재를 확인했다.

같은 시각.

천계에서도 소수 생존자들의 증언을 통해 비슷한 이야기를 전해 들었다. 레이나가 천족 전사들을 향해 무지막지한 공격을 퍼부었을 때, 구름 뒤에 대기 중이던 천족 전사들 가운데 소수가 가까스로 목숨을 건졌다.

그들 생존자들은 즉시 마고 왕국으로 날아갔다. 그러곤 천계의 여왕과 삼원사에게 다즈키르샤의 등장을 알렸다.

[심해저 3층의 마물이 벌써 인간계에 올라왔단 말인가?]

우원사가 눈을 찌푸렸다.

좌원사가 퉁명스레 말을 받았다.

[이봐, 우원사. 우리들도 인간계에 강림하지 않았나. 그러니 다즈키르샤가 이곳에 강림하지 말라는 법도 없지.]

[이봐, 좌원사. 누가 뭐래? 나는 그저 마해 마물들의 진격 속도가 빠르다고 말한 것뿐이야.]

[이봐, 우원사. 우리들이 인간계에 강림한 수준에 비하면 마물들이 그렇게 빠른 것도 아니라니까. 자네는 왜 이렇게 말귀를 못 알아듣나?]

[말귀를 못 알아듣긴, 누구더러 그런 소리를 해? 귀는 좌원사, 네가 더 어둡지.]

[뭐야?]

[뭐긴, 지금 한번 해 보자는 겐가?]

[그래. 해 봐. 해 봐.]

좌원사와 우원사가 기어코 서로의 멱살을 맞잡았다.

보다 못해 대원사가 호통을 쳤다.

[그만! 둘 다 그만두게. 여왕님께서 계시는 앞에서 이게 무슨 짓거리들인가?]

[험험. 송구합니다.]

좌원사가 고개를 숙였다.

[저희가 잘못했습니다.]

우원사도 함께 사죄했다.

[에잉. 나잇살들만 처먹어서 이게 뭐하는 짓들인가? 이러려고 인간계에 내려온 게야? 그럴 거면 당장 천계의 제단으로 돌아가게.]

대원사는 마뜩잖은 눈으로 두 원사를 노려보았다. 그러다 천계의 여왕을 향해 허리를 숙였다.

[폐하, 저희 늙은이들이 심기를 어지럽혔습니다. 용서해 주십시오.]

예쁜 소녀 모습의 여왕은 의자에 앉아 두 발을 까딱까딱 흔들다가 활짝 웃었다.

[아니에요. 난 괜찮아요. 좌원사 할아범과 우원사 할아범이 아직까지 정정한 것 같아 오히려 보기 좋아요. 깔깔깔.]

[폐하, 저희들 주책없는 늙은이들을 그리 생각해 주시니 고맙습니다.]

대원사가 다시 한 번 감사 인사를 올렸다.

여왕이 다시 본론으로 들어갔다.

[그래도 우리가 경각심은 가져야겠어요. 적이 다즈키르샤라면 2계층의 천족들만으론 상대가 불가능해요. 육대신장도 일대일로 싸워서는 승산이 없고요.]

[폐하의 말씀이 옳습니다. 만약 적들 사이에 다즈키르샤가 있다면, 함부로 병력을 분산시켜서는 곤란합니다. 그랬다가는 아까운 전사들을 마물의 먹이로 내주는 셈입니다.]

[그렇죠? 그러니 우선은 다즈키르샤, 즉 심해저 3층의 마물들이 몇 마리나 인간계에 등장했는지부터 파악해야겠네요.]

[옳으신 판단이십니다. 역시 영민하신 폐하이십니다.]

대원사가 흐뭇하게 웃었다.

칭찬을 받은 여왕이 살짝 웃었다.

[뭘 그런 것 가지고 그래요? 누구나 생각할 수 있는 일인걸요.]

[아닙니다. 폐하께서 영민하시니까 그런 현명한 생각을 하신 겁니다. 그나저나 폐하의 말씀처럼 우선 적의 전력을 파악해야 할 듯합니다. 심해저 3층의 초거대 마물들이 몇 마리나 인간계에 올라왔는지, 그들이 어디에 모여 있는지, 이런 것을 정밀하게 파악한 다음, 저희들 삼원사나 육대신장이 움직여서 놈들을 각개격파해야 합니다.]

[맞아요. 우선 적의 전력부터 파악해야죠. 다른 한편으로는 위그 왕국과 발루아 왕국의 방어선도 보강해야 하고요.]

조목조목 짚으면서 여왕은 삼원사를 둘러보았다.

'역시 똑똑하시구나. 우리들 세 늙은이에게 곧바로 일을 시키시네.'

대원사가 속으로 쓴웃음을 지었다.

좌원사가 먼저 아뢰었다.

[폐하. 소신이 적진을 염탐하여 적의 규모와 분포를 알아내겠습니다.]

등을 떠밀린 우원사도 어쩔 수 없이 임무를 자청했다.

[폐하, 위그 왕국과 발루아 왕국의 방어선 복구는 저 우

원사에게 맡겨 주십시오. 소신이 책임을 지고 마물들의 남하를 막아 내겠습니다.]

여왕의 눈이 대원사에게 멎었다.

[그럼 대원사 할아범은요?]

대원사가 한숨을 속으로 삼키며 대답했다.

[으허험. 좌원사와 우원사가 밖에서 활약하는 동안 소신은 폐하의 곁을 지키겠습니다. 위로는 천신의 은혜를 살피고, 안으로는 천계의 성혈을 지키는 것이야말로 이 늙은이의 사명이 아닙니까? 험험험.]

말은 그럴듯했지만, 결국 대원사는 좌원사와 우원사가 고생할 동안 여왕 옆에서 놀고먹겠다는 소리였다.

그래도 여왕은 만족스러운 미소를 지었다.

[좋아요. 그게 대원사 할아범의 임무죠.]

반면 좌원사와 우원사는 한 방 먹었다는 표정을 지었다.

'이야, 대원사님 대단하시네.'

'나도 대원사님의 저런 임기응변 능력을 배워야 하는데.'

두 원사는 속으로 이렇게 중얼거렸다. 하지만 어쩔 수 없었다. 그날 좌원사와 우원사가 대륙 최남단의 마고 왕국을 떠나 북쪽으로 날아갔다.

Chapter 8

벨커스의 추종자들.

인간계에 강림한 천족들.

이들 말고도 다즈키르샤의 등장에 발칵 뒤집힌 곳이 또 하나 존재했다. 눈부시게 아름다운 여인이 푸른 유리관 앞에서 부하의 보고를 들었다.

“뭐가 등장했다고?”

여인의 잿빛 눈동자에 진한 황금빛 테두리가 생겼다.

그녀의 이름은 아라크.

에이프러컷과 오키드, 크리센써멈, 그리고 뱀부로 이어지는 4명의 시녀가 섬기는 주인이 바로 아라크였다.

“이것을 보시옵소서.”

하얀 붕대로 온몸을 칭칭 휘감은 미이라 여인이 아라크 앞에 크리스털 판을 공손히 내밀었다.

“이리 줘 봐.”

아라크가 손을 뻗었다.

둥실둥실.

가로 40 센티미터, 세로 30 센티미터의 크리스털 판이 허공에 떠올라 아라크의 눈앞에 고정되었다. 투명한 크리스털 판 위에 생생한 영상이 하나 떠올랐다.

놀랍게도 크리스털 판에선 소리도 흘러나왔다.

아라크는 영상과 소리에 시각과 청각을 집중했다.

어느 순간 아라크의 눈동자가 딱딱하게 굳었다.

"다즈키르샤."

"그러하옵니다. 다즈키르샤가 이 땅에 등장했사옵니다."

미이라 여인이 대답했다.

아라크가 신음하듯 말을 흘렸다.

"빠르군."

"오랜 세월 기다리셨던 일이 아니옵니까?"

미이라 여인이 이렇게 물었다.

미이라 여인은 아라크의 네 시녀 가운데 셋째인 크리센써멈과 똑같이 생겼다. 크리센써멈이 대륙에 뿌려 놓은 분신들 가운데 하나이기 때문이다.

아라크가 말을 받았다.

"기다렸지. 심해저 3층의 마물이 인간 세상에 등장하기만을 목이 빠지게 기다렸지. 이제 때가 무르익었어. 800년 전에 뿌려 놓은 씨앗이 드디어 결실을 맺는 거야."

아라크의 머릿속에는 800년도 더 전에 벌어졌던 일들이 파노라마처럼 떠올랐다. 아라크의 눈이 푸른 유리관을 향했다.

부글부글, 부글부글.

연신 기포가 올라오는 유리관 속에는 아쿤이 들어 있었다. 얼마 전 아쿤은 잉그리드의 공격을 받아 왼팔과 두 눈을 잃고 하체가 모두 뜯겨 나갔다. 그렇게 목숨을 잃을 뻔한 아쿤을 구해 준 사람이 바로 크리센써멈이었다.

아라크가 지켜보는 가운데 아쿤의 왼쪽 어깨 부근에서 꾸물꾸물 세포가 자라났다. 흉악하게 덩어리진 세포는 혹처럼 길게 부풀어 아쿤의 왼팔을 대체해 갔다.

아쿤의 하반신에서도 혹 같이 생긴 것이 증식 중이었다. 이 2개의 혹은 아쿤의 두 다리를 대체하기 위해 열심히 세포를 분열했다.

물끄러미 아쿤을 바라보던 아라크가 시선을 아래로 내리깔았다. 그러자 바닥이 좌우로 열렸다.

지이잉—

엄밀하게 말해서 바닥 전체가 양쪽으로 갈라진 것은 아니었다. 바닥을 구성하는 2개의 층 가운데 불투명한 층만 열렸을 뿐, 투명한 바닥은 여전히 존재했다.

아라크가 투명한 바닥을 관통해 그 속을 들여다보았다. 온몸에 하얀 붕대를 두른 크리센써멈의 분신도 아라크와 시선을 같이 했다.

투명한 바닥 아래엔 검보랏빛 액체가 찰랑거렸다. 그 진한 액체 속에서 기포가 부글부글 올라왔다.

사람의 눈으로는 이 진한 액체의 속을 들여다볼 수 없지만, 아라크는 예외였다. 그녀는 검보랏빛 액체 속 깊숙한 곳에 잠긴 생명체를 훤히 들여다보았다.

열여덟 장의 날개.

고귀함이 절로 느껴지는 황금빛 비늘.

우아하게 뻗은 뿔.

12개의 머리.

일자로 길게 내리뻗은 12개의 수염.

꼭 감고 있는 24개의 눈.

거대하면서도 날렵한 몸.

끝없이 깊은 유리 바닥 속에 잠긴 생명체는 다름 아닌 다즈키르샤였다. 12개의 머리와 24개의 눈, 아홉 쌍의 날개를 지닌 황금빛 다즈키르샤.

아라크는 금속 계열, 즉 메탈룸 다즈키르샤의 이름을 조용히 불렀다.

"욘 아르네 솔샤르."

엄청난 이름이다.

북부인들 가운데 누군가가 그 이름을 들었다면 즉시 까무러쳤을 것이다.

욘 아르네 솔샤르.

벨커스의 오랜 친구이자, 세상 사람들에게 마해의 존재

를 처음으로 증명해 보인 절대자.

800년 전 북부를 통일한 신인.

모든 솔샤르들의 어버이.

그 욘 아르네 솔샤르가 아라크의 입에서 흘러나왔다.

유리 바닥 속의 메탈룸 다즈키르샤는 아무런 미동도 없었다. 다즈키르샤의 거대한 동체를 감싼 검보랏빛 액체만 조금씩 찰랑거릴 뿐이었다.

아라크가 나직하게 독백했다.

"그동안 많이 성장했구나. 800년의 수련 끝에 결국 심해저 3층 수준까지 올라섰어. 조만간 너를 다시 세상에 풀어주마. 천계와 마해의 전쟁이 극단으로 치달았을 때, 마해 가장 깊은 곳의 초거대 마물들이 호기심을 이기지 못하고 인간세상에 올라오고, 천계의 지배자와 육대신장이 모두 모습을 드러낼 그 최후 최악의 날, 너를 다시 세상에 풀어 주마."

아라크가 여기까지 독백했을 때, 욘 아르네 솔샤르의 24개 눈 가운데 하나가 살짝 열렸다가 다시 닫혔다.

워낙 순식간에 벌어진 일이라 아라크는 그 모습을 보지 못했다.

아라크가 두 팔을 활짝 벌려 머리 높이로 들었다.

"그 혼돈의 날, 마해의 마신이 이 땅에 올라오리라. 천계의 천신도 참지 못하고 이 땅에 내려오리라. 마신과 천신!

그 둘이 격돌하여 인간 세상이 무너지고, 마물과 천족, 인간들이 떼거리로 죽어 나갈 때! 그때 비로소 나의 소망이 이루어질 것이다."

아라크의 마지막 독백은 차라리 절규에 가까웠다. 그녀의 쩌렁쩌렁한 음성에 건물 전체가 우르르 뒤흔들렸다. 검보랏빛 액체가 격랑을 일으키며 휘몰아쳤다. 액체 속에 잠긴 메탈룸 다즈키르샤가 크게 꿀렁거렸다.

아라크가 차분히 감정을 다스렸다.

한동안 소용돌이치던 액체는 다시 잠잠하게 가라앉았다. 액체 속의 다즈키르샤는 여전히 숙면 중이었다.

그 모습을 물끄러미 살피던 아라크가 손바닥을 아래로 향해 스윽 쓸었다.

지이잉, 탁!

좌우로 활짝 열렸던 바닥이 다시 닫혔다. 빛 한 점 들지 않는 거대 유리관 속에서 황금빛 메탈룸 다즈키르샤가 고른 숨을 쉬었다. 검보랏빛 진득한 액체가 다즈키르샤의 12개 아가리로 쓔욱 빨려 들어왔다가 콧구멍으로 다시 나갔다.

제4화

무너진 허리

Chapter 1

북부의 군대는 거침이 없었다.

5월 10일 새벽 4시 30분, 기습적으로 쳐내려온 북부군은 솔샤르들을 앞장세워 남부 연합의 여러 왕국들을 차례로 무너뜨렸다.

결국 천족들이 나서서 남부 연합군을 도왔다. 천계의 천족들은 마물들의 진격을 막기 위해 홀리랜드—발루아—위그 왕국으로 이어지는 기다란 방어선을 형성했다.

이른바 '2차 저지선' 이었다.

열나흘 뒤인 5월 24일, 그 방어선의 중앙이 뚫렸다. 하라간은 레이나를 강제로 소환한 다음, 천족들의 방어진 한

복판에 던져 버렸다. 머리 꼭대기까지 화가 난 레이나가 다즈키르샤로 현신하여 천족들을 짓뭉갰다.

그렇게 중앙이 돌파를 당하자 전체 전장에 그 여파가 전파되었다. 바루니우스가 이끄는 아르네군은 발루아 왕국 깊숙한 곳까지 침투하여 왕국 전역을 혼란의 소용돌이로 몰아넣었다.

뒤이어 밀고 내려온 디포에우스의 본진도 가공할 화력을 뽐냈다. 발루아 왕국 곳곳에서 전쟁의 불길이 솟구쳤다. 국왕 오를레앙이 납치를 당한 터라 발루아 왕국은 제대로 대응도 하지 못하고 속수무책으로 무너졌다.

그 탓에 천계에서 구상한 2차 저지선은 엉망이 되었다. 이 2차 저지선이 제대로 작동하기 위해서는 후방으로부터 보급 물자 공급이 필수였다. 그런데 아르네군이 곳곳에서 분탕질을 치자 보급선이 제 역할을 할 리 없었다.

문제는 거기서 그치지 않았다. 처음에는 보급선이 차단되는 것만이 문제였지만, 시간이 조금 흐르자 이웃 왕국들도 타격을 받기 시작했다.

발루아 왕국 동편에 위치한 위그 왕국.

마법으로 유명한 이 왕국은 전 병력을 모아 2차 저지선의 오른쪽 날개 부분을 맡았다. 그런데 발루아 왕국의 저지선을 돌파한 바루니우스의 군대가 위그 왕국의 서쪽 국경선을 집적거리기 시작하자 심각한 문제가 발생했다. 위그 왕국 입장에선 갑자기 전선이 둘로 나뉜 셈이었다. 자연히 북쪽 방어선이 취약해질 수밖에 없었다.

발루아 왕국 서편에 위치한 홀리랜드도 마찬가지 상황이었다. 발루아 왕국을 휩쓴 디포에우스의 본진이 홀리랜드의 동쪽 국경선을 건드렸다. 그러자 2차 저지선의 왼쪽 날개가 취약해졌다.

발루아 저지선이 돌파당한 사흘 뒤.

짙게 깔린 새벽안개를 뚫고 스벤센 왕국의 거인족들이 오몬 숲으로 들어섰다. 그 장면을 목격한 천족 한 명이 소리 없이 후방으로 날아와 상관에게 보고를 했다.

이 숲은 홀리랜드의 마지막 보루였다. 이곳마저 돌파를 당하면 홀리랜드 최대의 곡창 지대가 북부의 손에 떨어지는 셈이었다.

[곡창 지대도 문제지만, 오몬 강을 잃는 것이 더 뼈아프지.]

어깨에 보라색 띠를 두른 스켈레톤이 심각하게 뇌까렸다.

오몬 강을 오가는 선박들이야말로 홀리랜드 전역을 연결하는 중요한 교통수단이었다. 그 뱃길을 적에게 빼앗기면 홀리랜드는 재기가 불가능했다.

옆에서 동료 스켈레톤이 그 말을 받았다.

[피올로 대주교의 말이 맞아. 오몬 강을 빼앗기는 것은 홀리랜드를 통째로 적에게 내주는 것과 마찬가지야.]

처음 오몬 강을 언급한 스켈레톤은 피올로였다. 루잉 백작의 절친한 친구였다가 강제로 천족이 되어 버린 비운의 대주교 피올로.

그리고 피올로의 말을 받은 스켈레톤은 무크였다. 무크 또한 피올로와 마찬가지로 홀리랜드를 지탱하는 대주교 가운데 한 명이자 5계층의 천족이었다.

홀리랜드의 여덟 대주교 가운데 다섯은 학자 출신, 나머지 셋은 전쟁 경험이 풍부한 전투사제 출신이었다.

피올로, 구암, 무크.

이 3명의 대주교 가운데 구암이 지난 전투에서 사망했다. 그것도 그냥 죽은 것이 아니라 군주 토레에게 비참하게 잡아먹혔다.

홀리랜드 입장에서 이제 의지할 만한 대주교는 피올로와 무크뿐.

그 2명의 대주교가 오몬 숲에서 최후의 전쟁을 준비 중이었다.

피올로가 무크를 돌아보았다.

[성녀님은?]

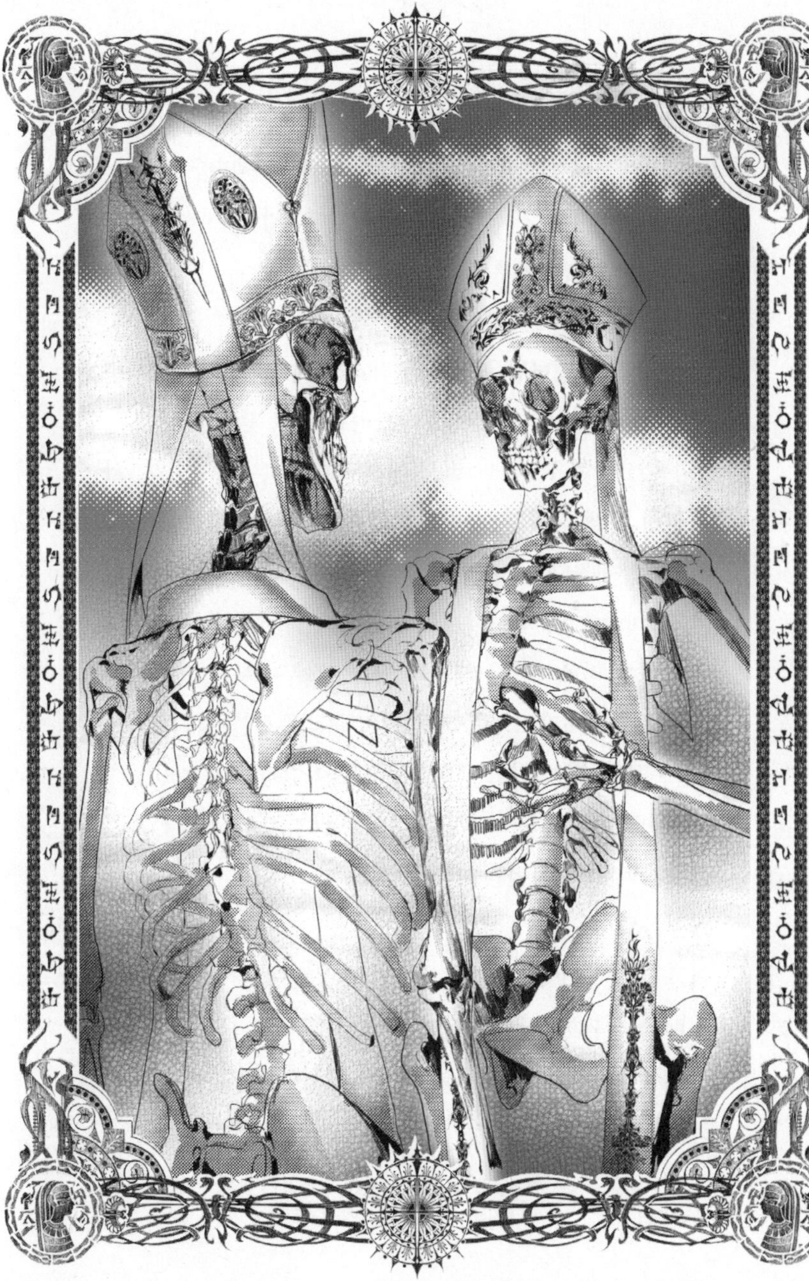

[카롤 왕국으로 피신하셨어. 어제 오후에 내가 직접 국경선까지 배웅해 드렸다네. 바야크 왕국에서 망명한 루본 국왕과 프라이머 경도 성녀님과 함께 가셨지.]

무크가 씁쓸한 어투로 대답했다.

피올로는 고개를 끄덕였다.

[잘하였어. 성녀님을 굳이 우리와 함께 옥쇄하게 만들 수는 없지. 여왕님의 곁으로 보내드리는 것이 맞아.]

피올로가 처음부터 이런 작전을 짰던 것은 아니었다. 그는 원래 천계의 지원을 받아 어떻게든 북부의 마물들을 물리치려고 애썼다.

그런데 천계의 지원이 취소되었다. 이틀 전 발루아 왕국에 등장한 다즈키르샤 때문이었다. 그 무시무시한 마물에게 천족들이 대거 소멸을 당하면서 홀리랜드를 지원하기로 했던 병력이 다시 마고 왕국으로 되돌아갔다.

피올로가 높낮이가 없는 무감정한 말투로 뇌까렸다.

[어차피 우리는 버림받았어.]

[피올로.]

[그게 사실이야. 천계의 입장에서 우리 홀리랜드는 버리는 패에 불과해. 되살아날 가망성이 있으면 모를까, 지금 같은 상황에서 굳이 병력을 소모하면서까지 지켜야 할 곳은 아니지. 아마도 천계의 여왕님은 2차 저지선을 포기할

게야. 그러곤 발루아 왕국 남부와 위그 왕국 남부, 그다음 마고 왕국으로 이어지는 3차 저지선을 준비할걸?]

[음.]

피올로의 말은 틀리지 않았다. 무크 대주교는 반박할 말이 없었다.

피올로가 뼈다귀만 남은 손에 붕대를 감았다. 대주교를 상징하는 보라색 띠도 목뼈에 꽉 묶었다. 죽음으로 항전하겠다는 의미였다.

문득 무크가 물었다.

[자네 혹시…… 후퇴에 대해서 생각해 본 적은 없나?]

피올로가 고개를 홱 돌렸다. 그러곤 뻥 뚫린 눈구멍으로 무크를 노려보았다.

[후퇴? 어디로? 여기가 우리 홀리랜드 최후의 보루인데, 이곳을 버리고 어디로?]

[성녀님과 합류하면 어떤가?]

[하! 버리자고? 우리의 고국 홀리랜드를 버리고, 백성들도 모두 마물들에게 내주고, 우리만 살아남자고? 그따위 말을 하려고 나를 강제로 천족으로 만들었나?]

피올로가 으르렁거렸다.

피올로는 천족이 되는 것을 원치 않았다. 그런 피올로를 무크와 구암, 그리고 클로테스 성녀가 강제로 천족화시켰다.

무크는 감히 피올로를 마주 볼 면목이 없어 고개를 돌렸다.

Chapter 2

피올로가 무크에게 남쪽 방향을 가리켰다.

[자네는 가게.]

[뭐?]

[가서 성녀님을 지켜드리게. 구암 대주교마저 죽었으니 이제는 성녀님 곁에 아무도 없어. 그러니 무크, 자네가 가서 성녀님을 보필하게.]

[하지만…….]

무크가 거절하려고 할 때였다. 피올로가 무크를 똑바로 직시했다.

[화가 나서 하는 말이 아니야. 마음에도 없는 빈말을 하는 것도 아니고. 어차피 우리에게는 승산이 없어. 그걸 알면서도 차마 백성들을 버릴 수 없어 버틸 뿐이지. 하지만 만약 우리 둘 다 이 숲에서 옥쇄를 한다면 장차 성녀님은 누가 지켜드린단 말인가?]

[끄으음.]

무크가 답답한 신음을 흘렸다.

[그러니 어서 가게. 숲 어귀에 마물들이 들어섰다고 하니 이제 곧 전쟁이 시작될 게야. 그 전에 자네는 빠지게.]

[으으음.]

무크는 계속 신음만 흘릴 뿐이었다.

피올로가 무크의 가슴을 턱 밀었다.

[어서 가.]

[으음.]

[더 늦으면 가고 싶어도 갈 수 없어. 전쟁이 코앞이야.]

[끄으으음.]

[어서 가라니까.]

[하아아!]

결국 무크가 긴 한숨과 함께 피올로에게 사과했다.

[피올로 대주교. 정말 미안하네.]

[그래. 알아.]

[자네만 여기에 남겨 두게 되어서 미안하고, 자네를 강제로 천족으로 만든 것도 미안하고, 자네가 루잉 백작의 시체라도 찾겠다며 길길이 날뛰었을 때 자네의 앞을 가로막은 것도 미안하네. 부디 나를 용서하게.]

무크의 사과는 진심이었다. 피올로는 말없이 고개만 끄덕였다.

그 말을 끝으로 무크가 휘익 날아올랐다.

피올로가 무크에게 마지막 뇌파를 보냈다.

[무크, 성녀님을 잘 부탁하네.]

[음.]

마침내 무크가 숲을 떠났다.

피올로는 아무렇지도 않게 주변을 둘러보았다. 지금은 천족이 되어 버린 성기사들이 검을 땅에 꽂고 늘어서서 피올로를 바라보았다.

피올로가 가래 끓는 듯한 뇌파를 보냈다.

[가자. 저 더러운 마해의 마물들이 우리의 소중한 곡창지대를 짓밟도록 내버려 둘 수는 없는 법 아니겠는가? 형제들이여, 나를 따르라.]

[충! 성!]

200명이 넘는 성기사 출신 천족들이 우렁차게 답했다. 빽빽하게 주변을 휘감은 새벽안개를 헤치며 그들이 움직였다.

피올로의 뒤를 따르는 자들은 총 5,200명이었다.

홀리랜드 성기사들 가운데 이미 천족이 되어 버린 자들이 200명, 아직 천족으로 변하지 않은 성기사가 5,000명.

피올로는 이들을 이끌고 오몬 숲 중앙에 매복했다.

스스슥—

날개 달린 천족들은 높은 나뭇가지 위에 자리를 잡았다. 일반 성기사들은 굵은 나무 뒤나 수풀 속에 은신했다. 짙은 안개가 그들의 모습을 감춰 주었다.

그 안개 속에서 저벅저벅 발걸음 소리가 들렸다.

[온다.]

나무 위에서 피올로가 경고를 보냈다.

성기사들은 숨소리마저 조심했다.

저벅, 저벅, 저벅, 저벅.

발소리는 사방에서 들렸다. 짙은 새벽안개 속에서 덩치 큰 거인들의 진군 모습이 얼핏얼핏 보였다. 적들은 대부분 230 센티미터가 넘는 듯했다. 중간중간 3 미터에 육박하는 자들도 눈에 띄었다. 머리카락을 위로 틀어 올린 거인들은 손에 해머나 도끼를 들고 있었다. 강인한 아래턱으로부터 솟은 뾰족한 송곳니가 유독 눈에 띄었다.

크흥!

거인 한 명이 콧김을 세게 뿜으며 나무 옆을 스쳐 지나갔다.

[공격!]

숨을 멈추고 매복해 있던 성기사의 뇌에 피올로의 명이 떨어졌다.

그 즉시 성기사가 몸을 일으켰다. 아무렇게나 쌓인 나뭇잎 더미를 뚫고 솟구쳐 오른 성기사는 거인의 발목 힘줄을 그대로 그었다.

"크악!"

앞만 보고 행군하던 거인이 비명을 질렀다.

"매복이닷."

거인족들이 바로 경계 태세를 갖췄다.

그보다 한발 앞서 성기사들이 공격을 퍼부었다. 매복 장소에서 일제히 몸을 일으킨 성기사들은 거인족 척후병들을 무자비하게 공격했다.

거인족도 그냥 당하지 않았다.

재빨리 마물과 결합한 거인족들은 딱딱한 껍질로 성기사의 검을 튕겨 내고는, 집게발로 적의 투구를 후려쳤다. 포르키스의 날카로운 집게발이 홀리랜드 성기사의 투구를 찢고 얼굴에 긴 상처를 입혔다. 피가 쫙 튀고 눈알이 하나 뽑혔다.

"큽."

성기사가 짧게 신음했다.

그 신음에 반응이라도 하듯이 성기사의 목에 걸린 보라색 목걸이가 빛을 토했다.

분노 성력이 담긴 목걸이였다. 온몸에 빛이 퍼진 순간,

성기사는 눈알이 뽑힌 고통을 잊었다. 마물에 대한 두려움도 싹 사라졌다.

"크헝!"

흥분 상태에 빠진 성기사는 포르키스에게 그대로 달려들어 검으로 배를 쑤셨다. 성기사의 검이 포르키스의 딱딱한 껍질을 긁어 푸른 불똥을 피어 올렸다.

[그워억—]

포르키스가 괴성과 함께 집게발로 성기사의 투구를 내리쳤다. 성기사의 머리에서 빼억 소리가 났다. 잠시 주춤하던 성기사가 다시금 도약했다. 두 눈이 시뻘겋게 물든 성기사는 포르키스의 머리 위까지 단숨에 도약한 다음, 검으로 마물의 껍질 틈새를 쑤셨다.

[그웍!]

포르키스가 고통스러운 신음을 토했다. 그와 동시에 포르키스의 집게발이 성기사의 안면을 붙잡아 그대로 잘라버렸다. 사방으로 핏물이 튀었다.

성기사 한 명을 해치운 포르키스가 승리의 포효를 지르기 위해 고개를 위로 젖혔다.

그때 나무 위에서 무언가가 뚝 떨어졌다. 새하얀 날개를 활짝 펴고 낙하한 성기사 출신 천족은 포르키스의 껍질에 박힌 검을 꽉 움켜쥐고는 그대로 아래까지 내리그었다. 포르키스의 껍질이 둘로 쩌억 쪼개졌다. 성기사 출신 천족이 포르키스의 껍질을 밟고 검을 뽑았다.

바로 옆에서 또 다른 천족이 저공비행했다.

퓨퓨퓨퓻—

쌍발궁수 덴스가 마물 화살을 미친 듯이 쏘았다.

천족은 그 화살을 아슬아슬하게 피하며 나무 사이로 비행하더니, 덴스의 목 옆쪽을 붙잡아 부욱 찢어 버렸다.

덴스가 화살을 쏘다 말고 쓰러졌다.

솔샤르들도 곧바로 대응했다.

쩌저저정!

우거진 수풀 사이에서 눈부신 전기 스파크가 피어올랐다. 낮게 비행하던 천족들이 고압 전기에 감전되어 추락했다.

거인족 솔샤르들이 추락한 천족들 몸에 올라타 해머를 내리찍었다. 콰직 소리와 함께 천족들의 두개골이 으깨졌다.

Chapter 3

피올로가 나무 위에서 뛰어내렸다. 피올로의 손끝에서 피어오른 마법의 밧줄이 거인족 솔샤르 4명을 동시에 포박했다.

파츠츠츠츳—

[끄악.]

마법 밧줄을 통해 전달된 강력한 전기 에너지가 거인족들의 세포를 새까맣게 태워 버렸다.

[더러운 마물들이여, 이 땅에 너희가 설 자리는 없다.]

준엄하게 외친 피올로가 봉인골로 만든 스태프(Staff: 막대기, 지팡이)를 번쩍 치켜들었다. 그 스태프로부터 50 미터 안쪽에 위치한 모든 솔샤르들이 마물과의 결합이 강제로 풀려 일반 거인족으로 되돌아갔다.

마물을 잃은 거인들은 피올로의 상대가 아니었다. 피올로는 나무와 나무 사이를 빠르게 넘나들며 거인족들을 죽이고 또 죽였다.

그래도 적들은 끝없이 보강되었다. 피올로가 아무리 날뛰어도 수많은 거인족들을 다 물리칠 수는 없었다.

기습적으로 시작된 새벽 전투는 시간이 갈수록 점점 더 치열해졌다. 처음에 5,000명이었던 홀리랜드의 성기사들은 한 시간 뒤에는 절반으로 수가 줄어들었다. 200명이었던 천족들도 이제는 25 퍼센트가 죽었다.

물론 거인족 솔샤르들도 많은 피해를 보았다. 비명과 함께 쓰러진 시체들이 짙은 안개 속에 파묻혔다.

[이이익. 이제 끝장을 보자.]

어느 순간 피올로는 보라색 목걸이를 스스로 끊어 버렸다.

후오오옹—

강하게 피어오른 분노 성력이 피올로의 뼈 마디마디에 깃들었다. 눈 깜짝할 사이에 피올로의 전투력이 몇 배로 상승했다. 뼈에서 핏빛 광채를 뿜어내는 피올로는 마법 밧줄을 사방에 투척하고, 동료 천족들의 상처를 치료하면서 숲 속을 종횡무진 헤집었다. 피올로의 뼈 스태프가 쉴 새 없이 빛을 토했다.

피올로의 활약 덕분에 거인족들이 주춤했다.

그때 변화가 발생했다. 숲의 일족이라 불리는 수인족들이 홀리랜드군의 옆구리를 훅 치고 들어온 것이다.

크왕—

매서운 포효와 함께 달려든 늑대형 수인족이 성기사 한 명의 목을 옆에서 물고 커다란 덩치로 반동을 주었다.

"어억?"

늑대형 수인족의 무게를 이기지 못한 성기사의 몸이 S자로 크게 휘청거렸다. 결국 성기사는 땅바닥에 고꾸라졌다.

크와, 크와와, 와드드득.

"으아아악."

끔찍한 소리와 함께 성기사의 얼굴이 늑대 아가리에 씹어 먹혔다.

“켁.”

옆에선 또 다른 성기사가 불곰형 수인족이 휘두른 도끼에 찍혀 앞으로 고꾸라졌다.

[이런 빌어먹을.]

피올로가 욕을 퍼부었다. 지금 천족과 성기사들은 거인족을 상대하는 것도 버거워하던 참이었다. 여기에 수인족까지 끼어들자 전세가 급격하게 기울 수밖에 없었다.

그 와중에 군주 토레까지 나타났다. 피올로가 마법 밧줄을 투척하여 늑대형 수인족 3명의 목을 동시에 낚아챌 때였다.

[크우허허헝!]

영혼을 찢어발기는 뇌파와 함께 북부의 군주가 전장에 뛰어들었다. 아름드리나무들을 쓰러뜨리며 등장한 토레는 거대한 앞발을 휘둘러서 천족 다섯을 한꺼번에 뼛가루로 만들었다. 동시에 20 미터 길이의 꼬리 세 가닥을 내뻗어 천족 6명의 허리뼈를 그대로 두 동강 냈다.

토레의 공격은 거기서 끝나지 않았다.

우위이이잉—

토레의 어깨와 등에 자리한 50개의 구멍이 붉은 기운을 토해 놓았다.

쭈웅! 쭈웅! 쭝! 쭝! 쭝!

그 붉은 구멍에서 쏘아진 붉은 광선 다발이 천족들 수십 명을 그대로 삭제해 버렸다.

키르샤급 마물의 등장.

이 끔찍한 초월자의 개입에 천족들이 공포에 떨었다.

[으어어. 안 돼.]

온 숲을 헤집으며 종횡무진 활약하던 피올로도 토레 앞에선 아득한 절망감을 느꼈다. 키르샤급 마물의 존재감이란 그만큼 압도적이었다.

그렇게 전투가 한쪽으로 기우는 순간이었다.

철퍼덕!

하늘에서 뚝 떨어진 물방울이 토레의 얼굴을 그대로 감쌌다.

아니, 이건 물방울이라고 치부하기엔 너무 거대했다. 토레의 마물인 레오덴스는 얼굴 크기만 수 미터가 훌쩍 넘었다. 그런데 그 커다란 얼굴을 꽉 붙잡을 정도이니 이건 물방울이 아니라 물 덩어리라 표현해야 옳았다.

어쨌거나 그 물 덩어리가 토레의 얼굴에 딱 달라붙어 공기 유입을 차단했다.

[푸흡.]

토레가 세차게 머리를 흔들었다.

물 덩어리는 떨어지지 않았다.

토레가 세 가닥의 날카로운 꼬리로 물 덩어리를 난자했다.

물이 잘리는 듯하다가 다시 붙어서 토레의 숨통을 계속 틀어막았다.

물론 이 정도로 숨이 막힐 토레는 아니었다. 토레의 마물인 레오덴스는 밀도가 높은 심해저 1층에서도 거뜬히 호흡하는 녀석이었다.

대신 행동은 불편했다. 물 덩어리가 이리저리 일그러지면서 토레의 시야도 마구 흔들렸다.

그 와중에 물 덩어리가 점점 더 커졌다. 공기 중의 수분, 그리고 안개를 구성하는 수분을 몽땅 빨아들여 증폭된 물 덩어리는 이내 토레의 몸뚱어리 전체를 휘감았다. 발부터 어깨까지 높이가 수십 미터가 넘는 토레가 물 덩어리 속에 파묻혀 밖으로 빠져나오지 못했다. 그 거대한 물 덩어리가 마치 가벼운 기포처럼 허공으로 둥실 떠올랐다.

쭈웅! 쭝! 쭈우—웅!

군주 토레가 물 덩어리 속에서 붉은 광선을 난사했다. 끝이 날카로운 꼬리 세 가닥을 풍차처럼 휘둘렀다. 앞발 발톱으로 물을 긁었다. 아가리를 쩍 벌려 이빨로 수분을 물어뜯었다.

그래도 물 덩어리는 끄떡하지 않았다. 잠시 흩어지는 듯 보였다가 다시 뭉쳐서 토레를 꽉 붙들었다.

[크우허허엉—]

물 덩어리 속에서 토레가 크게 울부짖었다.

물 덩어리는 점점 더 하늘 높이 떠올랐다.

그 비현실적인 장면을 올려다보면서 피올로가 탄성을 흘렸다.

[수키우스 님.]

천계의 육대신장 가운데 하나이자 북신장이라 불리는 절대자.

키 320 미터에 열두 장의 날개를 펄럭이는 수키우스가 홀리랜드 오몬 숲 상공에 등장했다. 구름 높이에서 지상을 굽어보며 북신장 수키우스가 손을 뻗었다.

[요놈, 잡았다.]

수키우스의 뇌파가 천둥처럼 토레의 귀에 울렸다. 토레를 감싼 물 덩어리가 수키우스를 향해 둥실둥실 올라갔다.

'천계에서 우리 홀리랜드를 버리지 않았구나.'

피올로가 감격스러운 듯 하늘을 올려다보았다. 천계의 여왕이 육대신장 가운데 한 명인 수키우스를 파견해 홀리랜드를 전격 지원한 것이다. 키르샤로 갓 진화한 토레만으로는 북신장 수키우스의 막대한 권능을 감당하기 불가능했다.

그렇게 토레가 지상 100 미터 높이까지 끌려 올라갈 때였다.

"모처럼 토실토실한 녀석이 등장했네. 꿀꺽."

전투에 참여하지도 않은 채 수인족들 틈에서 멀뚱멀뚱 서 있던 민치 하나가 뜬금없는 소리를 내뱉었다.

원래 민치는 말을 하지 못했다. 그런 민치가 혀를 놀려 소리를 냈다는 것은, 더 이상 그의 본질이 민치가 아니라는 소리였다. 민치의 회색 피부는 어느새 뽀얀 살결로 바뀌었다. 민치의 뾰족뾰족하던 이빨은 어느새 가지런하고 하얀 건치로 변했다. 민치의 푸석푸석한 머리카락은 어느새 하라간의 것이 되었다.

Chapter 4

하라간이 등장했다. 스스로를 신인이라 자칭한 하라간이 서부 전선에 미리 배치해 놓은 민치를 이용하여 대륙 동쪽에서 서쪽까지 단숨에 날아왔다.

토레는 하라간의 등장 사실을 알지 못했다. 그는 그저 물덩어리 속, 다시 말해서 수키우스의 권능으로부터 벗어나기 위해 발버둥 칠뿐이었다.

토레 왕국의 수인족들도 하라간의 등장 사실을 인지하지 못했다. 스벤센 왕국의 거인족들도 마찬가지였다. 수인족과 거인족들은 각자 전투 중이거나, 혹은 하늘로 끌려 올라가는 토레를 멍하게 올려다보고 있었다.

북신장 수키우스도 하라간의 존재를 알아보지 못했다. 수키우스는 키르샤급 마물을 생포한 것이 기뻐서 다른 것은 눈에 들어오지 않았다.

하라간이 하늘을 힐끗 곁눈질했다. 수키우스가 떠 있는 방향이었다. 하지만 지금 하라간은 수키우스를 보고 있지 않았다. 그보다 더 위쪽, 훨씬 더 높은 곳에 있는 대적자를 겨냥하고 있었다. 하라간이 히죽 웃었다.

"한 번 더 보여 주지."

조그맣게 중얼거린 하라간이 옆으로 손을 뻗었다.

"이번엔 다른 종류의 다즈키르샤를 보여 줄 테니 두 눈 똑바로 뜨고 잘 구경하라고."

척.

민치 하나가 하라가의 손에 자신의 목덜미를 대어주었다.

"옜다."

하라간이 민치를 허공으로 던졌다.

그 즉시 하라간의 권능이 발휘되었다. 마음에 드는 먹이(?)에게 투명한 거미줄을 붙여 놓는 것이야말로 하라간의 특기 중 하나였다. 하라간은 그 권능을 발휘하여 허공에 던진 민치의 몸속으로 다른 존재를 끌어당겼다.

슈와—

마해에서 헤엄치고 있는 마물 하나가 인간계로 휙 딸려 왔다.

이 마물은 얼마 전 하라간이 마신과 결합하기 위해 심해저 3층으로 내려갔을 때 발견한 다즈키르샤였다. 심해저 2층에서 머물다가 운 좋게 진화하여 심해저 3층까지 막 내려온 애송이 다즈키르샤 말이다.

어둠 속성, 즉 녹스 다즈키르샤가 하라간의 강제 소환을 받아 인간 세상에 끌려 나왔다. 인간과 결합하지 않고 마물 상태로 소환되었으니 북부인들의 기준에서 보면 변종 마물이 출현한 셈이었다. 그것도 보통 변종 마물이 아니라 심해저 3층 레벨의 다즈키르샤가 나타났다.

[쿠우루롸락?]

[쿠우롹?]

[쿠롹?]

[쿠롹? 쿠롹? 쿠롸락?]

녹스 다즈키르샤의 12개 머리가 제각기 어리둥절한 표정을 지었다. 허공에서 한 바퀴 빙글 회전하던 녹스 다즈키르샤의 눈에 북신장 수키우스가 들어왔다. 지상에서 알짱거리는 날개 달린 뼈다귀들과 연해 레벨의 하찮은 마물들도 연달아 눈에 띄었다.

민치의 몸을 통해 강제로 소환되었을 당시 녹스 다즈키르샤의 머리 하나 크기는 거의 10 킬로미터에 육박했다.

"그건 너무 크지. 네 덩치로 여기서 날뛰었다간 곤란해."

하라간이 손가락을 딱 튕겼다.

녹스 다즈키르샤의 몸이 20분의 1 수준으로 줄어들었다. 비록 몸은 축소되었지만 녹스 다즈키르샤의 권능은 그대로 유지되었다.

[쿠우쿠롸라락—]

심해저 3층 입구에서 조심조심 헤엄치다가 갑자기 엉뚱한 세상에 끌려온 녹스 다즈키르샤는 이 황당함과 억울함을 분노로 표출했다.

머리부터 꼬리까지 길이가 4 킬로미터나 되는 녹스 다즈키르샤가 갑자기 검은 연기로 변했다. 아지랑이처럼 일렁거리는 시커먼 기운이 온 숲에 팍 퍼졌다.

푸스스—

그 검은 연기에 닿은 천족 한 명이 그대로 연기로 변했다. 녹스 다즈키르샤의 시커먼 연기에 접촉한 나무들이 푸스스 흩어지며 한 줄기 연기로 동화되었다.

시커먼 연기는 눈 깜짝할 사이에 주변 4 킬로미터 영역을 뒤덮었다.

그 영역 안의 모든 생명체가 시커먼 연기로 변해 버렸다.

천족, 성기사, 나무, 풀, 가릴 것이 없었다. 조그만 짐승들이나 벌레들도 모두 검은 연기가 되었다.

거인족들은 무사했다.

수인들도 피해를 입지 않았다.

검은 연기가 거인족과 수인족들에게 퍼지기 전에 얇은 얼음벽이 허공에 돋아난 덕분이었다. 유리창처럼 투명하고 얇은 얼음벽이 검은 연기의 접근을 차단했다.

허공에 얼핏 다즈키르샤의 모습이 드러났다. 검은 연기가 뭉쳐서 형성된 열두 머리 드래곤은 섬뜩한 눈으로 얼음벽을 노려보다가 다시 하늘을 올려다보았다.

[크우루롸락!]

나른하면서도 섬뜩한 포효가 울렸다. 그 포효가 귓가에 맴도는 가운데 시커먼 연기가 흩어졌다가 먼 상공 위에서 다시 하나로 뭉쳤다.

북신장 수키우스가 오른손을 가로로 휘저었다. 물의 기운이 해일처럼 일어나 검은 연기를 흩어 놓았다.

그보다 한 발 빨리 흩어진 연기가 수키우스를 에워쌌다.

수키우스는 키가 320 미터나 되는 어마어마한 덩치지만, 4 킬로미터가 넘는 크기의 다즈키르샤에 비하면 아무것도 아니었다. 눈 깜짝할 사이에 수키우스를 둘러싼 검은 연기는 빙글빙글 회전하기 시작했다.

휘류류— 휘류류류류—

검은 소용돌이로부터 강한 흡입력이 발생했다.

[크윽.]

북신장 수키우스는 어떻게든 이 흡입력으로부터 벗어나려고 들었다.

쉽지 않았다. 검은 소용돌이는 이내 하늘과 땅을 일직선으로 이으며 점점 더 큰 용오름으로 성장했다. 수키우스가 아무리 애를 써도 이 해괴한 용오름의 권역을 벗어나지 못했다.

[이이익. 사라져라.]

수키우스가 사방에 물 폭탄을 퍼부었다.

검은 용오름은 끄떡도 없었다.

흡입력이 어느 수준을 넘어서자 수키우스의 주변에 강한 진공이 발생했다. 수키우스의 몸을 구성하는 물 성분이 그 진공에 빨려 들어가기 시작했다. 이대로 조금만 시간이 흐르면 수키우스의 몸 자체가 사라져 버릴 것 같았다.

[크으윽, 크읏.]

수키우스가 여섯 쌍, 즉 열두 장의 날개를 활짝 펼쳤다.

그 날개들도 꺾일 듯이 펄럭였다. 일부 깃털들이 우수수 빠져서 진공 속으로 빨려 들어갔다.

Chapter 5

강하게 휘몰아치는 검은 소용돌이 속에서 녹스 다즈키르샤의 모습이 다시 드러났다.

[쿠루롸롸롸—]

녹스 다즈키르샤가 12개의 거대한 아가리를 벌렸다. 검은 이빨이 숭숭 돋은 12개의 아가리가 북신장의 온몸을 물어뜯으려 달려들었다. 하늘은 온통 시커먼 용오름에 가려 한 치 앞도 보이지 않았다. 검은 소용돌이가 미친 듯이 회전했다.

[크윽, 어디서 이런 엄청난 마물이 등장했단 말인가?]

수키우스는 등골이 서늘했다.

녹스 다즈키르샤의 12개 머리가 그런 수키우스에게 달려들었다. 포악하게 생긴 마물 머리들이 북신장 수키우스를 마구 뜯어먹으려는 순간이었다.

빠악!

강렬한 소음와 함께 녹스 다즈키르샤의 12개 머리 가운데 하나가 앞으로 처박혔다. 온몸이 검은 연기로 이루어져서 모든 물리적인 공격을 그냥 통과시켜 버리는 것이 녹스 다즈키르샤의 특징이었다. 그런데 놀랍게도 그 녹스 다즈키르샤의 뒤통수로부터 강한 타격음이 울렸다.

[쿠콱?]

[쿠콱? 쿠콱?]

당황한 녹스 다즈키르샤가 뒤를 돌아보았다.

여전히 주변은 검은 소용돌이 천지였다. 시커먼 용오름이 장막처럼 주위를 둘러싸고 있어서 바로 코앞도 잘 보이지 않았다. 그렇게 빛이 가려진 암흑 속에서 투명한 무언가가 크게 일어났다.

[쿠콱?]

순간적으로 녹스 다즈키르샤가 얼어붙었다. 녹스 다즈키르샤는 12개의 목을 동시에 움츠렸다.

투명한 존재가 녹스 다즈키르샤의 몸뚱어리를 쓰윽 스치고 지나갔다.

[쿠콰락?]

물컹한 것이 비늘을 차례로 스쳐 지나갈 때마다 녹스 다즈키르샤는 사시나무처럼 몸을 떨었다. 녀석의 비늘 표피가 꽝꽝 얼었다가 푸스스 가루가 되었다. 녹스 다즈키르샤의 발가락 몇 개도 얼음으로 변했다가 와그작 깨졌다.

[쿠우—콱?]

[콱!]

[콱콱!]

그렇게 몸의 일부가 해체되고 있건만 녹스 다즈키르샤는

도망칠 엄두도 내지 못했다. 녀석의 12개 뇌가 새하얀 백지처럼 변했다.

벌벌벌 떠는 녹스 다즈키르샤를 스쳐 지나간 투명한 존재는 검은 용오름 중심부에서 가까스로 버티고 있는 수키우스에게 접근했다.

[으헙?]

수키우스도 녹스 다즈키르샤와 비슷한 반응을 보였다.

투명한 존재, 즉 마신의 발가락 끝 돌기에 돋아난 수억 개의 촉수 가운데 하나가 수키우스의 앞에서 아가리를 쩍 벌렸다.

지상에서 하라간이 중얼거렸다.

"맛있는 먹이를……."

하라간이 여기까지 읊조렸을 때, 투명한 촉수는 수키우스의 머리끝부터 시작하여 발끝까지 아가리 속에 욱여넣는 중이었다.

[허업!]

수키우스는 산채로 잡아먹히는 끔찍한 감각에 온몸을 사시나무처럼 떨었다.

아니, 마음만 떨고 있을 뿐 실제로 몸은 제대로 떨지도 못하고 딱딱하게 굳어 버렸다. 투명한 촉수와 접촉한 순간 수키우스의 온몸은 이미 얼음조각으로 변했다. 수키우스의 날개도 날갯짓을 우뚝 멈췄다.

하라간이 조용히 뒷말을 이었다.

"잘 먹겠습니다."

그와 동시에 투명한 촉수가 아가리를 탁 닫았다.

수키우스의 몸뚱어리가 촉수 속에서 사르륵 녹았다.

"제법 괜찮네."

하라간이 흡족한 미소를 지었다.

"양은 적지만 맛은 괜찮았어."

이건 마치 더운 여름날 곱게 간 얼음 가루에 꿀을 얹어서 먹는 기분이었다. 천계의 육대신장 가운데 한 명인 북신장 수키우스는 그렇게 투명 마수의 뱃속으로 사라졌다.

투명한 촉수가 다시 아가리를 벌렸다.

[크롹!]

녹스 다즈키르샤가 기겁했다. 24개의 눈을 질끈 감은 녹스 다즈키르샤는 죽음을 각오했다. 이곳이 어디인지, 지금 어떤 상황인지 제대로 파악은 되지 않았지만, 그래도 육감이라는 것이 있었다. 녹스 다즈키르샤는 지금 자신이 죽음의 저울대 위에 올라와 있다고 생각했다.

한데 조용했다.

초거대 마물에게 통째로 잡아먹히는 고통도 없었다.

녹스 다즈키르샤가 빼꼼 눈을 떴다. 24개의 눈 가운데 하나만 살짝.

그 앞에서 투명한 무언가가 어른거렸다.

녹스 다즈키르샤가 다시 눈을 질끈 감았다.

'잡아먹고 싶으면 얼른 먹어라. 제발 고통만 없기를…….'

녹스 다즈키르샤는 이렇게 빌었다.

그래도 아무런 변화가 없었다.

하라간이 속으로 중얼거렸다.

'참아야지. 여기서 저 미생물 녀석을 먹었다가는 산통이 깨질 수 있어. 대적자에게 경각심을 심어 줄 수 있다고. 녀석을 다시 방생하자. 식탐을 조금만 참자. 그래. 저 정도로 조그만 미생물은 먹어도 맛이 없을 거야.'

하라간은 이렇게 다짐한 다음, 녹스 다즈키르샤를 다시 마해로 돌려보냈다.

[후끽!]

마해로 방생된 녹스 다즈키르샤가 퀭한 눈으로 주변을 둘러보았다.

이곳은 마해였다. 마해.

'내가 지금 죽다가 살아난 거지?'

녹스 다즈키르샤는 부르르 몸서리를 쳐 댔다.

"토레."

하라간이 토레의 이름을 불렀다.

[신인이시여, 찾아계시옵니까?]

레오덴스와 결합 중이던 토레가 다시 수인족으로 모습으로 돌아와 하라간 앞에 무릎을 꿇었다. 수인족인 토레는 인간과 성대 구조가 달라 입으로 대화를 나눌 수 없었다. 대신 토레는 뇌파로 답을 했다.

"류리크."

이번엔 하라간이 거인족의 총사령관을 찾았다.

"여기 류리크가 있사옵니다."

스벤센군을 지휘하는 류리크가 숲에서 후다닥 달려 나와 하라간 앞에 엎드렸다.

하라간이 턱으로 동쪽을 가리켰다.

"홀리랜드를 정리한 뒤 발루아 왕국을 쓸어라."

토레가 고개를 갸웃했다.

[신인이시여, 중부 전선으로 합류하라는 명이시옵니까? 홀리랜드 남쪽에 카롤 왕국이 아직 남아 있습니다.]

하라간은 이유를 설명하지 않았다.

"카롤 왕국은 나중에."

이 짧은 한마디면 충분했다.

[알겠사옵니다. 신인의 명을 충심으로 받들겠나이다.]

토레가 하라간에게 고개를 깊이 숙여 보였다.

"저희 거인족들도 신인의 명을 따르겠나이다."

류리크도 덩달아 머리를 조아렸다.

그 말을 끝으로 하라간의 모습이 휙 사라졌다. 홀리랜드를 처리했으니 이제 동부의 위그 왕국으로 다시 돌아갈 차례였다.

공간을 뛰어넘는 도중에 하라간이 나직이 독백했다.

"발루아 왕국에서 레이나의 본체를 보여 주었고, 홀리랜드에서 다른 종류의 다즈키르샤를 선보였으니 이제 동부에서 미끼를 던질 차례지? 토실토실한 미끼를 3개나 던졌으니 이제 대적자 녀석이 걸려들 때가 되었어. 후후."

하라간의 등 뒤엔 축 늘어진 피올로가 있었다. 피올로는 뼈다귀로 이루어진 팔다리를 대롱대롱 흔들며 끌려갔다.

Chapter 6

발루아 왕국에는 3명의 기둥이 존재했다.

첫째, 오를레앙 국왕.

둘째, 마나의 벽 3단계를 돌파한 초인이자 왕국의 정신적 지주인 비딕 대공.

셋째, 왕국 최고의 검수인 푸콘 공작.

이 세 기둥 가운데 비딕 대공은 얼마 전 모습을 감추었다. 발루아의 백성들은 몽크(Monk : 수도승)인 비딕이 정신적 수련을 위해 세상을 등진 것이라 생각했다.

비딕이 사라졌음에도 불구하고 발루아의 백성들은 동요하지 않았다. 그들은 오를레앙과 푸콘을 믿었다.

그런데 이 두 기둥이 모두 적의 포로가 되었다. 북부에서 쏟아져 내려온 마물들은 발루아 왕국의 방어선을 단숨에 돌파하며 오를레앙과 푸콘을 전쟁 포로로 붙잡았다. 아뜨리나 왕비도 왕과 함께 적의 손에 떨어졌다.

구심점을 잃은 발루아 왕국은 북부군에게 그대로 유린당했다. 선발대를 지휘하는 바루니우스가 발루아 왕국을 크게 돌파한 다음, 이웃인 위그 왕국으로 넘어갔다. 후발대로 들어온 디포에우스는 발루아 왕국 내 여러 영지들을 휩쓸면서 동시에 홀리랜드도 압박했다.

그렇게 발루아 왕국이 휘청거릴 즈음, 위그 왕국에서도 큰 혈투가 벌어졌다.

처음 마라라 요새가 뚫릴 때만 해도 위그 왕국은 패색이 짙었다. 하지만 샤를르 위그 대제가 돌아오면서 사기가 다시 올라갔다.

샤를르 위그 대제의 영향력은 그만큼 막대했다. 샤를르의 복귀 사실만으로도 온 왕국이 떨쳐 일어나 북부의 마물들과 다시 맞서 싸울 용기를 얻었다.

"대제께서 부활하셨다."

"우리에겐 아직 희망이 있어."

"대제께서 우리 곁에 계신 한, 우리는 승리할 수 있다고."

자신감을 얻은 백성들이 농기구를 손에 쥐고 왕국을 지키기 위해 뛰쳐나왔다. 지방에 웅크리고 있던 영주들도 모든 사병을 끌어모아 위그 왕국 수도로 올라왔다.

샤를르는 그렇게 집결한 병력을 하나로 모아 북부군과 최후의 결전을 치를 각오를 다졌다.

시노브 공주가 이끄는 룬드의 정예병들이 위그 왕국의 수도 코앞까지 내려왔다. 헤닝 왕국과 아쿤 왕국에서도 병력을 급파하여 시노브를 도왔다.

룬드, 헤닝, 아쿤 왕국으로 이어지는 삼각편대가 완성된 것이다.

샤를르는 수도 성벽에 올라서서 적진을 굽어보았다. 북부군은 세 종류의 깃발을 나부끼며 끝없이 밀려들었다. 그 엄청난 군세를 보자 샤를르의 입에서 절로 한숨이 나왔다.

"하아—"

대제의 한숨에 신하들이 고개를 푹 떨구었다.

그런 신하들의 모습에 샤를르가 다시 용기를 쥐어짰다.

"무엇을 두려워하는 것이냐? 나 샤를르가 여기에 있다."

굵직하게 울리는 이 한마디가 위그 왕국 대신들의 마음

을 움직였다.

"폐하의 말씀이 옳사옵니다. 폐하께서 계신 한 저희 위그 왕국은 무적입니다."

"그렇사옵니다. 북부의 마물들이 비록 수가 많다고 하나 저희들을 넘을 수는 없습니다."

"단 한 마리의 마물도 수도 안으로 들여보내지 않을 것이옵니다."

대신들은 각자의 각오를 다졌다.

샤를르도 두 주먹을 꽉 움켜쥐었다.

'은둔 수호자? 그딴 허울뿐인 명예는 필요 없다. 내 백성 하나 지키지 못하면서 수호자는 무슨 얼어 죽을 수호자야? 나는 위즈덤이라는 이름을 다시 버릴 것이다. 샤를르라는 이름으로 힘껏 싸워서 나의 백성들을 지켜 내고야 말겠어. 으드득.'

그렇게 결의에 찬 각오는 불과 1분도 지나지 않아 깨졌다. '북부의 마물들이 공성을 시작하면 온 힘을 다해 막아 내겠다.'라고 각오하던 샤를르의 안색이 어느 순간 창백하게 질렸다. 해를 가리며 등장한 거대한 마물을 목격한 탓이었다.

"으헉?"

"저, 저, 저게 뭐야?"

거대한 날개로 온 하늘을 뒤덮으며 날아온 마물은 갑자

기 낙하하여 성벽을 덮쳤다. 샤를르 위그 대제가 머무르던 바로 그 자리를 노리고 콰아앙!

높고 단단한 성벽이 단숨에 허물어졌다.

마물이 충돌하기 직전, 몇몇 궁수들이 발작하듯 화살을 쏘았다. 일부 마법사들도 반사적으로 마법 공격을 퍼부었다.

마물에게는 눈곱만큼의 피해도 입히지 못했다. 그저 위그 왕국 수도를 둘러싼 성벽 가운데 3.5 킬로미터가량이 단숨에 붕괴했을 뿐이다.

무너지는 성벽에 깔려 위그 왕국 수비병들 수천 명이 한꺼번에 몰살을 당했다.

지옥은 거기서 끝나지 않았다.

화르르르르륵!

마물이 덮친 영역 전체에서 뜨거운 화염이 일어났다. 땅거죽이 흐물흐물 녹더니 그 속에서 용암이 솟구쳤다. 매캐한 유황 연기가 주변으로 퍼져 나갔다.

화륵! 화륵! 화르륵!

온 사방이 갑자기 불바다가 되었다.

"으악."

"앗! 뜨거."

"살려 줘."

아스라한 비명이 사방에서 동시에 울렸다.

그 비명은 오래가지 않았다. 활활 타오르는 불지옥 속에서 모든 생명체들이 다 타 죽었다. 붕괴한 성벽 돌이 뜨거운 용암 속으로 풍덩풍덩 빠져 녹았다. 하늘은 온통 시뻘겋거나 시커먼 색으로 변했다. 지상은 주홍빛 영롱한 용암 천지였다. 용암 표면으로부터 기포가 부글부글 끓어올랐다.

"이럴 수가."

까마득한 상공, 샤를르가 입을 쩍 벌렸다.

거대한 마물이 덮친 자리에서 오직 샤를르만이 살아남았다. 마나의 벽 3단계를 돌파한 샤를르는 마물이 성벽을 들이받은 순간 수백 미터 상공까지 몸을 빼냈다. 마물 주변이 온통 화염으로 변했을 시점에는 수 킬로미터 높이까지 도망쳤다.

그렇게 신속하게 몸을 빼냈음에도 불구하고 샤를르의 행색은 말이 아니었다. 평소 샤를르가 자랑하던 윤기 흐르는 갈색 수염은 온통 타 버려 맨 턱이 드러났다. 머리카락도 고온에 녹아 반은 대머리처럼 변했다. 화려한 대제의 의복도 불길에 휩싸여 재가 되었다. 샤를르의 피부엔 화상으로 인한 물집이 크게 잡혔다.

그러는 동안에도 지상에선 고열이 계속 뿜어지는 중이었다. 그것도 일부에서만 고열이 발생하는 것이 아니라 주변 수 킬로미터 영역이 온통 화염 천지였다.

뜨거운 열기가 전파되어 수도 안쪽까지 화재가 발생했다. 마침 바람이 북에서 남으로 불어 화마가 점점 남쪽으로 내려오기 시작했다.

위그 왕국에 마법사들이 많으니 이 정도 불길이야 얼마든지 잡을 수 있었다.

문제는 상상을 초월하는 아득한 마물이었다.

쿠우웅!

먼 상공에서 샤를르가 지켜보는 가운데 마물이 다시 몸을 일으켰다. 3 킬로미터가 넘는 대형 마물이 몸체를 일으키자 마치 화산이 통째로 일어나는 느낌을 주었다.

이 마물의 정체는 잉그리드.

하라간의 부탁을 받은 잉그리드는 위그 왕국의 수도 성벽을 단숨에 녹여 버린 다음, 인구 700만 명이 거주하는 수도를 향해 발걸음을 옮겼다.

Chapter 7

화륵! 화륵! 화르륵!

잉그리드보다 한발 앞서 열기가 휘몰아쳤다. 이 열기가 잉그리드 앞의 모든 사물들을 녹여 버렸다. 땅이 녹아 용암이 분수처럼 솟구쳤다. 건물과 도로가 녹아 엿가락처럼 휘어졌다.

"으아아악."

"화산이 걸어온다. 우와악."

위그 왕국의 병사들이 비명을 질렀다. 그들의 눈에는 잉그리드의 거대한 동체가 보이지 않았다. 그저 화산이 움직여 수도를 덮치는 것처럼 느껴질 뿐이었다.

반면 샤를르는 잉그리드의 모습을 제대로 확인했다.

"이 정도라니! 으으으."

샤를르는 큰 충격을 받았다.

과거 마나의 벽 3단계를 돌파하면서 샤를르는 큰 자신감을 얻었다.

'나 정도면 북부의 아홉 군주들과 맞서 싸운다고 해도 뒤지지 않을 게야.'

이것이 샤를르의 생각이었다.

그리 잘못된 판단은 아니었다. 실제로 샤를르의 주특기인 절대속박 마법은 해구 3층 레벨의 군주들과 기꺼이 맞서 싸울 만했다.

하지만 상대는 막키르샤였다. 키르샤도 상대하기 버거운 판에, 잉그리드와 같은 막키르샤를 샤를르가 막아 내기란 불가능했다.

"으으읏."

샤를르는 이러지도 못하고 저러지도 못했다.

그 와중에도 잉그리드는 위그 왕국의 수도를 향해 계속 진격했다. 거대한 용암이 강을 이루며 잉그리드를 뒤따랐다. 그 용암의 강이 범람하여 수도 전체를 휘몰아쳤다.

이 끔찍한 자연재해 앞에 위그 왕국은 무기력했다.

"으어어."

위그의 병사들은 그저 입을 쩍 벌리고 밀려드는 용암의 해일을 바라볼 뿐이었다.

멍한 것은 북부군도 마찬가지였다.

"몇 번을 보아도 적응이 되지 않는구먼."

잡털 하나 없이 새하얀 백마 위에서 시노브가 고개를 설레설레 저었다. 저 멀리서 시작된 용암의 해일은 그녀가 여러 차례 목격했지만 여전히 믿어지지가 않았다. 저 해일에 파묻혀 녹아 버릴 인파를 떠올리자 저절로 몸서리가 쳐졌다. 시노브의 눈동자가 파르르 흔들렸다.

"무, 무섭네요."

옆에서 마리네 왕녀가 말을 걸었다.

헤닝 왕국의 왕녀인 마리네는 동부 전선의 군대를 이끄는 3명의 지휘관 가운데 하나였다. 원래는 사비지 백작이 헤닝군을 지휘해야 맞지만, 사비지는 모든 공을 마리네에게 돌리기를 원했다. 그래서 일부러 지휘관의 자리를 마리네에게 양도했다.

아쿤 왕국도 사비지와 똑같은 전략을 사용했다. 아쿤군을 이끌고 참전한 에그버드 공작은 일부러 지휘관의 자리를 에실레드 공주에게 넘겨주었다.

덕분에 동부 전선에 투입된 북부군은 3명의 여인, 시노브와 마리네, 에실레드가 주도하게 되었다.

시노브가 마리네를 돌아보았다.

마리네가 시노브에게 억지로 웃음을 지어 보였다.

시노브는 그런 마리네가 우스웠다.

'흥! 나보다도 약한 년이 어디서 감히.'

하지만 이런 마음은 속으로만 감추었을 뿐, 마리네를 대하는 시노브의 태도는 정중했다.

"작은 어머님께서도 곧 익숙해지실 것입니다."

"작은…… 어머님이라고요?"

마리네가 움찔했다.

시노브는 당연하다는 듯이 답했다.

"아버님께서 마리네 님을 세 번째 정실로 맞이하실 것이니 당연히 제게는 작은 어머님이 되는 셈이지요. 남부 정벌이 모두 끝나면 성대한 혼례식이 개최될 것 아닙니까?"

"그건."

마리네가 고개를 살짝 숙였다.

솔직히 마리네는 겁이 났다. 하라간은 여전히 그녀에게 냉랭했다. 잉그리드는 마리네가 감히 쳐다볼 수도 없는 엄청난 존재였다. 하라간의 첫 번째 부인인 클레이아는 잉그리드보다 더 무서운 존재라고 들었다.

이 거대한 존재들 틈바구니에서 마리네는 버텨 나갈 자신이 없었다.

'그렇다고 그냥 밀려날 수도 없잖아? 내가 밀리는 순간 우리 헤닝 왕국이 위태로워져. 하아아.'

마리네의 동공이 불안하게 계속 떨렸다.

한 발 뒤에서 둘의 대화를 듣던 에실레드가 갑자기 손가락으로 하늘을 가리켰다.

"엇? 저게 뭐죠?"

용암이 해일처럼 일어나고 있는 전면 상공, 구름을 뚫고 시뻘건 화염의 거인이 내려왔다. 등에 열두 장의 날개를 매단 화염의 거인은 잉그리드를 향해 유성처럼 떨어져 내렸다.

잉그리드의 크기가 3 킬로미터 이상.

화염의 거인은 고작 250 미터.

당연히 이 싸움은 상대가 되지 않아야 정상이었다.

그런데 첫 충돌 직후, 시노브의 얼굴에 경악이 어렸다.

쿠아아앙!

화염의 거인이 떨어진 자리로부터 엄청난 폭음이 울렸다. 잉그리드가 만들어 낸 용암과 화염의 거인이 만들어 낸 폭발이 맞부딪치면서 온 사방이 우르르 뒤흔들렸다.

그 여파로 화마가 더욱 거세게 일어났다.

문제는 그 뒤에 일어났다.

슈우욱—

거창하게 일어난 화마가 한 곳으로 쭉 흡입된 것이다. 다름 아닌 화염의 거인의 입속이었다.

화마를 흡입한 화염의 거인이 크게 부풀었다. 처음 하늘에서 내려올 때는 250 미터 정도였는데, 화마를 흡입한 이후엔 700 미터 정도로 성장했다.

[크롸라라라라.]

잉그리드가 붉은 비늘을 곤두세웠다. 화가 잔뜩 난 잉그리드는 거대한 몸체를 일으켜 화염의 거인을 덮쳤다.

화염의 거인이 잉그리드를 향해 불 주먹을 휘둘렀다.

쿠아아앙!

또다시 폭음이 터졌다. 강렬한 폭발에 용암이 사방으로 튀었다. 화염이 하늘 꼭대기까지 치솟았다.

화염의 거인은 그 화마를 향해 입술을 동그랗게 말았다.

슈우우욱—

이번에도 같은 현상이 발생했다. 시뻘건 화마가 거인

의 입속으로 쭉 빨려 들었다. 화염의 거인이 700 미터에서 1,800 미터로 성장했다.

이 정도면 잉그리드와 격차가 많이 줄었다.

[크우롸라라.]

더욱 화가 난 잉그리드가 화염의 거인을 칭칭 휘감았다. 그 상태에서 잉그리드는 태양보다 더 뜨거운 고온을 내뿜어 상대를 태워 버리려고 시도했다.

화염의 거인이 또다시 입술을 동그랗게 말았다.

슈우우우욱—

잉그리드의 몸 주변 열기가 거인의 입속으로 쭈욱 흡입되었다. 이번에는 화염의 거인이 거의 3,000 미터까지 증폭되었다.

잉그리드가 당황했다. 주변 열기를 흡수하면서 점점 더 커지는 화염의 거인은 잉그리드에게는 최악의 상대였다.

잉그리드는 열을 뿜어내는 대신 압력으로 공격하기로 전략을 바꿨다. 화염의 거인을 휘감은 잉그리드가 무지막지한 힘으로 온몸을 조였다.

[크읏.]

화염의 거인이 처음으로 신음을 뱉었다.

하지만 그것뿐. 화염의 거인은 잉그리드의 공격을 거뜬히 버텨 낸 다음, 주먹을 번쩍 들어 잉그리드의 등짝을 내리쳤다.

쿠와아앙!

잉드리드의 등에서 강한 폭발이 터졌다. 잉그리드가 얼굴을 찡그리며 몸을 비틀었다.

화염의 거인이 잉그리드의 몸을 붙잡았다.

쿠콰쾅!

거인의 손이 스칠 때마다 폭발이 잇달았다.

잉그리드는 그때마다 고통스럽게 몸부림을 쳤다.

Chapter 8

잉그리드가 위기를 맞은 모습이 모두의 눈에 보였다.

"안 돼."

시노브가 먼발치에서 악을 썼다. 하지만 그녀가 잉그리드를 위해 할 수 있는 일은 없었다.

화염의 거인이 잉그리드의 머리를 향해 주먹을 휘둘렀다.

결국 잉그리드는 공격을 포기했다. 적을 꼭 조였던 몸을 풀고는 뒤로 풀쩍 물러났다.

[어딜 도망치려고?]

화염의 거인이 잉그리드를 쫓아와 주먹을 때려 박았다.

[끄락.]

강한 폭발과 함께 잉그리드가 쓰러졌다. 둔중한 소리와 함께 잉그리드의 동체가 용암 속에 빠졌다.

화염의 거인이 용암 속까지 쫓아와 잉그리드의 몸통을 발로 짓밟았다.

[끄루왁—]

잉그리드에게서 다시금 비명이 터졌다.

"아, 안 돼."

시노브가 말에서 뛰어내려 발을 동동 굴렀다.

그때 하라간이 도착했다. 시노브 근처에서 멍하게 서 있던 민치가 갑자기 하라간으로 변한 것이다.

화염의 거인이 용암 속으로 손을 넣어 잉그리드의 목을 붙잡았다. 그러곤 잉그리드를 용암 밖으로 끄집어내어 주먹을 겨냥했다.

잉그리드는 제대로 저항하지 못하고 허우적거렸다.

하라간이 그 모습을 보았다.

"미쳤구나."

하라간의 음성은 나직했다.

하지만 그 속에서 휘몰아치는 싸늘한 한기가 사람들의 이목을 확 잡아끌었다. 시노브가 눈물범벅인 눈으로 하라간을 돌아보았다.

"아버님!"

하라간이 한 발 앞으로 내디뎠다.

시노브가 그 자리에 엎드려 악을 썼다.

"아버님, 위대하시고 또 위대……, 아니 잉그리드 님께서 위험하십니다. 제발 도와주십시오."

시노브의 간청이 다 끝나기도 전에 하라간의 몸이 화염의 거인에게 닿았다. 공간을 뛰어넘는 것처럼 거인에게 다가선 하라간은 화르륵 타오르는 화염을 맨손으로 붙잡았다. 그러면서 하라간이 혀를 찼다.

"쯧쯧쯧, 미치려면 곱게 미쳐야지, 너 따위가 감히 누구에게 손을 대?"

화염의 거인이 '이게 뭔 소리야?' 싶어 뒤를 돌아보려 했다. 그 전에 거인의 머리카락이 하라간의 손아귀에 들어왔다.

화염의 거인은 온몸이 불로 이루어진 존재였다. 당연히 거인의 머리카락도 초고온의 불길 그 자체였다.

그 불길이 하라간의 손에 붙잡혔다.

덥석!

이글거리는 불길을 사람이 손으로는 잡을 수 없는 것이 상식이었다.

하라간에게는 이런 상식이 통하지 않았다. 하라간은 상

대의 머리채를 붙잡아 그대로 땅에 처박았다. 무려 3 킬로미터로 거대화가 진행된 화염의 거인이었다. 그 어마어마한 덩치에게 하라간이 달라붙어 손을 휘젓는 행동 자체가 우스워 보였다.

결과는 우습지 않았다.

쿠왕!

하라간의 손에 머리채가 붙잡힌 화염의 거인은 무지막지한 힘에 짓눌려 땅바닥에 그대로 안면을 처박았다.

이때도 물리 법칙에 위배되는 현상이 발생했다. 원래 화염의 거인은 얼굴로 땅을 녹이며 지하로 파고들어야 정상이었다. 거인의 얼굴 온도가 흙을 녹여 버릴 정도로 뜨겁기 때문이다.

그런데 땅바닥이 녹지 않았다. 서리가 한 겹 얇게 깔린 땅바닥은 거인의 얼굴을 강타하여 강한 충격을 안겨 주었다.

물론 하라간에게 붙잡힌 거인의 머리카락에도 서리가 싹 내려앉았다.

급속도로 열기를 빼앗긴 화염의 거인이 빠르게 줄어들었다. 3 킬로미터에서 다시 1.8 킬로미터로. 거기서 더 줄어서 700 미터로. 또 줄어서 250 미터로.

잉그리드와 싸우기 전 모습으로 돌아온 화염의 거인이 하라간을 향해 주먹을 휘둘렀다.

물론 끝까지 휘두르는 것은 불가능했다. 그보다 한발 앞서 하라간이 거인의 얼굴을 다시 한 번 땅바닥에 처박았다.

쿠왕!

하라간의 힘을 이기지 못한 화염의 거인이 허공으로 부웅 떠올랐다가 안면으로 땅바닥을 찍었다.

[우어억.]

강한 충격에 화염의 거인이 비틀거렸다.

그 와중에도 거인의 몸은 계속 축소되었다. 100 미터 크기로 줄어든 화염의 거인이 하라간의 손에서 벗어나기 위해 발버둥 쳤다. 이제 화염의 거인은 공포를 느꼈다.

하라간이 놓아주지 않았다. 하라간은 거인의 머리채를 쥐고 땅바닥에 한 번 더 내리찍었다.

쿠웅, 소리가 울리면서 화염의 거인이 50 미터 크기로 변했다. 또 한 번 충격음이 터지자 화염의 거인이 10 미터로 쪼그라들었다. 세 번째 충격에는 2 미터로 줄었다. 이제 화염의 거인은 사람과 엇비슷해졌다.

네 번째 충격을 받은 화염의 거인은 160 센티미터까지 키가 줄었다. 하라간보다 15 센티미터가 작은 셈이었다. 그러자 이제 사람과 사람이 싸우는 모양새가 되었다.

하라간이 상대의 머리채를 잡아 땅에 연신 처박았다.

[꾸억, 꾸억.]

화염의 거인이 아무리 발버둥 쳐도 소용없었다. 하라간은 상대의 얼굴을 흙바닥에 꽉 처박고는 북북북 갈아 버리기 시작했다.

[꾸워억.]

화염의 거인—이제 더 이상 거인이라고 부를 수도 없지만—이 고통에 몸부림쳤다. 그는 온몸이 불로 이루어진 존재였다. 땅바닥에 얼굴이 갈린다고 고통을 느낄 리는 없었다. 그에게는 모든 물리적인 공격이 통하지 않았다. 그래야 정상이었다.

하지만 하라간의 공격은 상식을 벗어났다. 살얼음이 살짝 낀 땅바닥에 얼굴이 비벼질 때마다 화염의 거인에게 혹독한 한기가 파고들었다.

[꾸륵? 꾸아압.]

화염의 거인은 온몸이 갈아 없어지는 듯한 충격에 정신줄을 놓았다.

턱.

하라간이 화염의 거인을 뒤집었다. 그러곤 상대의 날개를 붙잡아 강제로 뽑았다.

[끄아악!]

기절했던 화염의 거인이 비명과 함께 깨어났다. 날개가 강제로 뽑히는 충격과 고통이 이만저만 큰 것이 아니었다.

하라간이 상대의 등에 발을 하나 얹었다. 그다음 날개 한 짝을 또 뽑았다.

[꾸아아악!]

화염의 거인이 연신 비명을 질렀다.

Chapter 9

마침내 열두 장의 날개가 모두 뽑혔다.

[끄으응.]

화염의 거인이 다시 기절했다.

하라간이 뇌파로 말을 걸었다. 그러면서 거인의 복부를 발끝으로 걷어차 깨웠다.

[너, 육대신장인가 뭔가 하는 녀석이지?]

[끄으으.]

화염의 거인이 가물거리는 눈으로 하라간을 돌아보았다.

하라간이 무표정하게 상대를 굽어보았다. 심연보다 더 깊고 아득한 하라간의 눈을 목격한 순간, 화염의 거인은 온몸을 벌벌 떨었다.

[으으읏? 으으으으읏? 설마 당신은?]

하라간이 무뚝뚝하게 물었다.

[육대신장 가운데 넌 뭐냐?]

[으으으읏.]

화염의 거인이 대답 대신 신음만 흘렸다.

하라간이 상대의 뺨을 툭 때렸다.

[굳이 말해 주지 않아도 괜찮아. 잡아먹고 나면 네 기억도 저절로 흡수되겠지.]

이렇게 뇌까린 하라간은 손끝으로 화염의 거인을 가리켰다.

하라간의 미끈한 손끝에서 투명한 촉수가 뻗어 나왔다. 촉수는 이내 무섭게 커지면서 아가리를 쩍 벌렸다.

쪼르륵—

화염의 거인이 그 아가리 속으로 빨려 들어갔다. 거인의 척추가 쩌억 벌어지면서 그 속에 담긴 젤라틴처럼 생긴 노란색 정수도 쪼르륵 흡입되었다.

오늘 하라간은 북신장 수키우스에 이어서 또 다른 육대신장까지 섭취한 셈이었다. 투명한 촉수가 허공에서 우물우물 소리를 내었다.

"음."

하라간은 눈을 지그시 감고 맛을 음미했다.

하라간이 두 눈을 번쩍 떴다.

"알았다. 남신장 바투스구나."

온몸이 불로 이루어진 화염의 거인은 다름 아닌 남신장 바투스였다. 바투스는 육대신장들 가운데 세 번째로 강한 무력을 가진 신장이었다. 빛의 신장 플라비우스나 어둠 신장 막센을 제외하면 바투스가 가장 강했다.

하지만 하라간 앞에서는 한낱 아메바 수준에도 미치지 못했다. 하라간은 과거 토레의 궁전에서 서신장 도릭스를 흡입한 것에 이어 오늘 하루 만에 북신장과 남신장을 연달아 먹어 치웠다.

"오랜만에 별미를 먹으니까 좋네. 역시 남쪽으로 내려오기 잘했어."

하라간의 분홍빛 혀가 매혹적인 입술을 싸악 핥고 지나갔다.

그때 잉그리드가 비틀비틀 다가왔다.

"하라간 님."

"몸은 괜찮소?"

하라간이 잉그리드를 부축해 주었다.

인간 여성의 모습으로 돌아온 잉그리드는 설움이 북받친 듯 울음을 터뜨렸다.

"흐흑. 흐흐흐흑."

잉그리드의 뺨 위로 구슬 같은 눈물이 주르륵 흘렀다.

"이런. 이런. 울지 마시오."

하라간은 잉그리드의 흐트러진 머리카락을 가지런히 바로잡아 주었다. 손바닥으로 눈물도 닦아 주었다. 남편의 자상한 행동에 잉그리드의 서러움이 한층 북받쳤다. 잉그리드는 아예 하라간의 품에 얼굴을 묻고 흐느꼈다.

"으흐흑, 죄송해요. 제가 부족하여 하라간 님께서 맡기신 임무를 완수하지 못하였어요. 흑흑흑."

하라간이 잉그리드의 등을 토닥거렸다.

"그건 당신 잘못이 아니오. 상대가 나빴을 뿐이지."

"으흐흑."

여전히 울먹이는 잉그리드를 살포시 안아 주면서 하라간은 눈앞에 펼쳐진 위그 왕국의 수도를 훑어보았다. 이어서 먼 하늘로 시선을 돌렸다.

'샤를르 위그 대제.'

하라간은 구름 뒤에 숨어 있는 샤를르의 정체를 정확하게 파악했다. 하라간의 회색빛 눈이 다시 위그 왕국의 수도로 향했다.

'오래전에는 발루아 왕국과 위그 왕국이 참으로 크고 위대해 보였지.'

하라간은 잠시 루잉 백작의 기억을 되새김질했다.

발루아와 위그는 남부 연합 칠왕국의 중심이었다. 카롤 왕국 출신인 루잉은 이들 두 왕국의 번성한 문화와 강한 군사력을 내심 부러워했다.

'그때는 발루아 왕국이나 위그 왕국의 수도가 세상의 중심처럼 느껴졌어.'

한데 지금은 느낌이 좀 달랐다. 하라간의 눈앞에 펼쳐진 위그의 수도는 안쓰러울 정도로 약하고 위태로운 도시였다.

'고통 없이 세상에서 지워 주는 것이 내가 너희들에게 해 줄 수 있는 전부구나.'

하라간은 작은 한숨을 쉬었다. 이어서 전면으로 손을 뻗었다.

하라간의 의지를 전달받은 민치가 위그의 수도를 향해 전력 질주했다. 하라간이 그 민치의 몸을 포탈처럼 이용하여 마해 깊숙한 곳에 웅크린 초거대 마물을 하나 끌어당겼다.

심해저 3층에서도 가장 깊숙한 곳.

마해 밑바닥을 헤집고 다니는 가장 강력한 마수가 하라간의 투명한 거미줄에 이끌려 인간 세상에 튀어나왔다.

[끼이이약?]

굉음과도 같은 뇌파가 이 지역 모든 생명체의 뇌를 떨어 울렸다.

"아아악!"

솔샤르들이 귀를 막고 고꾸라졌다.

위그 왕국 백성들이 뇌에 직접 전달된 굉음을 견디지 못하고 피를 토했다.

이윽고 민치의 몸이 거대하게 부풀었다.

그렇게 팽창한 몸뚱어리는 지평선 동쪽 끝에서 시작하여 서쪽 끝까지를 뒤덮을 만큼 압도적인 덩치를 자랑했다. 그 크기가 너무나 커서 대체 이것이 어떤 종류의 생명체인지 보이지도 않았다. 그저 어마어마하게 거대한 동체에 조개껍질처럼 보이는 것들이 다닥다닥 붙어 있는 모습만 파악될 뿐이었다.

그 조개껍질 하나의 크기가 수백 미터가 넘었다. 그 조개껍질 하나하나마다 악마의 얼굴이 자리했다.

딱딱딱딱!

악마들이 뾰족한 이빨을 맞부딪쳐 끔찍한 소리를 내었다.

그러는 가운데 하늘에선 굵은 기둥을 뭉쳐 놓은 듯한 것이 휙휙 지나갔다.

이것은 초거대 마물의 수염이었다. 수염의 길이는 평균 수십 킬로미터가 훌쩍 넘었다. 그런 수염 수만 가닥이 뭉쳐서 초거대 마물의 목 주변을 가시처럼 에워쌌다.

[끼야악?]

갑자기 인간 세상에 불려 나온 초거대 마물은 수십 킬로미터 길이의 수염을 뻗어 주변을 살폈다.

마물은 시력이 별로 좋지 않은 듯했다. 대신 빠르게 진동하는 수염으로 주변의 삼차원 형상을 인식했다. 생명체와 비생명체도 수염을 통해 구별했다.

Chapter 10

[끼이야아—]

초거대 마물이 아가리를 쩍 벌렸다.

쿠우우우웅.

지평선 서쪽 끝에서 동쪽 끝까지 온 세상이 크게 융기하는 듯한 광경이 벌어졌다. 마물이 입을 살짝 벌린 것만으로도 전 대륙이 하늘로 떠오르는 듯한 느낌을 주었다.

그 거대한 아가리 위로 하늘을 떠받칠 듯한 거대 기둥들이 솟구쳤다.

이 거대 기둥처럼 보이는 것들은 초거대 마물의 뿔이었다. 마물은 서로 길이가 다른 7개의 뿔을 곤두세웠다.

파카캉! 파카카캉!

초거대 마물의 7개의 뿔 사이에서 자줏빛 스파크가 번쩍였다.

"으아아."

"저게 뭐지?"

위그의 수비병들이 초거대 마물의 정체를 파악하지 못해 고개만 갸웃거렸다.

그때였다. 초거대 마물이 7개의 뿔을 수평으로 세워 위그 왕국의 수도를 가리켰다. 그 뿔들 사이에서 플라즈마가 폭발했다.

파카카카캉!

눈부신 형광 빛이 해일처럼 쏟아져 나와 인구 수백만 명이 넘는 대도시를 뒤덮었다. 위그 왕국 백성들의 눈에는 온 세상이 자줏빛으로 물드는 것처럼 느껴졌다.

"아악."

"살려 줘."

그 빛에 스친 모든 물체가 녹았다. 모든 생명체가 뭉그러졌다. 자줏빛 플라즈마는 해일처럼 도시를 덮쳐 앞을 가로막는 모든 것을 쓸어버렸다. 북부군이 눈 한 번 깜빡이고 나자 위그 왕국의 수도가 눈앞에서 사라져 있었다.

하라간이 속으로 중얼거렸다.

'위그의 백성들 입장에서는 이렇게 단숨에 사라지는 것이 차라리 나을 것이다. 북부의 마물 군단이 도시로 진입하여 무력을 휘두르면 더 고통스럽게 죽어 갈 뿐이야.'

따지고 보면 하라간의 생각이 옳았다.

[끼야아아악.]

수백만 명을 단숨에 녹여 버린 것만으로 성이 차지 않았는지 초거대 마물이 세차게 포효했다. 마물의 번들거리는 눈동자들이 북부군에게 향했다. 마물의 온몸을 뒤덮은 거대한 조개껍질들이 몸통에서 휙 떨어져 나와 강한 초음파를 내뿜었다.

북부의 솔샤르들은 감히 도망칠 엄두도 내지 못했다.

"으아아아."

그저 가느다란 신음을 흘릴 뿐이었다.

초거대 마물이 움직이기 전에 하라간이 나섰다.

혹시라도 대적자에게 경각심을 심어 줄까 봐 나서지 말까 고민도 했으나, 하라간은 결국 식탐을 이기지 못했다.

'하늘을 잘 가리고 먹으면 되겠지.'

이렇게 판단한 하라간은 우선 구름을 모아 하늘부터 가렸다. 멀리서 느껴지는 감시자의 눈도 안개로 가려 버렸다.

그 상태에서 하라간이 손가락을 딱! 튕겼다.

초거대 마물이 발산하던 초음파가 뚝 끊겼다. 초거대 마물의 등 뒤에선 투명한 촉수가 거창하게 일어났다.

[끼얏?]

움찔 놀란 초거대 마물이 몸을 뒤틀려고 시도했다. 마해보다 훨씬 더 좁은 인간 세상에서 이런 초거대 마물이 몸을 돌렸다간 대륙이 침수될 가능성이 있었다. 인간 세계의 대륙은 지반이 약해서 이런 초거대 마물의 몸무게를 지탱하기 어려웠다.

일이 커지기 전에 투명한 촉수가 움직였다. 아가리를 크게 벌린 촉수는 초거대 마물이 난동을 부리기 전에 상대를 한입 덥석 베어 물었다.

[끼—욧?]

깜짝 놀란 초거대 마물이 7개의 뿔에서 자줏빛 플라즈마를 발산했다.

파카카카캉!

마물의 몸통에 따닥따닥 달라붙은 조개껍질이 비행하듯 날아와 투명한 촉수를 향해 초음파 공격을 시도했다.

무의미한 짓이었다. 투명한 촉수는 이미 초거대 마물뿐 아니라 그 주변 공간을 아가리 속에 집어삼킨 뒤였다. 세상을 단숨에 휩쓸어 버릴 듯한 자줏빛 플라즈마는 투명한 촉수의 내벽에 막혀 힘을 잃었다. 조개껍질이 발산하는 초음파도 촉수의 내벽을 뚫지 못했다.

와득!

투명한 촉수가 상대의 몸통을 한입 더 베어 물었다.

지평선 동쪽 끝에서 시작하여 서쪽 끝까지 가득 메운 초거대 마물이 눈 깜짝할 사이에 세 토막이 났다. 그 가운데 중간 토막이 촉수의 아가리 속으로 꿀꺽 들어가 우적우적 씹혔다.

[끼이이욧.]

피를 철철 흘리는 초거대 마물이 마지막 발악을 했다. 놀랍게도 이 마물은 몸이 세 토막이 난 상태에서도 죽지 않았다.

휭휭휭휭—

온 사방에 악마의 얼굴을 닮은 조개껍질이 날아다녔다.

"내 추종자들에게 피해가 가면 곤란하지."

하라간이 투명한 촉수를 한 개 더 뻗었다. 이 두 번째 촉수는 허공을 넓게 쓸면서 수억 개의 조개껍질들을 모조리 아가리 속으로 빨아들였다.

와자작!

다이아몬드보다 더 단단한 조개껍질이 촉수의 내벽 속에서 부서졌다. 이어서 소화액이 쏟아지자 껍질 전체가 한 줌의 물로 녹아 버렸다.

그사이 첫 번째 촉수가 초거대 마물의 잔해를 아가리에 욱여넣었다.

후르릅, 우적우적.

세 토막 가운데 오른쪽 토막 흡입 완료.

날름, 우드득.

왼쪽 토막도 접수 끝.

고기 덩어리 같은 것이 씹히는 소리가 허공에서 울렸다. 뼈가 씹히는 소리도 함께 들렸다. 대륙 하나가 통째로 내려앉은 듯한 초거대 마물은 그렇게 사람들의 눈앞에서 자취를 감추었다. 투명한 촉수가 심해저 3층 밑바닥에서 서식하는 초거대 마물, 노옵키르샤를 먹어 치우기까지는 불과 몇 초도 걸리지 않았다. 위그 왕국 수도가 세상에서 지워진 것도 불과 몇 초 만에 벌어진 일이었다.

"끄으응."

하늘 높은 곳에서 샤를르가 기절했다.

샤를르는 조금 전 목격한 어마어마한 광경에 정신이 혼미해졌다. 구름 위에서 기절하여 추락하는 샤를르를 투명한 촉수가 사뿐히 받았다.

하라간은 샤를르를 해치지 않았다.

"대제는 그냥 없애 버리기에는 아까운 인물이지."

이렇게 판단한 하라간은 샤를르를 따로 챙겼다.

수도가 사라지고 샤를르 대제마저 포로로 잡혔으니 이제 위그 왕국은 저항 능력을 상실한 셈이었다.

이로써 남부 연합의 2차 저지선이 모두 뚫렸다.

중앙의 발루아 왕국이 가장 먼저 하라간 앞에 무릎을 꿇었다. 다즈키르샤인 레이나의 등장에 단숨에 패망해 버렸다.

이어서 홀리랜드도 무너졌다. 천계에서는 서부 전선에 북신장 수키우스를 파견하여 도우려 했으나 소용없었다. 하라간이 녹스 다즈키르샤를 소환한 순간, 모든 저항이 무의미해졌다.

마지막으로 동부 전선이 무너졌다. 하라간은 천계의 남신장 바투스를 먹어 치우고, 마해의 초거대 마물을 풀어 놓아 위그 왕국의 수도를 제거했다. 샤를르 대제도 포로로 붙잡았으니 돌 하나를 던져서 세 마리의 새를 잡은 것이나 마찬가지였다.

홀리랜드—발루아 왕국—위그 왕국으로 이어지는 2차 저지선이 무너졌으니 남부 연합 입장에서는 허리가 뚝 부러진 셈이었다.

이제 남부인들에게는 세 곳의 보루만 남았다.

서쪽의 카롤 왕국.

발루아 왕국 남쪽 지역 일부.

동쪽의 마고 왕국.

하라간은 이들 세 지역을 주목했다.

"우선 발루아부터 정리하지. 그다음 카롤 왕국. 마지막이 마고 왕국 차례야."

하라간이 정복할 순서를 발표했다.

아무도 대답하지 않았다. 평소라면 "신인의 지엄하신 명을 받들겠나이다."라고 소리칠 광신도들이 지금은 모두 입을 다물었다. 조금 전 목격한 비현실적인 장면이 모든 북부인들을 패닉 상태로 몰아넣은 탓이었다.

심지어 잉그리드도 벙어리가 되었다.

하라간이 추종자에게 성큼 다가갔다.

다들 부르르 몸서리를 치다가 그 자리에 납죽 엎드렸다. 감히 입술을 떼거나 소리를 내는 사람은 없었다.

하라간이 쓴웃음을 지었다.

'사람들이 벌벌 떠는 모습이 그렇게 썩 기쁘지만은 않군.'

어쨌거나 하라간은 목표를 달성했다.

'이만하면 보여 줄 것은 다 보여 주었다.'

하라간이 머릿속으로 대적자를 떠올렸다.

'그러니 이제 네가 내려올 때가 되었어.'

아직까지는 대적자의 꼬투리도 보이지 않는 상황이었다. 하지만 하라간은 본능적으로 감지했다.

'우후훗. 그래. 점점 가까이 다가오고 있구나. 네가 접근 중인 것이 느껴져. 어서 오너라. 어서 와.'

하라간의 입안에 군침이 잔뜩 고였다.

하라간의 눈알은 투명하게 번들거렸다.

제5화

차가운 복수

Chapter 1

천계의 여왕이 모든 천족들을 마고 왕국으로 불러들였다.

“육대신장 가운데 벌써 셋이 소멸되었어요. 더 이상 희생자가 생기면 끝이에요.”

천계의 육대신장들은 심해저 2층 레벨의 막키르샤를 거뜬히 해치울 만한 강자들이었다. 하지만 심해저 3층의 다즈키르샤를 상대하기는 버거웠다. 그나마 빛의 신장 플라비우스나 어둠 신장 막센은 다즈키르샤급이지만, 그들도 감히 심해저 가장 밑바닥의 초거대 괴물과는 견줄 수 없었다.

대신 천계에는 ‘영멸의 법진’ 이 존재했다.

육대신장과 천계 여왕이 힘을 합쳐 구성하는 이 최강의 법진은 심해저 3층 밑바닥을 헤집고 다니는 절대포식자들도 거뜬히 해치울 만한 비법이었다. 심지어 천계의 천족들은 영멸의 법진으로 마신까지 대적할 수 있다고 믿었다.

그런데 날벼락이 떨어졌다. 육대신장 가운데 서신장 도릭스가 소멸된 데 이어서 북신장 수키우스와 남신장 바투스까지 하루아침에 잃었다. 영멸의 법진을 만들려면 육대신장과 여왕이 필요한데, 구성원 가운데 벌써 셋이나 빠진 것이다.

"법진의 빈자리는 대원사와 좌원사, 우원사가 채울 수 있어요. 그러니까 아직까지 희망이 없는 것은 아니에요. 하지만 여기서 추가 희생이 발생하면 안 돼요. 육대신장들 가운데 한 명이라도 더 잃었다가는 끝장이라고요. 끝."

인형처럼 예쁜 천계 여왕이 입술을 꽉 깨물었다. 그녀의 등 뒤에서 아홉 쌍, 즉 열여덟 장의 날개가 펄럭거렸다.

"송구하옵니다."

대원사가 고개를 푹 숙였다. 대원사의 날개는 여왕보다 한 쌍이 적은 여덟 쌍이었다.

"송구하옵니다."

좌원사와 우원사를 비롯한 육대신장들이 한목소리로 침통함을 표현했다.

여왕 마리앙 마고가 보홀을 들어 바닥을 쿵 찍었다.

"이 시간부로 우리 천족들의 인간계 개입을 금지하겠어요."

"마마!"

"명령이에요. 카롤 왕국이 무너지건, 발루아 왕국 인간들이 마물들에게 뜯어 먹히건 일체 신경 쓰지 마세요. 천계의 전 병력은 이곳 마고 왕국에서 한 치도 내보낼 수 없어요."

여왕이 고집스레 말했다.

어둠 신장 막센이 여왕에게 물었다.

"만약 벨커스와 그 추종자들이 손을 내밀면 어떻게 합니까?"

막센은 칠흑처럼 온몸이 검은 흑인의 모습이었다. 까만 피부색 때문에 막센의 새하얀 날개가 더욱 두드러져 보였다.

천계 여왕이 고개를 가로저었다.

"어둠 신장. 지금 벨커스가 문제가 아니에요. 우리가 강림 의식을 치르는 동안에 인간계 대륙 북부에는 이미 심해저 3층의 다즈키르샤들이 올라와 있었다고요. 그대들이 다즈키르샤들을 개별적으로 상대할 수 있나요?"

여왕의 질문은 공격적이었다.

"끄음."

육대신장들은 다 같이 꿀 먹은 벙어리가 되었다.

여왕이 입매를 비틀었다.

"거 봐요. 상대할 수 없잖아요. 벨커스와의 요청을 받아들였다가 아군 병력을 계속 잃게 되면 결국 더 큰일이 발생할 거예요. 게다가 우리 고귀한 천족들이 이 하찮은 인간들을 위해서 희생할 필요가 없지 않나요?"

대원사가 맞장구를 쳤다.

"여왕님의 말씀이 옳습니다. 역시 현명하신 판단이십니다. 만약 벨커스가 구원을 요청하거든, 차라리 그에게 인간들을 버리고 마고 왕국으로 들어오라고 하십시오. 그래도 인간들 가운데 벨커스는 제법 쓸 만하지 않습니까? 그를 마고 왕국으로 끌어들이면 나중에 저희가 마해의 마물들과 싸울 때 도움이 될 겁니다."

"대원사가 좋은 아이디어를 내놓았네요. 그게 좋겠어요. 만약 벨커스가 도움을 요청하면, 그에게 마고 왕국으로 들어오라고 전하세요."

여왕의 뜻은 확고했다.

막센이 고개를 주억거렸다.

"마마의 명을 따르겠습니다."

"소신들이 한마음으로 따르겠습니다."

다른 신장들도 한목소리로 답했다.

천계 여왕의 짐작이 맞았다. 벨커스의 추종자들 가운데

우두머리인 골드 라이온이 천족들에게 강한 협조 요청을 보냈다.

안타깝게도 2차 저지선이 붕괴되고 마물들이 물밀 듯이 남하하는 이 시점에서, 나 골드 라이온은 모든 인간 종족을 대표하여 다음 세 가지 사항을 강하게 요청드리는 바이오.

첫째, 은둔 수호자와 천계가 맺은 우호 협약을 즉각 발동시켜 주시오.

둘째, 카롤 왕국과 발루아 왕국 남부, 마고 왕국을 연결하는 3차 저지선을 즉각적이고 전면적으로 결성해 주시오.

셋째, 마해의 마물들이 영악하게도 저지선의 중앙 돌파에 전력을 집중하고 있으니, 이번 3차 저지선을 결성할 때에는 지휘 사령부를 중앙에 두지 말고, 카롤 왕국과 마고 왕국에 분산시키는 방안을 검토해 주시오.

이상 세 가지 요청에 관련된 일이라면 우리 은둔 수호자는 적극적으로 돕겠소.

인간족 대표, 골드 라이온.

이상이 골드 라이온이 천계 여왕에게 보낸 편지의 내용이었다.

마리앙 여왕이 코웃음을 쳤다.

"미친놈."

대원사가 그 말을 받았다.

"골드 라이온이라는 자가 카롤 왕국 출신이라고 들었습니다. 이자는 은둔 수호자의 이름을 팔아서 어떻게든 카롤 왕국만 지키고 싶은 모양입니다."

"흥! 그러게 말이에요. 그렇게 카롤 왕국을 지키고 싶었으면 우리 천족들이 강림하여 부화할 둥지로 카롤 왕국을 제공할 일이지, 그때는 결사반대했다고요. 그래서 우리가 마고 왕국을 둥지로 만든 것 아니에요."

여왕이 입매를 고약하게 비틀었다.

천계에서 처음 강림을 시작할 때 둥지로 지목한 곳은 카롤 왕국이었다. 당시에 천계 여왕은 강림할 대상으로 실비아라는 백작 부인을 찍어 놓기까지 했다.

그때 골드 라이온이 펄쩍 뛰며 반대했다.

이유는 그럴싸했다.

"카롤 왕국은 뛰어난 검수가 많아 마물들로부터 스스로를 지킬 수 있는 강국이오. 그러니 천계에서는 남부 연합 가운데 가장 전력이 약한 마고 왕국에 자리를 잡는 것이 좋겠소. 그래야 전쟁이 시작되었을 때 한 명이라도 더 많은 인간들이 살아남을 수 있지 않겠소?"

이것이 당시에 골드 라이온이 했던 주장이었다.

과거를 되새긴 천계 여왕은 비웃음부터 터뜨렸다.

"깔깔깔깔. 정말 웃기지도 않아. 입으로는 인간들을 위하는 척하지만 결국 골드 라이온의 머릿속에는 카롤 왕국에 대한 생각뿐이라고. 깔깔깔깔. 그런데 그자가 알까요? 우리 천족들이 마물들을 물리치고, 천신께서 마신의 심장에 칼을 꽂고 나면, 그다음 하찮은 인간족들이 어떻게 될 것인지 알까 몰라? 나는 이 벌레 같은 인간들과 친구로 지낼 생각은 없거든요."

Chapter 2

천계에서 벨커스와 손을 잡은 이유는 간단했다.

인간 세상에 대한 정보를 얻기 위함.

그 이상도 이하도 아니었다.

벨커스가 제법 쓸 만하여 계속 우호적인 관계를 유지하고는 있지만, 천계 여왕의 입장에서 벨커스와 그의 추종자들은 언제든지 버릴 수 있는 패였다.

"마해와의 전쟁이 끝나면 솥에 넣어서 삶아 버릴 사냥개 따위가 감히 누구에게 협상 카드를 내밀어? 흥. 정말 웃기지도 않아."

천계 여왕은 골드 라이온이 보낸 편지를 박박 찢어 버렸다.

대원사가 푸근한 미소를 흘렸다.

"허허허. 여왕님의 말씀이 옳사옵니다. 벨커스와 그 추종자들은 전쟁이 끝난 뒤에 솥에 넣고 삶아 버리면 그만입니다. 물론 전쟁이 끝나기 전까지는 살살 달래 가면서 이용을 해야겠지요."

"맞아요. 적당히 맞장구를 쳐 주면서 이용만 하면 그만이죠. 그럼 일단은 골드 라이온의 요청을 수긍하는 척해 볼까요?"

"그러십시오. 골드 라이온의 요청에 따라 실제로 우호 협약을 발동하시면 됩니다."

대원사가 우호 협약을 입에 담았다.

여왕이 고개를 갸웃했다.

"실제로 발동하라고요? 그러다 골드 라이온이 카롤 왕국에 천족 전사들을 대거 파병해 달라고 요청하면 어떻게 하죠? 우호 협약에 따르면 그 요청을 따라 줘야 하는걸요."

"어허허허. 그때 우리도 똑같은 요청을 하면 되지 않겠습니까? 마고 왕국이 위험하니 은둔 수호자 전원과 카롤 왕국의 모든 기사를 마고 왕국에 파병해 달라고 요청하는 겝니다. 우호 협약에 따르면, 골드 라이온은 우리의 요청을 들어주어야 할 겝니다. 어허허허허."

"깔깔깔깔. 그렇군요."

여왕이 배꼽을 잡고 웃었다.

안타깝게도 2차 저지선이 붕괴되고 마물들이 물밀 듯이 남하하는 이 시점에서, 나 마리앙 마고는 천계의 천족들을 대표하여 다음 세 가지 사항을 강하게 요청드리는 바이오.

첫째, 우리 천계와 은둔 수호자와 맺은 우호 협약을 즉각 발동시키겠소.

둘째, 마고 왕국과 발루아 왕국 남부, 그리고 카롤 왕국을 연결하는 3차 저지선을 즉각적이고 전면적으로 결성해 주시오. 이 지역에 단단한 장벽 설치 및 인간족 병력 투입이 완료되는 즉시, 우리 천계에서도 고위 천족들을 배치하겠소.

셋째, 마해의 마물들이 영악하게도 저지선의 중앙 돌파에 전력을 집중하고 있으니, 이번 3차 저지선을 결성할 때에는 지휘 사령부를 중앙에 두지 말고, 마고 왕국과 카롤 왕국에 분산시키도록 하겠소. 그대들 인간족은 향후 마물과의 전투가 벌어질 때에 우리 천계 신장들의 지휘에 잘 따라 주리라 믿겠소.

마리앙 마고.

천계 여왕의 답신이 골드 라이온에게 전달되었다.

"어허허."

골드 라이온은 웃는 것도 아니고 화내는 것도 아닌 묘한 표정을 지었다.

"내 요청대로 우호 협약이 발동되었으니 마땅히 기뻐해야 할 일이다. 그런데 답신에 적힌 어투가 어째 우리 인간들을 비웃는 것 같구나. 뭔가 느낌이 좋지 않아."

골드 라이온은 특히 두 번째와 세 번째 문구가 마음에 걸렸다.

'우리더러 장벽을 설치하라고? 마물들이 물밀 듯이 내려오는 중인데, 어느 세월에 성벽을 쌓는단 말인가? 허어 참. 천계의 여왕이 병법을 전혀 모르는구나.'

속으로 투덜거린 골드 라이온은 세 번째 문구에 시선을 고정했다. 그의 이마가 절로 찌푸려졌다.

'이 문장의 의미가 결국 천족들을 발루아 왕국 대신 카롤 왕국에 투입한다는 뜻이지? 뭐, 이렇게만 된다면 우리 카롤 왕국은 피해가 적을 게야. 그런데 어째 기분이 나쁘구나. 우리가 천계 신장들의 지휘에 따라야 하는 것은 맞지만, 요구가 너무 노골적이야.'

여하튼 천계 여왕은 골드 라이온의 요청을 거절하지 않았다. 골드 라이온은 일단 그 점에 만족하기로 했다.

"이 정도면 한숨 돌렸어. 이제 남은 일은 은둔 수호자들을 카롤 왕국 국경선에 집중 투입하는 것이다. 그 빌어먹을 배신자 위즈덤은 수호자의 임무를 저버리고 위그 왕국으로 가 버렸지만, 결국엔 위그 왕국도 망하지 않았나. 허어. 사람이 대의를 쫓아야지. 그렇게 사심만 가득하니 천벌을 받는 게야. 끌끌끌. 그렇다면 이제 블랙 이글이 문제인데……."

블랙 이글의 과거 이름은 비딕 발루아.

그는 발루아 왕국의 대공이자 오를레앙 국왕의 친형이었다.

"블랙 이글도 위즈덤처럼 삐뚤어질 수 있어. 대의를 따르지 않고 사사로운 감정에 휘둘려 발루아 왕국 잔당을 돕겠다고 몽니를 부릴 수도 있다고. 그래 봤자 발루아 왕실은 이미 망해 버렸는데, 그곳의 잔당들 따위를 도와서 무얼 어찌하겠다는 게야? 차라리 전력을 다해 카롤 왕국을 보호해야지. 그래야 인간족 전체에게 희망이 있지."

이 시점에서 은둔 수호자들이 목숨을 걸고 지켜야 할 곳은 다름 아닌 카롤 왕국이라고 골드 라이온은 확신했다.

"카롤 왕국은 마물들에게 유린당하지 않은 순수한 왕국이 아닌가. 우리가 이 왕국을 지켜내야 해. 그래야 전쟁의 참화가 끝이 났을 때 우리 인간족이 되살아날 수 있어. 암, 그렇고말고."

골드 라이온의 편협한 확신은 이제 신념으로 굳어졌다.

골드 라이온이 그토록 애지중지하는 카롤 왕국 수도.

한때는 잘나갔으나 이제는 한물갔다는 소리를 듣는 드뷔시 백작가 정문에 한 여인이 나타났다.

"오랜만이구나."

까치발을 들어 정문 철장 너머를 넘겨다보는 여인의 정체는 데스 로즈였다. 그녀는 드뷔시 백작 부인인 실비아의 할머니이자 미아 드뷔시의 시어머니기도 했다.

데스 로즈가 기웃거리자 안에서 병사가 나왔다. 어깨에 창대를 걸치고 건들건들 다가오는 병사의 입에서는 술 냄새가 풀풀 풍겼다.

데스 로즈가 눈을 찌푸렸다.

병사가 데스 로즈를 위아래로 훑어보았다.

'곱게 늙은 얼굴, 늘씬한 체형, 위엄이 어린 눈빛. 이거 보통 여인이 아니다.'

침을 한 번 꿀꺽 삼킨 병사가 조심스레 여쭸다.

"어디서 오셨습니까?"

"여기가 드뷔시 백작가 맞나?"

데스 로즈는 다짜고짜 반말을 했다. 그렇게 하대하는 모습이 전혀 어색하지가 않고 자연스러웠다.

'높으신 분이시구나.'

이렇게 짐작한 병사는 자세를 바로 하고 공손히 대답했다.

"맞습니다. 혹시 누구를 찾아오셨습니까?"

"당대의 백작이 루잉이던가?"

루잉은 이미 죽었다. 데스 로즈는 그 사실을 알면서도 의뭉을 떨었다.

병사가 고개를 가로저었다.

"루잉 백작님께서는 안타깝게도 북부의 마물들과 싸우다가 전사하셨습니다. 지금은 실비아 님께서 가문을 추스르고 계십니다."

손녀딸이 언급되자 데스 로즈의 얼굴에 그늘이 졌다.

'내 아들을 죽인 독부 년에게 복수를 하려면 실비아에게도 똑같은 벌을 내려야 한다지?'

데스 로즈는 하라간의 명령을 떠올렸다.

'그런데 어찌 내 손으로 손녀를 죽인단 말인가? 하아아.'

데스 로즈는 실비아를 죽일 자신이 없었다. 그렇다고 미아 드뷔시, 그 독부 년을 용서할 마음도 전혀 없었다. 솔직히 데스 로즈는 아직까지도 마음의 결정을 내리지 못했다.

드뷔시 가문의 병사가 우물쭈물하다가 물었다.

"그런데 뉘십니까? 뉘시온데 루잉 백작님을 찾으십니까?"

"루잉을 찾는 것이 아니다."

"그럼 누구를 찾으십니까?"

"내가 아는 사람은 카일 드뷔시다."

"아! 전대 백작님의 손님이십니까? 카일 님께선 이미 오래전에 세상을 뜨셨습니다. 그 후에 사위이신 루잉 님께서 백작 위를 물려받으셨지요."

병사는 묻지도 않은 이야기를 술술 털어놓았다. 그러다 갑자기 무릎을 탁 쳤다.

"오호라. 그러고 보니 전대 백작 부인님께서 지금 저택에 계십니다. 미아 드뷔시 님은 혹시 아십니까?"

Chapter 3

"미아 드뷔시?"

데스 로즈가 낮게 으르렁거렸다. 아들 카일에 이어서 원수 중의 원수인 미아의 이름까지 거론되었다. 데스 로즈의 눈썹이 사납게 치켜 올라갔다.

"알지. 미아라면 아주 잘 알지."

병사는 그 말이 떨어지기 무섭게 문부터 열었다. 그러곤 손바닥으로 저택 내부 방향을 가리켰다.

"어이쿠. 전대 백작 부인 마님의 손님이셨군요? 일단 안으로 드시지요. 제가 미아 님께 손님을 안내해드리겠습니다."

데스 로즈가 고개를 갸웃했다.

"응? 이게 무슨 소린가? 정문을 지키는 자네가 나를 미아에게 직접 안내한다고? 집사는 무얼 하고? 그 많던 시녀들은 또 어딜 가고? 그렇게 자네가 저택 안으로 들어가 버리면 이곳 정문은 또 누가 지키나? 그나저나 왜 자네 혼자야? 원래 드뷔시 가문은 3인 1조로 정문을 경비하게 되어 있었는데? 누가 그 규칙을 바꿨나?"

폭풍처럼 쏟아지는 질문 공세에 병사는 얼떨떨한 표정을 지었다. 그러다 데스 로즈에게 손을 휘휘 내저었다.

"에이. 그게 언제적 이야깁니까? 드뷔시 가문은 보투르 공작에게 기사단을 내주고, 영토도 빼앗기고, 상단도 강탈 당했습니다. 지금은 월급도 제대로 주지 못해 경비병들도 대부분 떠났고, 시녀들도 대폭 줄었습니다. 늙은 집사는 방에서 콜록콜록 기침이나 하고 있을 테고요. 뭐, 어차피 찾아오는 손님도 없고, 훔쳐갈 만한 물건도 없으니 정문은 지키지 않아도 그만입니다."

"뭣이라?"

데스 로즈는 큰 충격을 받았다. 사랑하는 아들 카일이 일궈 낸 드뷔시 가문이 이렇게 비참하게 몰락했을 줄은 몰랐다.

'으드득! 그렇다면 카일의 묘는 누가 관리하지? 설마 잡초만 무성하게 방치된 것 아냐?'

아들이 독살을 당한 것만 해도 억장이 무너졌다. 그런데 그 아들이 죽어서 무덤마저 초라하게 방치되었다면 도저히 참을 수 없을 것 같았다. 데스 로즈는 상상만 해도 피가 거꾸로 솟는 기분이었다.

'만약 카일의 무덤이 엉망진창이라면 내 반드시 미아 년의 목을 잘라 버릴 것이다. 실비아의 목을 함께 자르는 한이 있더라도 그 꼴만큼은 봐줄 수 없어.'

데스 로즈가 마음의 결심을 했다. 데스 로즈가 발걸음을 내딛자 뒤에서 호위 2명이 뒤따랐다. 노파 한 명, 중년 사내 한 명이었다.

로브를 깊게 눌러쓴 왜소한 체형의 노파는 올가와였다. 한때 올가와는 마이림이 만든 외궁 조직의 3호였으나, 지금은 백치가 되어 그뭄 조직에 투입되었다.

중년 사내의 정체는 메네스였다. 메네스 또한 마이림의 외궁 조직 5호였으나, 지금은 백치가 되어 올가와와 동일한 조직에 배치되었다.

하라간은 올가와와 메네스를 데스 로즈에게 붙여 주었다. 민치 40 개체도 데스 로즈에게 딸려 보냈다.

하라간이 민치를 카롤 왕국에 보냈다는 것은, 시사하는 바가 컸다.

'데스 로즈. 제대로 일을 해야 할 거요. 카롤 왕국에서 엉뚱한 짓을 벌였다가는 내가 직접 가서 뒤집어 버리는 수가 있어.'

데스 로즈를 카롤 왕국에 보내면서 하라간은 속으로 이렇게 중얼거렸다.

데스 로즈도 하라간의 의도를 눈치챘다.

'미아를 죽이려면 실비아도 함께 죽여야 해. 신인이 내게 병력을 붙여 준 이유는 바로 그거야. 내가 일을 제대로 하는지 감시하는 역할이라고. 휴우우.'

속으로 한숨을 삼킨 데스 로즈는 허리를 곧게 펴고 걸었다.

드뷔시 백작가의 회랑은 이국적이기로 유명했다. 데스 로즈는 이 회랑을 고향인 마고 왕국의 건축 양식으로 꾸몄다.

그 아름답던 회랑이 지금은 관리가 되지 않아 엉망이었다. 기둥 아래엔 잡초가 무성했다. 천장엔 거미줄투성이였다. 일부 허물어진 담장은 그냥 방치되었다.

'휴우, 미치겠구나.'

데스 로즈는 입술을 꽉 깨물었다. 속에서 열불이 솟구쳤다.

회랑을 지나 건물 안으로 들어서자 더 열이 뻗쳤다. 빛바랜 벽에는 역대 선조들의 초상화가 걸려 있었는데, 삐뚤빼뚤 걸린 것은 물론이고, 초상화 위에 먼지와 거미줄이 한가득이었다.

데스 로즈는 본인의 초상화 앞에서 발걸음을 재촉했다. 멀쩡하게 산 사람이 죽은 사람처럼 초상화가 걸려 있으니 마음이 찜찜했다.

반대로 아들인 카일의 초상화 앞에서는 데스 로즈의 발걸음이 잘 떨어지지 않았다.

'카일, 내 불쌍한 아들.'

카일의 초상화에 덕지덕지 붙어 있는 먼지가 마치 송곳이 되어 데스 로즈의 가슴을 후벼 파는 기분이었다.

'미아, 이 미친년. 제 남편을 독살한 것으로 모자라서 초상화까지 이렇게 내팽개쳤구나. 내 오늘 반드시 네년의 눈알을 뽑고 혀를 잘라 버릴 것이다.'

카일 옆에 걸린 것은 루잉의 초상화였다.

희한하게도 이 초상화만 똑바로 걸려 있었다. 게다가 먼지 한 톨 끼지 않아 깨끗했다. 데스 로즈가 발길을 멈췄다.

"왜 그러십니까?"

병사가 물었다.

데스 로즈는 턱으로 초상화를 가리켰다.

"이 초상화의 주인이 루잉 백작이지? 그런데 이것만 관리가 잘되었네? 그 이유가 있는가?"

"아."

병사는 뒤통수를 긁적이다가 대답했다.

"이 초상화는 얼마 전부터 백작 부인 마님께서 직접 관리를 하십니다."

"응? 실비아가?"

"네. 손님께서는 실비아 마님도 잘 아십니까?"

"잘 알지. 그 아이가 어릴 때부터 보았으니까. 그나저나 그 말이 사실인가? 실비아가 제 남편의 초상화를 매일 관리한다고?"

병사가 고개를 크게 주억거렸다.

"예전에는 그러지 않으셨습니다. 하지만 최근에는 실비아 마님께서 매일같이 천으로 닦으십니다."

"왜 닦아? 아니, 아니. 내 말뜻은 그게 아니라……."

데스 로즈가 당황했다. 미망인이 죽은 남편의 초상화를 닦는 것은 그리 이상한 일이 아니었다. 데스 로즈가 "왜 닦아?"라고 물은 것은, 실비아가 루잉을 죽였다고 들었기 때문이다.

'설마 신인이 내게 거짓말을 했나? 혹시 실비아는 독부가 아니라 열부 아니야? 남편을 존중하고 내조하는 열부.'

병사가 피식 웃었다.

"이런 말씀을 드리기는 좀 그런데요, 마님께서 돌아가신 백작님께 죄지은 것이 있답니다."

"뭣?"

"마님을 섬기는 최측근 시녀에게 들은 말입니다. 백작부인 마님께서 백작님께 죄를 지은 것이 있는데, 점괘를 보니 백작님의 원혼이 아직 세상에 남아 있다나 뭐라나. 그래서 겁이 덜컥 나신 실비아 마님께서 매일 같이 정성으로 이 초상화를 닦는 거랍니다. 아마도 억울하게 죽은 원혼을 달래기 위한 행동이겠죠."

하찮은 병사가 이런 은밀한 이야기를 알 정도면, 드뷔시 백작가는 엉망진창이라고 해도 과언이 아니었다.

'정말 최악까지 떨어졌구나.'

데스 로즈는 두 눈을 꽉 감았다.

또 한 가지.

데스 로즈는 병사의 말에 주목했다.

'죽은 루잉의 영혼이 신인에게 흡수되었다고 했지? 신인이 내게 그렇게 말했어. 그런데 그 이야기가 사실이었구나. 루잉의 영혼이 원혼이 되어 떠돌다가 신인에게 흡수당한 게야. 쯧쯧쯧.'

데스 로즈는 고개를 설레설레 저으며 다시 발걸음을 옮겼다.

똑똑똑.

병사가 방문을 두드렸다.

"무슨 일이냐?"

안에서 여인의 음성이 들렸다.

병사가 아뢰었다.

"마님. 손님께서 찾아오셨습니다."

"손님? 여기를 찾아올 손님이 누가 있다고?"

방문이 덜컥 열리고, 어린 시녀 한 명이 고개를 빼꼼 내밀었다. 그래도 전대 백작 부인에게 담당 시녀 한 명은 배치된 모양이었다.

Chapter 4

"뉘시온지요?"

어린 시녀가 데스 로즈에게 물었다.

"비켜."

데스 로즈가 시녀를 밀치고 안으로 들어갔다.

콰앙!

문짝이 벽에 부딪치는 소리가 크게 울렸다.

"아악. 이게 무슨 짓이에요?"

바닥에 쓰러진 시녀가 당차게 항의했다.

"당신, 뭐요?"

손님을 모셔 온 병사도 깜짝 놀라서 데스 로즈의 어깨를 붙잡았다.

그 전에 데스 로즈의 몸이 바람이 되었다. 후웅, 바람이 일었다. 그때 이미 데스 로즈의 몸은 벽난로 앞 6인용 소파에 도착해 있었다.

"크읍, 큭."

데스 로즈에게 목이 붙잡힌 미아 드뷔시가 허공에 번쩍 들려 대롱대롱 매달렸다.

"이게 무슨 짓이오?"

뒤에서 병사가 버럭 소리쳤다.

데스 로즈는 뒤도 돌아보지 않고 손을 수평으로 쓸었다. 샤라라랑, 마법의 힘이 발휘되었다.

"끄으응."

소리를 지르던 병사가 잠이 들어 옆으로 쓰러졌다.

바닥에 쓰러져 있던 어린 시녀도 고개를 푹 떨구었다.

데스 로즈는 손짓 한 방에 두 사람을 잠재운 다음, 무시무시한 눈으로 며느리를 노려보았다. 숨이 막혀 발버둥 치던 미아가 데스 로즈의 얼굴을 확인했다.

"으헙!"

미아의 안색이 하얗다 못해 새파랗게 질렸다.

"미아, 이년!"

데스 로즈의 두 눈에서 살기가 줄기줄기 쏟아졌다.

시퍼렇던 미아의 얼굴이 이제는 아예 시커멓게 죽었다. 미아는 눈앞에 펼쳐진 현실이 믿어지지가 않았다.

"어, 어머님. 당신이 어떻게?"

미아가 말을 더듬었다.

데스 로즈는 꼭지가 돌았다.

"어머님? 어머니—임? 어떻게 네년의 입에서 어머님이란 소리가 나오느냣? 내 아들 카일을 독살한 독부의 입에서 어떻게 어머님 소리가 나와?"

퍼억.

데스 로즈는 미아의 얼굴을 손으로 잡아 벽난로에 그대로 내리찍었다.

"꺅."

미아의 입에서 비명이 터졌다. 깨진 뒤통수에서 핏물이 벌겋게 흘러내렸다.

데스 로즈의 손이 허공으로 번쩍 들렸다가 미아의 따귀를 후려쳤다. 찰진 소리와 함께 미아의 고개가 옆으로 돌아갔다.

"어머님, 당신께서 어떻게……."

"어떻게라니? 왜? 내가 죽지 않고 살아 돌아와서 불만이냐? 그래. 불만이겠지. 남편을 죽여 놓고 메로베 그 개자식과 배꼽을 맞추며 잘살고 있는데 내가 살아서 돌아오니 속이 뒤집히겠지. 요 못된 년."

데스 로즈의 발이 미아의 복부를 걷어찼다.

"커억."

미아가 앞으로 고꾸라졌다.

데스 로즈는 며느리의 얼굴이 바닥에 처박히기 전에 머리채를 움켜잡았다. 그러곤 장작불이 탁탁 타오르는 벽난로 속으로 그대로 처박았다.

"아아악."

얼굴이 불에 지져지는 고통에 미아가 악을 썼다.

미아의 비명을 들은 실비아가 위층에서 후다닥 달려왔다.

"어머니, 어머니. 무슨 일이에요?"

데스 로즈는 벌겋게 화상을 입은 미아를 벽난로에서 꺼내서 다시 한 번 따귀를 때렸다. 미아가 철퍽 쓰러져 흐느껴 울었다.

"으흐흐흑. 으흐흐흐흑."

"네가 뭘 잘했다고 울어?"

데스 로즈가 미아의 복부를 걷어찼다.

미아가 피를 울컥 토했다.

실비아가 데스 로즈에게 삿대질을 하며 달려들었다.

"너, 뭐야? 너 누군데 여기서 행패야? 왕비가 보낸 계집이냐?"

데스 로즈는 팔을 크게 휘둘러 실비아의 따귀를 후려쳤다. 허공에서 팽그르르 회전한 실비아가 바닥에 고꾸라졌다. 실비아의 뺨이 시뻘겋게 부풀었다.

미아가 기어 와서 데스 로즈의 발을 붙잡았다.

"어머님, 흐흐흑. 그 아이는 어머님의 손녀딸이에요. 제발 그 아이는 벌하지 마세요. 모든 죄는 저에게 있어요. 흐흐흑."

"손녀딸? 이게 무슨 소리예요? 이분이 제 할머니라고요?"

실비아가 눈을 동그랗게 떴다. 데스 로즈의 얼굴을 올려다보는 실비아의 동공이 금방이라도 찢어질 듯 팽창했다. 눈앞에 우뚝 서 있는 데스 로즈의 얼굴은 초상화 속 할머니의 모습과 완벽하게 일치했다. 실비아의 기억 속 할머니의 모습과도 똑같았다.

"아닌데. 할머니는 돌아가셨는데? 아버지께서 할머니의 장례도 치러드렸는데? 그때 아버지가 펑펑 오열하셨는데?"

실비아가 넋 나간 사람처럼 중얼거렸다.

'내 장례식 때 카일이 오열을 했다고? 이 불쌍한 것.'

데스 로즈가 휘청거렸다.

미아는 데스 로즈의 다리를 꼭 껴안았다.

"어머님, 제발 용서하세요. 저를 찢어 죽여 벌하시고, 제발 실비아는 벌하지 마세요. 저 아이는 아무것도 몰라요. 제가 저지른 배덕한 짓을 알지 못해요."

"흥."

데스 로즈가 미아를 걷어찼다. 그다음 손에서 시퍼런 벼락을 일으켜 며느리의 어깨를 지졌다.

치이익—

미아의 어깨가 타들어 갔다.

"끄아아악."

미아가 목이 터져라 비명을 질렀다.

이번엔 실비아가 엉금엉금 기어와 데스 로즈의 발목을 잡았다.

"할머니, 제 할머니가 맞는다면 제발 용서하세요. 저를 봐서라도 어머니의 죄를 용서하세요."

퍼억!

데스 로즈는 실비아도 걷어찼다.

Chapter 5

"흥. 어림도 없는 소리."

"할머니?"

실비아가 당황했다.

데스 로즈가 독하게 쏘아붙였다.

"네년을 봐서 이 독부를 용서하라니? 너 따위 사생아가 어디서 헛소리냐? 네가 내 아들 카일의 딸인지 내가 어떻게 믿느냐? 넌 메로베, 그 개자식의 딸일 수도 있어."

충격적인 소리에 미아가 펄쩍 뛰었다.

"아니에요. 어머님, 절대 아니에요. 여신께 맹세코 실비아는 어머님의 손녀가 맞습니다. 으흐흑. 제가 천하의 음탕

한 독부 년인 건 맞지만, 실비아는 자랑스러운 드뷔시 가문의 핏줄입니다. 흐흐흑."

"아니. 실비아 저년은 드뷔시의 핏줄이 아니다. 드뷔시 가문은 대대로 배신을 모르는 충신의 가문이었다. 그런데 실비아의 행동거지를 보아라. 메로베의 아들과 바람을 피운 것으로도 모자라 제 남편을 죽게 만들었어. 드뷔시의 역대 조상들 가운데 저런 배덕한 년은 없었다."

"헉, 그걸 어떻게."

실비아가 자신의 손으로 입을 막았다.

미아는 두 눈을 질끈 감았다.

데스 로즈의 충혈된 눈에서 눈물이 주르륵 흘렀다.

"역시 사실이었구나. 신인의 말이 사실이었어. 어미는 왕과 배꼽을 맞춘 뒤 남편을 독살하고, 딸년은 왕자와 배꼽을 맞춘 뒤 남편을 전쟁터로 내보내 마물들의 먹이로 던져주었구나. 루잉이 그렇게 억울하게 죽었으니 원혼이 되었지. 죽어서도 눈을 감지 못하고 원혼이 되어 북부의 어마어마한 마물에게 제 영혼을 헌납해 버렸지."

"네에? 그건 또 무슨 소리예요? 루잉이 죽어서 원혼이 되었다고요? 그 원혼이 스스로를 마물에게 헌납했다고요?"

실비아가 되물었다.

데스 로즈가 오른손을 번쩍 들었다.

츠츠츠측―

데스 로즈의 손에서 마나로 이루어진 마법의 칼이 길게 자랐다. 데스 로즈는 왼손으로 미아의 머리채를 붙잡아 그녀의 목에 마법의 칼을 겨눴다.

"아악, 할머니. 제발 하지 마세요. 제발 어머니를 용서하세요. 흐흐흑."

실비아가 괴성을 질렀다.

미아도 눈을 꽉 감고 소리쳤다.

"아니에요, 어머님. 제 목을 자르세요. 저를 처단하셔서 복수를 하세요. 하지만 실비아만큼은 제발 용서하세요."

"이이익."

데스 로즈가 손에 힘을 꾹 주었다. 마법의 칼날이 미아의 하얀 목을 베며 얕게 파고들었다. 미아의 목에서 핏물이 뿜어졌다.

"안 돼요. 제발."

실비아가 애원했다.

데스 로즈는 실비아의 하얀 목을 보았다.

'이 목을 베면, 저 목도 베어야 한다. 미아 년을 죽이면, 실비아의 목도 잘라야 한다. 그게 신인의 요구사항이야. 내가 이 요구 사항을 어기면 신인이 직접 이곳에 날아와 다 죽여 버릴 게야.'

마법의 칼날이 미아의 살 속으로 조금 더 깊이 파고들었다.

"끄으읏."

미아의 얼굴이 파르르 경련했다.

"안 돼애—"

실비아가 두 손으로 자신의 머리카락을 쥐어뜯었다.

"파하."

데스 로즈가 참았던 숨을 한꺼번에 내뱉었다. 그러곤 미아를 거칠게 밀쳤다.

바닥에 쓰러진 미아를 향해 데스 로즈가 으르렁거렸다.

"안내해."

"헉헉. 어디로 안내하라는 말씀이신지요?"

미아가 헐떡이는 목소리로 되물었다.

데스 로즈가 턱을 들었다.

"카일의 무덤. 부인 하나 간수하지 못하는 그 불쌍한 녀석의 무덤으로 가자. 그놈의 영혼이 보는 앞에서 네년의 목을 잘라야겠다."

"어머님. 흐흐흑."

미아가 손으로 입을 막고 오열했다.

데스 로즈가 미아의 등짝에 벼락을 찍었다.

쩌저적!

살이 타는 냄새가 방 안에 진동했다.

"어디서 질질 짜고 지랄이야? 어서 카일의 무덤으로 안내해. 네가 꾸물거리면 저기 있는 네 딸년부터 죽여 버릴 것이다."

데스 로즈의 협박이 제대로 먹혔다. 미아는 벌벌 떨면서 앞장섰다.

데스 로즈가 그 뒤를 바짝 쫓았다.

방에 홀로 남겨진 실비아도 비틀비틀 일어나 미아와 데스 로즈의 뒤를 쫓았다. 실비아의 얼굴은 눈물범벅이었다.

카일 백작의 무덤은 의외로 깨끗했다. 중간에 보수공사도 한 것 같았고, 잡초도 전혀 없었다. 무덤 건물 안으로 들어가자 비석이 보였다.

이 안쪽도 깨끗했다. 비석 위에는 먼지 한 톨 없었다.

"여기 누워 있구나. 내 아들이 여기 누워 있어."

데스 로즈가 덜덜 떨리는 손으로 비석을 쓰다듬었다. 비석에 새겨진 아들의 이름을 손끝으로 더듬으면서 데스 로즈는 눈물을 뚝뚝 흘렸다.

"으흐흐흑."

미아가 털썩 주저앉았다.

미아는 지난날의 과오가 미치도록 후회스러웠다. 심장이

너무 아파 주먹으로 자신의 가슴을 두드렸지만 그래도 응어리가 해소되지 않았다. 눈에서 눈물이 쏟아졌다.

"흐흐흑. 죄송해요."

뒤에 서 있던 실비아도 무릎을 꿇었다. 실비아는 아비의 비석을 보고는 손으로 입을 막고 흐느꼈다. 실비아의 풍성한 머리카락이 바닥을 쓸었다.

데스 로즈가 며느리와 손녀를 돌아보았다.

"거참 희한하구나. 벽에 걸린 카일의 초상화는 엉망으로 내팽개쳐 놓고, 무덤은 그래도 돌보았어. 이유가 뭐냐?"

미아가 울면서 고백했다.

"어머님, 정말 잘못했어요. 저는 죽어서 분명 지옥에 떨어질 거예요. 어머님의 아들은 여신의 곁에 있을 테고요. 그러니까 저는 죽어서도 남편을 만날 수 없어요. 남편에게 죄를 빌 수도 없고, 솔직히 남편을 만날 면목도 없어요. 감히 제 남편이라고 부르는 것도 죄송스러워요. 그래서 어떻게든 속죄를 해 보려고 무덤을 돌보았어요."

"그런데 왜 초상화는 엉망인 채로 두었지?"

"그건!"

미아가 머뭇거렸다.

실비아가 절규하듯 고백했다.

"그건 제 탓이에요. 제가 어머니에게 아버지의 초상화를 건드리지도 말라고 했어요. 먼지가 쌓이고 엉망이 되어 가는 아버지의 초상화를 보면서 가슴 아파하라고 일부러 그랬어요. 으흐흐흑."

실비아가 이렇게 말하며 펑펑 울었다.

Chapter 6

데스 로즈가 고개를 위로 들었다. 그러곤 두 눈을 꼭 감았다.

"흐흐흐흑."

"흑흑. 끄윽, 끅."

데스 로즈의 앞, 미아와 실비아가 오열하면서 서로를 부둥켜안았다.

데스 로즈의 입이 한참 만에 다시 열렸다.

"그래도 내 아들은 무덤이라도 있구나. 루잉은 무덤도 없어."

"할머니."

실비아가 고개를 푹 숙였다.

데스 로즈는 힘없이 돌아섰다. 미아와 실비아는 데스 로즈가 발길을 돌린 이후에도 자리에서 일어나지 못하고 계속 흐느꼈다.

데스 로즈가 무덤 건물 밖으로 나갔다. 데스 로즈는 그렇게 며느리와 손녀를 용서하는 것처럼 보였다. 데스 로즈가 드뷔시 백작가의 가묘에서 완전히 벗어난 순간, 무덤 건물 내부에서 새하얀 벼락이 내리쳤다.

쩌저적!

차가운 냉기를 풀풀 풍기는 얼음 벼락은 미아와 실비아 모녀를 동시에 강타했다.

"꺄악."

"아악."

짧은 비명이 연달아 울렸다. 두 모녀는 꼭 끌어안은 채로 함께 얼어 버렸다.

데스 로즈가 속으로 중얼거렸다.

'급속 냉동을 시켰으니 죽인 것은 아니다. 하지만 산 것도 아니지. 카일의 무덤 안에서 그 딸을 죽일 수는 없는 법 아니겠는가. 그렇다고 어미가 된 입장에서 아들의 복수를 저버릴 수도 없으니 이게 최선이다.'

미아와 실비아를 꽝꽝 얼려서 카일의 무덤 건물 안에 영원히 가둬 놓겠다는 것이 데스 로즈의 생각이었다.

가묘를 벗어나는 데스 로즈에게 올가와와 메네스가 따라붙었다. 민치 40 개체도 어슬렁어슬렁 뒤쫓았다.

"가자. 미아를 벌했으니 이제 메로베, 그 개자식의 시체를 보러 가야지. 더불어서 줄리앙이라는 놈팡이 얼굴도 한 번 보고."

데스 로즈의 복수는 아직 끝나지 않았다. 골드 라이온의 핏줄들을 떠올리자 데스 로즈의 얼굴에 한결 진득한 살기가 어렸다.

'카롤 왕가! 우리 드뷔시 가문을 이렇게 몰락시킨 장본인이 바로 그 개자식들이야. 내 가만두지 않는다.'

데스 로즈의 입에서 이빨 가는 소리가 들렸다.

데스 로즈가 발걸음을 서두르는 사이, 민치 한 개체가 슬그머니 대열에서 이탈했다. 가묘 안, 여러 건물들을 그냥 지나친 민치는 카롤의 무덤 건물로 들어갔다. 건물에 들어가기 전에는 분명 민치였는데, 무덤 안에서는 하라간의 모습으로 바뀌었다.

하라간은 데스 로즈를 믿지 않았다. 그녀에게 민치들을 딸려 보낸 것도 의심 때문이었다.

'여차하면 내가 직접 복수를 해야지.'

이것이 하라간의 생각이었다.

그런데 얼음조각으로 변한 미아와 실비아를 보자 한숨부터 나왔다.

"후우우. 결국 이 꼴이구나. 루잉을 배신하고, 스승님을 배신한 결과가 결국 이 꼴이야."

얼음이 되어 버린 두 모녀의 뺨에는 눈물 자국이 역력했다. 하라간은 실비아를 향해 손을 살짝 뻗었다가 다시 거둬들였다.

"그래. 차라리 이게 낫구나. 내가 이들의 목숨을 거두면 돌아가신 스승님께서 가슴 아프실 거야. 차라리 이렇게 스승님의 곁에서 영원히 얼음조각으로 남는 편이 더 나아."

하라간이 손을 수평으로 쓸었다.

무덤 건물 외벽 안쪽에 서리가 한 겹 깔렸다. 하라간이 만들어 낸 이 서리는 용암을 들이부어도 녹지 않는 냉기의 결정체였다. 이제 여름이 되어도 미아 모녀의 얼음조각이 녹을 염려는 없었다.

"이곳에서 영원히 속죄하시오. 이것이 루잉을 대신하여 내가 내리는 벌이오."

하라간은 실비아에게 마지막 말을 건넸다. 이 말을 끝으로 하라간은 실비아에 대한 모든 감정의 찌꺼기들을 기억의 저편으로 떠내려 보냈다.

"실비아를 해결했으니 이제 줄리앙의 차례인가?"

하라간의 얼굴에 찬바람이 쌩쌩 불었다.

"드뷔시 가문을 이렇게까지 망가뜨려 놓다니, 줄리앙. 네게 받아내야 할 빚이 하나 더 늘었구나. 큭큭큭큭."

하라간은 민치의 눈을 통해 몰락한 드뷔시 백작가의 모습을 목격했다. 속이 부글부글 끓었다. 당장에라도 줄리앙을 갈가리 찢어놓고 싶은 심정이었다. 하라간이 무덤 건물 밖으로 성큼 나갔다.

쿠웅.

철문이 닫혔다.

카일 백작의 무덤은 깊은 침묵에 빠져들었다.

요새 카롤 왕실은 어수선했다.

작년 말, 왕궁에 괴한이 쳐들어와 보투르 공작의 심복들을 모두 죽이고, 신하들과 시녀들도 떼 몰살을 시키고, 심지어 근위기사단까지 전멸시킨 사건이 결정타였다. 당시에 보투르 공작도 괴한에게 납치를 당했다.

구심점을 잃은 카롤 왕실은 왕국에 대한 통제력을 상실했다. 무능한 왕 줄리앙은 겁에 질려 대책 회의조차 소집하지 못했다.

그렇게 악몽의 12월이 지나고, 1월이 되었다.

줄리앙은 여전히 왕궁 깊숙한 곳에 숨어서 밖으로 나오지 못했다. 대신 근위기사단장 그룬드를 왕의 대리로 내세워서 조금씩 국정을 챙겼다. 아마도 그 상태에서 그룬드에게 조금만 더 시간이 주어졌다면, 카롤 왕국도 어느 정도

안정되었을지도 모른다.

하지만 운이 따르지 않았다.

5월 10일 새벽 4시 30분, 전쟁 발발.

북부 마물들의 총공세 시작.

대륙 동쪽에서 시작하여 서쪽까지 전면적으로 시작된 북부의 총공격은 남부 연합 전체를 아수라장으로 몰아넣었다.

하루에 한 차례씩 끔찍한 소식들이 전달되었다. 어떤 날에는 하루에도 몇 번씩 구조 요청이 들어왔다. 남부 연합의 주요 거점이 함락 직전이니 지원병과 구조물자를 보내 달라는 요청이었다. 카롤 왕국은 제대로 지원도 하지 못하고 발만 동동 굴렀다.

솔직히 지원병을 보낼 시간도 없었다. 북부의 총공세가 시작되고 얼마 지나지 않아 바야크 왕국이 무너졌다. 맥클라우드 왕국도 함락당했다.

시간이 조금 더 흐른 뒤에는 믿었던 위그 왕국마저 지도에서 지워졌다. 발루아 왕국은 영토의 70 퍼센트를 잃었다. 왕국의 수뇌부가 모두 사라졌으니 발루아는 이제 왕국이라고 부를 수도 없었다. 카롤 왕국과 인접한 홀리랜드도 붕괴했다. 전쟁이 시작된 지 20일 만에 남부 연합 일곱 왕국 가운데 다섯이 사라진 것이다.

"뭐가 어찌 돌아가는 게야?"

"이게 사실이야?"

"어허어, 세상이 어찌 되려고 이러나. 허어어어."

카롤 왕국의 대신들은 정신을 차리지 못했다.

그중에서도 가장 어이가 없는 사람은 다름 아닌 그룬드였다.

작년 12월, 카롤 왕궁에 골드 라이온이 쳐들어와서 한바탕 칼춤을 추었을 때만 해도 그룬드는 행복했다. 골드 라이온의 칼에 왕국의 실세들이 우르르 죽고, 보투르 공작마저 제거되었을 때 그룬드는 만세를 불렀다.

"그럼 그렇지. 장차 북해의 군주로 우뚝 설 이 그룬드 님이 한낱 근위기사 따위로 초라하게 살 리 없지. 역시 신인께서는 나를 버리지 않으셨어. 두고 보아라. 내가 이 카롤 왕국을 꿀꺽 먹어 치운 다음, 보란 듯이 재기할 것이다. 그다음 저 빌어먹을 베르 녀석을 때려죽이고, 불여우 카스트렌도 찢어 죽이고, 우리 토브욘 왕국의 후계자 자리를 되찾을 거다. 크크크크큭."

골드 라이온이 던져 준 기회를 꽉 잡으면서 그룬드는 이렇게 다짐했다.

제6화

뜨거운 복수

Chapter 1

실제로 그룬드의 꿈은 이루어졌다.

호구 중의 호구인 줄리앙은 모든 것을 그룬드에게 의지했다. 카롤 왕국의 신임 근위기사단장이 된 그룬드는 줄리앙을 대신하여 국정을 농단했다.

처음엔 대신들이 반대했다.

"그룬드? 이름도 들어 본 적 없는 기사 나부랭이에게 갑자기 기사단장의 자리를 내준다는 것이 말이 돼?"

"백번 양보하여 그자를 기사단장 자리에 앉힌다고 치자. 하지만 기사단장이 왕명을 대신 전하여 국정을 운영한다는 건 이상하지."

"이럴 게 아니라 우리가 줄리앙 폐하를 알현하세. 폐하께 직접 고해서 이런 일을 바로잡아야 해."

왕국의 대신들이 줄리앙을 우르르 찾아갔다.

그룬드가 떡 버티고 서서 대신들을 막았다.

어차피 남은 대신들은 쭉정이들이었다. 정신이 똑바로 박힌 꼬장꼬장한 대신들은 보투르 일파의 손에 숙청을 당했다. 무력을 갖춘 보투르 일파는 골드 라이온이 전부 제거했다. 골드 라이온 딴에는 줄리앙을 위해서 한 행동이었으나, 엉뚱하게도 그룬드가 그 덕을 보았다.

정의감도 없고, 무력도 부족한 쭉정이 대신들은 그룬드에게 막혀서 목소리를 내지 못했다. 그룬드는 단숨에 카롤 왕국의 실세로 떠올랐다.

근위기사단장 그룬드에게 백작의 작위를 내리고, 역적 보투르 일파가 차지했던 모든 영토를 그에게 주노라. 보투르 공작이 강탈한 레드 라이온 기사단도 그룬드 백작에게 지휘권을 이양하노라.

줄리앙 카롤.

줄리앙의 서명이 날인된 이 문서가 대신 회의를 통과했

다. 가장 중요한 군사력과 재력이 그룬드의 손에 넘어갔다.

이튿날에는 또 다른 문서가 대신 회의를 통과했다.

근위기사단장 그룬드에게 수도치안대장을 겸하도록 명한다. 동시에 그룬드를 카롤 왕국 4개 군단의 총사령관에 임명한다.

줄리앙 카롤.

셋째 날에는 그룬드에게 감찰권과 집행권이 주어졌다. 어지러운 왕국을 빨리 안정시키려면 그룬드가 대신들을 감찰하고 상벌을 집행하는 권한을 가져야 한다는 것이 줄리앙의 논리였다. 쭉정이 대신들은 그 황당한 논리를 받아들여 그룬드에게 '중앙감찰사' 겸 '최고집행관'의 자리를 내주었다.

넷째 날에는 더 황당한 일이 벌어졌다. 그룬드에게 재상의 자리를 겸직시킬 것이라는 왕명이 내려온 것이다.

"허어, 재상까지 겸한다고?"

"해도 너무 해 먹는구먼."

기가 막힌 대신들이 입만 벙긋거렸다.

역적 보투르도 이렇게까지 막 나가지는 않았다. 그룬드

단 한 사람이 근위기사단장에, 수도치안대장에, 중앙감찰사에, 최고집행관에, 군단 네 곳의 총사령관에, 재상의 자리까지. 이건 서로 견제해야 할 권력이 그룬드 일개인에게 집중된 셈이었다. 그것도 불과 나흘 만에 이 모든 왕명이 전격적으로 내려왔다.

"뭐? 뭐가 어때서?"

그룬드가 부리부리한 눈으로 대신들을 노려보았다. 그룬드의 손이 검자루를 꽉 움켜잡았다.

"아닙니다."

"감축드리옵니다, 백작님."

쭉정이 대신들이 고개를 푹 숙였다.

일부 간신들은 그룬드에게 대놓고 꼬리를 흔들었다.

"재상까지 겸하시자면 백작의 자리가 부족한 것 아닙니까? 저희가 폐하께 상소를 올려 공작의 작위로 승급하시는 것이 좋겠습니다."

"맞습니다. 마땅히 공작의 자리에 앉으셔야지요."

간신들이 요망하게 혀를 놀렸다.

그룬드가 피식 웃었다.

그룬드의 주먹에 힘이 꾹 들어갔다. 덩달아 사타구니에 힘이 빠근하게 몰렸다. 권력은 성욕으로 이어지게 마련이었다.

'줄리앙 그 호구 새끼의 왕비가 제법 예쁘던데. 흐흐흐.'

그룬드의 두 눈이 비틀린 욕정으로 번들거렸다.

'어차피 보투르도 왕비의 배에 올라탔었잖아. 그것도 줄리앙이 지켜보는 앞에서 말이야. 으흐흐흐.'

그날 밤, 줄리앙은 또다시 지옥의 구렁텅이 속으로 굴러떨어졌다.

그룬드의 행복은 딱 여기까지였다.

"뭣? 북부가 침공했다고?"

5월 10일 오전 회의에서 북부의 침공 소식을 들은 그룬드는 눈앞이 캄캄했다.

'스벤센 왕국, 토레 왕국, 아르네 왕국, 룬드 왕국. 4개 왕국이 시간까지 맞춰서 함께 움직였다는 것은 보통 사태가 아니다. 이들 왕국들이 이렇게 보조를 맞출 곳들이 아니야. 특히 스벤센과 토레 왕국은 서로 앙숙 사이라고.'

북부에서 무언가 중대한 일이 벌어진 것이 분명했다.

'설마 오드 님이 북부를 통일하신 것일까? 그다음 남부 정벌에 나서신 거야? 뭐가 뭔지 모르겠지만 내가 북부를 떠난 사이에 무슨 일이 터졌어. 위험하다. 위험해.'

위기를 감지한 그룬드는 살아날 방도를 궁리했다.

'어차피 여기서 도망칠 곳은 없어. 카롤 왕국이 가장 안전해. 그렇다면 남부인들이 카롤 왕국을 최후의 거점으로 삼아 북부에 저항할 가능성도 다분하겠지?'

여기까지 생각한 그룬드는 자연스럽게 골드 라이온을 떠올렸다.

'그 난쟁이 늙은이가 이곳에 다시 나타날지도 모르겠구나. 우헉! 그럼 큰일이다.'

그룬드는 재빨리 행동에 나섰다.

재상의 자리 포기.

그룬드는 대신들 가운데 가장 줏대가 없고 겁이 많은 자에게 재상의 자리를 넘겼다. 4개 군단의 총사령관 자리도 내려놓았다. 중앙감찰사의 지위에서도 물러났다. 최고집행관도 포기했다. 수도치안대장이라는 위치도 내팽개쳤다.

이어서 그룬드는 땅을 되돌려줬다. 보투르 후작의 영토 가운데 가장 알짜배기 토지만 본인의 몫으로 남겨 놓고, 나머지 영토는 왕실 재산으로 돌려놓았다.

왕비의 침실도 더는 찾지 않았다.

대신 그룬드는 온 머리를 쥐어짜서 공간 이동 포탈을 만들었다.

"어우. 그동안 너무 쉬었나? 왜 마법진이 잘 그려지지 않지?"

안타깝게도 포탈 마법진은 계속해서 실패만 거듭했다. 초조해진 그룬드는 결국 카롤 왕국의 마법사들을 동원해서 공간 이동 포탈을 만들었다.

먼 북해 토브욘 왕국으로 이동하는 포탈이었다.

"북부의 생지옥에 포탈을 연다고요?"

"아니, 그곳에 왜 포탈을 엽니까?"

마법사들이 의문을 품었다.

그룬드가 인상을 썼다.

"마물들과의 전쟁을 승리로 이끌려면 수비에만 치중해선 안 된다. 놈들의 심장부에 역공을 취해야 길이 열리는 거야. 너희들은 잔말 말고 시키는 일이나 해."

그룬드가 칼을 뽑아 위협하자 마법사들은 군소리 없이 포탈을 준비했다.

그룬드는 그제야 한숨 돌렸다.

Chapter 2

콰앙!

거친 폭음과 함께 카롤 왕궁 중앙 건물의 지붕이 날아갔다. 뻥 뚫린 지붕을 통해 데스 로즈가 날아 내렸다.

"뭐냐?"

근위기사들이 데스 로즈를 빙 둘러쌌다.

"치워."

데스 로즈가 싸늘하게 명했다.

지붕 위에서 올가와가 폴짝 뛰어내렸다. 올가와의 손이 시뻘겋게 물드는가 싶더니, 그 손끝에서 불의 뱀 열여섯 마리가 튀어나와 근위기사들을 휘감았다.

화르륵! 화르륵!

"아악."

"불! 내 몸에 불이 붙었어."

온몸이 화염에 휩싸인 근위기사들이 펄쩍펄쩍 뛰었다. 불의 뱀은 화염으로 이루어진 혓바닥을 날름거리며 근위기사들의 몸을 칭칭 휘감았다. 불길이 더욱 거세게 타올랐다. 근위기사들 가운데 아무도 제대로 대응하는 사람이 없었다.

실력자가 없기 때문이었다. 골드 라이온이 기존의 근위기사들을 죽여 버린 이후, 카롤 왕국 근위기사단의 수준은 처참할 정도로 무너졌다. 병사들과 그리 다를 바 없는 자들이 불의 마녀 올가와의 마법을 감당해 낼 리 없었다.

이글거리는 화염이 건물 내부를 태우기 시작했다. 매캐한 연기가 자욱하게 깔렸다.

데스 로즈는 활활 타오르는 불길 속을 거침없이 걸었다.

한 손에 불의 램프를 든 올가와가 무표정하게 그 뒤를 따랐다. 메네스도 그 옆에 함께했다. 올가와와 메네스의 뒤에는 민치들이 어슬렁어슬렁 뒤쫓았다.

"너희들 뭐야?"

근위기사들이 더 많이 달려왔다.

데스 로즈가 날파리를 쫓듯이 손을 비스듬히 휘저었다.

쩌저저적!

강한 스파크와 함께 기사들이 뒤로 튕겨 나갔다. 고압 전류에 감전을 당한 근위기사들은 입에 거품을 물었다.

올가와가 뒤쫓아 걸으며 램프를 흔들었다. 그때마다 램프로부터 불의 뱀이 한 마리씩 튀쳐나와 쓰러진 근위기사들을 태웠다.

카롤 왕궁은 예전이나 지금이나 크게 바뀐 곳이 없었다. 데스 로즈는 익숙하게 길을 찾았다. 건물 내부를 지나자 눈에 익은 정원이 나왔다.

정원에서 매복 중이던 근위기사들이 화살을 날렸다.

이번엔 메네스가 나섰다.

따다다당!

메네스의 몸 주변에 검은 방패 38개가 돋아나 위성처럼 빙글빙글 회전했다. 근위기사들이 날린 화살은 그 방패에 막혀 효과를 보지 못했다.

그사이 메네스의 몸 전체가 시커멓게 물들었다.

투화확!

허공에 둥둥 떠서 공전하던 38개의 방패 갑자기 터지면서 31개의 투창이 쏟아졌다. 투창의 칼날 부위엔 마물의 아가리가 쩍 벌어져 있었다.

“아악, 마물이다.”

“북부의 마물들을 쳐들어왔다.”

근위기사들이 기겁했다.

그보다 한발 앞서 메네스의 투창이 사방을 휩쓸었다. 마물 투창은 근위기사들의 방패를 수수깡처럼 뚫고 파고들어 기사들의 목덜미를 물어뜯었다. 갈비뼈를 부수고 심장으로 침투했다.

“끄아악.”

“살려 줘.”

오합지졸 근위기사들이 무기를 버리고 도망쳤다.

그 모습을 본 데스 로즈가 코웃음을 쳤다.

“흥. 여기도 개판이구나.”

정원을 지나자 왕실 내궁이 나타났다.

“까아악.”

시녀들이 공포에 질려 벽에 바짝 붙었다.

데스 로즈는 그사이를 지나쳐 내궁 깊숙이 들어갔다. 뒤쫓아 오던 올가와가 내궁 복도에 불을 질렀다. 시녀들이 엉금엉금 기어서 밖으로 도망쳤다.

콰앙!

왕의 침실 문짝이 박살 났다. 화려하게 꾸며진 왕의 방에 들어온 데스 로즈는 차가운 눈으로 방 안을 둘러보았다.

"없군."

데스 로즈가 등을 돌려서 방을 나가려 할 때였다. 왕의 침실 중앙에 걸린 카롤 왕실의 문장이 눈에 띄었다.

"충신의 가문을 농락하고, 충신의 부인을 희롱한 주제에 문장은 무슨 문장."

데스 로즈의 손끝에서 방출된 강한 뇌력이 카롤의 문장을 활활 태워 버렸다.

뒤쫓아 들어온 올가와가 불의 램프를 흔들어 화염을 소환했다. 줄리앙의 침실이 화마에 휩싸였다.

데스 로즈는 내궁의 방들을 하나씩 뒤졌다.

올가와가 그 뒤를 쫓으며 차곡차곡 불을 질렀다.

메네스와 40 개체의 민치들은 내궁 밖으로 빠져나갈 구멍들을 모두 막았다. 뒤늦게 도망치던 시녀들이 민치의 기다란 손톱에 목이 뚫려 피거품을 물었다.

"줄리앙."

데스 로즈가 왕의 이름을 불렀다.

"줄리앙."

데스 로즈의 한 맺힌 목소리가 카랑카랑 복도를 울렸다.

"으으으으."

내궁 가장 깊숙한 침실에서 가느다란 신음이 들렸다.

콰앙!

귀가 밝은 민치가 방문을 부수고 들어갔다.

이곳은 왕비의 침실이었다. 널찍한 침대에는 하늘거리는 휘장이 드리워져 있었고, 그 안에 사람의 그림자가 보였다.

민치가 민첩하게 침대로 뛰어올랐다. 민치의 누런 손톱이 침대 휘장을 단숨에 조각냈다.

"아아아."

침대 위, 눈에 초점이 풀린 젊은 여자가 넋을 놓고 앉아 있었다. 침의를 반쯤 풀어헤친 이 여자가 바로 왕비였다.

왕비 옆에는 젊은 남자가 엎드려 부들부들 떠는 중이었다.

민치가 남자의 헝클어진 머리카락을 손으로 움켜잡았다.

"안 돼. 죽여도 내가 죽인다."

데스 로즈가 벽을 뚫고 뛰어들었다. 단숨에 침대 위로 올라온 데스 로즈는 민치의 손에서 남자를 빼앗았다.

그보다 한발 앞서 민치가 남자의 머리채를 쥐고 침대에서 뛰어내렸다.

데스 로즈가 사납게 으르렁거렸다.

"내놔."

데스 로즈의 손끝에서 시퍼런 전하가 번쩍번쩍 튀었다.

"당장 내놓으라고."

데스 로즈가 민치에게 막 달려들려고 할 때였다. 민치가 남자의 머리통을 들었다가 침대 모서리에 그대로 내리찍었다.

Chapter 3

콰직!

침대가 뒤흔들렸다. 남자의 이마에서 피가 분수처럼 뿜어졌다.

"으헙?"

데스 로즈는 숨이 멎을 만큼 놀랐다. 회색 피부의 민치가 어느새 하라간의 모습으로 바뀌어 있었기 때문이다.

"신인께서 어떻게 이곳에……?"

데스 로즈가 하라간에게 질문을 하려고 들었다.

그보다 한발 앞서 하라간이 젊은 사내의 머리를 들었다가 다시 한 번 침대 모서리에 내리찍었다. 우지끈 소리와 함께 젊은 사내의 눈이 돌아갔다. 하라간이 한 손으로 사내의 머리를 붙잡고, 다른 손으로 창밖을 가리켰다.

"그대는 그대의 복수를 해. 이 녀석 아비의 무덤이 이 근방 어디엔가 있을 거다."

데스 로즈가 눈을 번쩍 떴다.

"메로베의 무덤 말입니까?"

"그래. 그곳에 가서 복수를 해라. 루잉의 원혼은 내가 달래 줄 것이다."

말을 마친 하라간이 젊은 사내의 손가락 하나를 붙잡아서 뒤로 꺾었다.

"끄악."

사내가 자지러져라 비명을 질렀다. 그러느라 사내의 머리가 뒤로 젖혀지면서 본 얼굴이 드러났다. 줄리앙이었다.

데스 로즈가 가만히 보니 하라간은 줄리앙의 손가락을 꺾은 것이 아니었다. 뒤로 꺾는 척하면서 손가락을 통째로 뽑아 버렸다. 손가락이 뽑힌 자리에서 피가 철철 흘렀다.

하라간이 무표정하게 또 다른 손가락을 붙잡았다.

"끄악."

줄리앙의 두 번째 손가락도 맥없이 뽑혔다.

하라간은 데스 로즈가 지켜보는 가운데 줄리앙의 손가락 4개를 연달아 뽑았다.

"으으으."

데스 로즈가 몸을 부르르 떨었다. 그러다 무슨 생각이 났는지 하라간에게 물었다.

"혹시 드뷔시 가문도 보셨습니까?"

"봤지."

"아!"

데스 로즈는 뒷골이 서늘했다.

'만약에 내가 며느리만 처벌하고 손녀는 그냥 풀어 주었다면 신인이 직접 손을 썼겠구나. 실비아까지 얼려 버리기를 잘했어. 내가 손을 쓰지 않았으면 실비아도 분명히 저렇게 손가락이 하나하나 뽑혔을 게야. 으으으.'

몇 마디 대화를 나누는 와중에도 줄리앙의 손가락은 계속 뽑혀 나갔다. 결국 줄리앙은 10개의 손가락을 모두 잃고 피투성이가 되었다.

이번엔 하라간의 손이 줄리앙의 갈비뼈를 붙잡았다.

우득.

"끄아악."

반쯤 기절했던 줄리앙이 다시 정신을 차렸다. 하라간은 아랑곳하지 않고 다음 갈비뼈를 붙잡아 뚝 분질렀다. 인간의 감정이라고는 한 톨도 찾아볼 수 없는 행동이었다. 데스 로즈는 하라간이 무서워 손을 벌벌 떨었다.

하라간이 입꼬리를 비틀었다.

"복수하기 싫은가? 이 녀석을 처리한 다음에 내가 할까?"

"아, 아닙니다. 메로베에 대한 복수는 제가 직접 하겠습니다."

데스 로즈가 재빨리 도리질을 했다.

왕비의 침실을 빠져나가는 데스 로즈의 귀에 줄리앙의 비명이 연달아 들렸다. 줄리앙이 흐느끼며 죽여 달라고 애걸하는 소리도 들렸다. 데스 로즈는 귀를 막았다.

데스 로즈가 멀어지자 하라간이 히죽 웃었다.

"나와."

하라간의 입에서 뜬금없는 소리가 나왔다. 주변은 조용했다.

"나오라고."

하라간이 다시 주문했다. 주변은 여전히 조용했다.

"그 좁은 곳에서 언제까지 있을 거야? 강제로 끌어내기 전에 나와."

[우와악!]

갑자기 침대가 박살 났다. 침대 아래에 웅크리고 있던 매복자가 괴성과 함께 튀어 올라 하라간의 목덜미를 붙잡았다.

그 전에 주변 공기가 쩡쩡 얼어붙었다. 박살 난 침대 프레임에 얼음이 잔뜩 끼었다.

해구 2층 레벨의 마물, 왑타의 등장이었다.

하라간은 줄리앙의 뒤통수를 잡았던 손으로 왑타를 붙잡

았다.

콰직!

왑타의 머리가 그대로 내리 찍혀 바닥에 처박혔다. 이어서 하라간의 완력에 끌려 허공으로 부웅 솟구쳤다.

공간이 가로로 쩍 갈렸다.

왑타의 하반신이 그대로 잘려 나갔다.

[끄아악.]

왑타가 비명을 질렀다.

하라간이 왑타의 머리를 다시 한 번 바닥에 내리찍었다.

공포에 질린 왑타가 마정석 속으로 숨었다. 그룬드의 본모습이 드러났다.

"헉헉, 이게 무슨……."

하라간을 올려다보던 그룬드의 눈이 휘둥그레졌다.

크리스털 영상 속에서 몇 번이나 보아 온 얼굴이었다. 초상화를 통해서도 자주 접했던 익숙한 얼굴이었다. 그룬드는 한눈에 하라간을 알아보았다.

"설마, 하라간?"

"호오, 나를 아네?"

하라간이 히죽 웃었다.

그룬드가 하라간을 알아본 것처럼, 하라간도 그룬드의 정체를 파악했다.

"토브욘의 적자 그룬드."

"헉!"

"토브욘 왕국을 무너뜨릴 때 너를 놓쳐서 속상했지. 카스트렌 왕비를 놓친 것도 아쉬웠지만, 너도 한참을 찾았어. 그런데 이거 운이 좋네. 이 먼 남쪽까지 도망쳐 있었구나? 으흐흐."

말을 하면서 하라간은 그룬드의 가슴에 손을 뻗었다.

하라간의 손가락이 까딱거리자 그룬드의 가슴 부위가 쩍 갈라졌다. 시뻘건 살 속에서 마정석의 모습이 보였다.

하라간은 손가락을 꼬물거려 그룬드의 마정석을 붙잡았다.

"으읏. 으으읏."

그룬드는 감히 고개를 아래로 내리지 못했다. 지금 하라간이 그의 가슴에 무슨 짓을 하고 있는지 짐작이 갔다. 하지만 너무 무서워서 그걸 눈으로 확인하지는 못했다.

하라간이 그룬드의 마정석을 손끝으로 잡았다.

"으으으읏. 제발."

그룬드가 눈물을 글썽거렸다.

하라간이 악마처럼 속삭였다.

"얼마 전 카스트렌과 악셀리를 붙잡았어. 이제 너만 없어지면 토브욘 식민지도 안정화가 될 거야."

“시, 식민지라니? 우리 토브욘 왕국이 왜? 이 노옴, 위대하시고 또 위대하신 분께서 네놈을 용서치 않으실 거다.”

그룬드가 발악을 했다.

하라간이 빙그레 웃었다.

“곧 만날 거야.”

“뭐? 뭣?”

“토브욘 말이야. 곧 만나게 해 줄게. 그자도 내 배 속에 있거든.”

바삭.

그룬드의 마정석이 부서졌다.

“안 돼애—”

그룬드가 발작하듯 소리쳤다. 마정석이 부서지면서 그룬드와 결합한 마물이 이성을 잃고 그룬드의 온몸을 잠식했다.

크게 일어난 해구 2층 레벨의 마물을 향해 하라간이 입술을 살짝 벌렸다.

“맛있는 마물을 잘 먹겠습니다.”

와득, 허공에서 피가 튀었다. 이어서 투명하고 축축한 것이 왑타의 살점 부스러기들을 후루룩 핥아 먹는 소리가 들렸다.

Chapter 4

"아으으으."

줄리앙이 오줌을 쌌다. 손가락을 모두 잃고 갈비뼈가 부러진 줄리앙은 벌레처럼 바닥을 기다가 사타구니 사이에서 노란 액체를 흘렸다.

하라간이 줄리앙의 오른쪽 발목에 가만히 발을 올려놓았다.

와직!

"뼈 으스러지는 소리가 듣기 좋군."

하라간이 남부 연합의 언어로 중얼거렸다.

조금 전 하라간이 데스 로즈와 대화할 때 사용한 것은 북부 솔샤르들의 언어였다. 그룬드와 이야기할 때도 하라간은 북부의 언어를 사용했다.

"허억?"

줄리앙이 놀라서 하라간을 올려다보았다.

방구석에 쪼그려 앉아 멍하게 있던 왕비도 하라간을 바라보았다.

하라간이 줄리앙을 발끝으로 툭 건드렸다.

"놀랐나?"

"윽."

줄리앙이 몸을 움츠렸다.

하라간이 발끝으로 상대를 툭툭 찼다.

"내가 남부의 언어를 할 줄 알아서 놀랐어? 그것도 카롤 왕국의 억양이라 더 희한하지?"

"읏. 읏. 어떻게?"

줄리앙이 놀라움 절반, 한 가닥의 가냘픈 희망 절반을 섞어서 하라간을 올려다보았다.

그 비굴한 눈빛을 보자 하라간은 짜증이 났다.

'내가, 아니 루잉이 고작 이따위 저급한 남자에게 농락을 당했단 말인가?'

침대 옆 유리 공예품을 움켜쥔 하라간은 그걸로 줄리앙의 머리를 내리찍었다.

빠억, 빽, 빽, 빽, 빽, 빽.

연달아 다섯 번을 구타한 하라간은 박살 난 유리 공예품을 벽에 집어 던졌다.

피범벅이 된 줄리앙이 공포에 질려 바르르 떨었다.

"아으으."

왕비는 더욱 구석으로 파고들어 신음했다.

마음을 차갑게 다스린 하라간이 줄리앙의 왼쪽 발목을 지그시 밟았다. 와직, 발목이 으스러졌다.

이번엔 하라간이 줄리앙의 오른쪽 허벅지에 발을 올려놓

았다.

"제발 살려 주세요. 으흐흑. 아니, 제발 죽여 주세요. 제발 고통 없이 죽여 주세요. 그러면 다 드릴게요. 누구신지 모르겠지만 카롤 왕국을 가지세요. 재상, 군권, 영토, 말씀만 하시면 다 바칠게요. 왕좌도 넘겨드릴 수 있어요. 으허허헝. 저 여자, 저 여자도 가지세요."

줄리앙이 뭉그러진 손으로 왕비를 가리켰다.

하라간은 줄리앙의 비참한 행색을 말없이 내려다보았다.

줄리앙이 다시 입을 열었다.

"왕. 왕이 되세요. 저 대신 왕 노릇을 하세요. 저는 머저리라 어차피 왕의 자격이 없어요. 보투르 공작이 저 대신 왕 노릇을 했어요. 그룬드라는 기사가 보투르의 뒤를 이어 왕 노릇을 했고요. 저희 왕국엔 미녀도 많아요. 실비아라는 여자도 아주 미인이에요. 그 여자도 제가 드릴 수 있어요. 다 가지세요. 크왁!"

줄리앙의 입에서 실비아의 이름이 언급되는 순간, 하라간의 발이 줄리앙의 복부를 짓밟았다. 배가 뚫렸다. 내장이 퍽 터졌다.

줄리앙이 바닥에 붙어 남은 신체 부위를 비비적거렸다.

하라간이 벽에 손을 뻗었다.

줄리앙의 검이 휘리릭 날아와 하라간의 손에 안착했다.

"한때 너의 친구이자 검술 스승이었다는 사실이 부끄럽구나."

하라간이 검을 들었다.

잘 닦인 검면에 하라간의 얼굴이 비쳤다.

"이렇게 좋은 검을 네게 선물했다는 점도 심히 후회된다."

줄리앙의 검은 루잉 백작이 선물한 명품이었다. 처음 왕세자의 검술 스승이 되던 날, 루잉은 자신이 가지고 있던 검 가운데 가장 좋은 명품을 골라서 줄리앙에게 선물했다.

당시 줄리앙은 이 검을 받고 무척 기뻐했다.

명검을 알아보아서 기뻐한 것이 아니었다. 선왕 메로베가 "아주 잘하였다, 줄리앙. 충신으로부터 이런 명검을 선물 받았다는 것은, 다시 말해서 네가 그 충신의 마음을 얻었다는 뜻이겠지? 이제야 이 아비의 마음이 놓이는구나. 앞으로 루잉 백작과 허물없이 지내라. 그는 믿을 수 있는 충신이란다."라며 줄리앙을 크게 칭찬해 주었기 때문이다.

과거를 떠올린 줄리앙이 두 눈을 부릅떴다.

"친구? 검술 스승? 당신이 그 검을 선물했다고요?"

놀란 줄리앙의 입속에 검이 푹 박혔다. 단숨에 입속을 지나 목 뒤까지 뚫어 버린 검은 침실 바닥까지 관통하여 그 날카로운 기세를 자랑했다.

"켁."

줄리앙은 두 눈을 부릅뜬 채로 숨이 멎었다.

스윽—

하라간이 검을 뽑아 가로로 그었다.

줄리앙의 목이 똑 잘려 옆으로 굴렀다. 잘린 부위에서 피가 분수처럼 뿜어졌다. 뜨거운 피가 침실 카펫을 시뻘겋게 적셨다.

"아아아악!"

왕비가 손으로 귀를 틀어막고 절규했다.

하라간은 침실 벽장을 열어 술병을 꺼냈다. 그 독한 술들을 줄리앙의 시체에 붓고 불을 붙였다.

화르륵!

불길이 치솟았다.

이에 호응이라도 하듯이 내궁 밖 선왕묘에서도 화염이 솟구쳤다. 데스 로즈는 메로베의 관을 열어 시체의 목을 자르고 불을 질렀다. 메로베뿐 아니라 선대 카롤 왕실 선조들의 묘를 모두 불태웠다. 그 가운데는 골드 라이온의 아버지와 할아버지의 묘도 포함되어 있었다.

하라간은 활활 타오르는 화염을 물끄러미 바라보았다.

"깔깔깔깔깔. 골드 라이온, 똑똑히 봐요. 내가 어떻게 복수하는지 똑똑히 보라고요."

데스 로즈의 악다구니가 하라간의 귀에 환청처럼 메아리쳤다.

"이 정도면 되었지."

하라간이 낮게 중얼거렸다.

실비아와 미아는 무덤 속에 갇혀서 얼음이 되었다.

줄리앙와 메로베는 목이 잘려 화형에 처해졌다.

사람의 도리를 저버린 배덕한 연놈들 가운데 여자 쪽은 얼음지옥에 빠진 셈이고 남자 쪽은 불지옥에 들어간 셈이었다.

"이 정도면 카일 스승님도 위안이 되실 거야."

루잉의 복수는 끝났다. 이제는 다시 본래 목적으로 돌아가 대적자를 사냥해야 할 차례였다. 하라간이 활활 타오르는 침실에서 벗어났다.

기절한 왕비가 둥실 떠올라 하라간의 뒤를 뒤따랐다. 루잉이 피해자라면, 왕비도 똑같은 피해자였다. 하라간은 왕비까지 죽일 생각은 없었다.

침실에서 시작된 불은 복도까지 번져서 활활 타올랐다. 하라간이 불길 속으로 발을 옮겼다. 이글거리는 화마가 저절로 갈라져서 길을 열었다.

제7화

새로운 신탁이 내려오다

Chapter 1

홀리 생츄어리의 여덟 법주들이 꿈을 꾸었다.

법주들의 꿈속에선 구름을 뚫고 광휘에 휩싸인 거대한 드래곤이 하강했다. 드래곤의 머리는 12개였다. 날개는 여덟 쌍에, 온몸은 황금빛 비늘로 뒤덮여 있었다.

“신인이시여!”

8명의 법주들이 무릎을 꿇었다.

위엄이 가득하면서도 우아함이 넘치는 드래곤은 12개의 거대한 머리를 구부려 여덟 법주들을 굽어보았다.

법주들이 눈물로 드래곤을 우러러보았다.

“신인이시여!”

드래곤의 눈이 유난히 슬퍼 보였다. 그 슬픈 눈빛을 보자 법주들의 가슴이 찢어지는 것 같았다.

"신인시시여, 왜 그러시옵니까?"

"저희에게 말씀하소서. 저희가 무엇을 하면 되오리까?"

"신인이시여, 제발."

법주들이 주먹으로 가슴을 두드렸다.

황금빛 드래곤은 대답 대신 고개를 하늘로 들었다.

[쿠롸라라라라라—]

[쿠롸라라라라—]

12개의 창대한 울음이 법주들의 뇌를 뒤흔들었다. 법주들은 손으로 귀를 막고 나뒹굴었다.

긴 울음 끝에 드래곤, 즉 키르샤의 언어가 들렸다.

[나의 추종자들아, 어리석고 또 어리석도다.]

"신인이시여, 저희는 어리석사옵니다."

"어리석고 아둔한 저희를 일깨워 주소서."

"저희에게 신인의 뜻을 전하소서."

법주들이 간곡히 손을 뻗었다.

드래곤은 12개의 목을 일직선으로 뻗고, 여덟 쌍의 날개를 활짝 펴더니, 세차게 날갯짓을 했다.

후우웅—

지상에 광풍이 불었다. 법주들의 몸이 날아갈 듯 휘청거렸다.

"신인이시여."

법주들이 목 놓아 신인을 불렀다.

황금빛 드래곤은 날갯짓 한 번에 구름 높이까지 솟구치더니 그대로 하늘 위로 승천해 버렸다. 황금빛 드래곤을 그렇게 사라지는 듯했다. 구름 밑에 황금빛 꼬리만 남았을 때, 법주들의 뇌에 키르샤의 음성이 진동했다.

[어리석은 추종자들아, 진실과 거짓을 구별하지 못하는 너희들의 짧은 안목을 원망하라.]

깜짝 놀란 법주들이 악을 썼다.

"그게 무슨 뜻이옵니까?"

"저희가 아둔하여 알아듣지 못하겠나이다. 진실과 거짓이 무엇을 의미하옵니까?"

"아둔한 저희를 일깨워 주소서."

"안목이 짧은 저희에게 가르침을 주소서."

법주들의 애걸에 답이라도 내리듯, 뇌파가 한 번 더 울렸다.

[너희는 지금 거짓에 속고 있다. 나를 사칭하는 자, 거짓된 신, 혼돈으로부터 말미암은 자, 타락한 용, 속되고 속되도다.]

"으헉!"

"저희가 거짓에 속다니요?"

"신인을 사칭하는 자라니요?"

"설마 지금 저희가 추앙하는 분인 신인이 아니시라는 말씀이시옵니까? 저희가 거짓된 신에게 속고 있나이까?"

법주들이 발칵 뒤집혔다.

법주들 가운데 한 명이 구름 위를 향해 목이 터져라 물었다.

"아둔한 저희를 위하여 한 말씀만 더 하소서. 저희가 진실과 거짓을 어찌 구별하면 좋겠사옵니까? 안목이 짧고 눈이 먼 저희를 위해 한 말씀만 내리소서."

구름 위에선 답이 없었다. 법주들이 아우성쳤다.

"신인이시여, 제발 저희 자식들을 위해 한 말씀만 내리소서."

"저희에게 진실과 거짓을 구별할 수 있는 지혜를 주소서."

"저희에게 거짓을 밝힐 수 있는 용기를 주소서."

"저희에게 거짓을 벌할 수 있는 힘을 주소서."

법주들의 뇌리에 키르샤의 언어가 한 번 더 떨어졌다.

[너희가 읽는 교리서에 답이 있다.]

"교리서에 말이옵니까?"

[교리서를 다시 읽어라. 800년 전 너희에게 갔을 때 내가 어떠한 모습이었는지, 너희에게 어떠한 권능을 보여 주었는지, 너희에게 마지막으로 어떠한 당부를 하였는지, 너희는 똑똑히 보고 판별하라.]

"오오오, 신인이시여."

"기본으로 돌아가 교리서를 다시 읽겠나이다."

"참된 신인의 모습을 찾을 때까지 다시 공부하겠나이다."

"저희의 눈을 뜨게 하여 주시옵소서."

법주들이 울면서 고했다.

황금빛 드래곤은 더 이상 뇌파를 보내지 않았다.

"우흐흑, 흐흐흐흑."

법주들은 흐느껴 우는 가운데 잠에서 깼다. 그 즉시 법주들이 한자리에 모였다.

처음엔 아무도 입을 열지 않았다. 8명이 서로의 얼굴만 바라보았다.

"윰트, 자네……."

누군가 먼저 운을 떼었다.

"왜, 내게 할 말이 있는가?"

"아니. 그건 아니고. 내가 지난밤에 약간 뒤숭숭한 꿈을 꿨다네."

"자네도 그랬는가? 내 꿈도 영 뒤숭숭했지."

"자네들도 나와 같은 꿈을 꾸었는가? 신인께서 꿈에 모습을 보이셨는데……."

법주들은 서로의 얼굴을 다시 한 번 마주하고는, 동시에 입을 열었다.

“어젯밤 꿈에 나타나신 신인께오선 우리가 영접한 신인과는 모습이 사뭇 다르셨다네.”

“나도 그러했네.”

“나도. 나도.”

여기저기서 맞장구가 터졌다. 법주 가운데 한 명이 정보를 조금 더 공개했다.

“혹시 12개의 머리를 가지신 거대한 황금 키르샤가 아니셨던가?”

“맞네. 맞아.”

“12개의 머리. 열여섯 장의 날개.”

“바로 그 모습이셨지.”

법주들 사이에 침묵이 감돌았다.

그 침묵을 깨고 다시 대화가 재개되었다.

“우리가 영접한 신인께오선 머리가 2개시지.”

“지난밤 꿈속의 신인께오선 머리가 12개시지.”

“두 분이 같은 분이실까?”

법주들 가운데 아무도 이 질문에 대답하지 않았다.

“에이, 아니겠지.”

누군가 손을 휘휘 저었다.

법주들이 일제히 너털웃음을 터뜨렸다.

"허허허. 당연히 아니지."

"그럼. 아니고말고."

"어허허허. 말도 안 되는 일이지."

"아암. 거짓 신이라니. 말도 안 돼."

갑자기 대화가 뚝 끊겼다.

Chapter 2

잠시 후 7명의 법주들이 '거짓 신'을 입에 담은 법주를 공격했다.

"어허! 이 사람이 미쳤나. 거짓 신이라니, 어디서 그런 망발을 하는가?"

"마구니가 씐 게야. 마구니가. 거짓 신이라니, 어디서 감히. 어허험."

공격을 받은 법주는 당황해하다가, 입에서 침을 튀며 항변했다.

"나를 사칭하는 자, 거짓된 신, 혼돈으로부터 말미암은 자, 타락한 용, 속되고 속되도다."

이것은 어젯밤 꿈속에 등장한 황금빛 다즈키르샤가 내뱉은 단어들이었다.

"어헉!"

"허업."

법주들이 움찔했다.

말 한마디 잘못했다가 집단 공격을 받은 법주가 억울한 듯 눈물을 글썽였다. 그러다 소매로 눈을 쓱 훔치고는 다시 한 번 반복했다.

"나를 사칭하는 자, 거짓된 신, 혼돈으로부터 말미암은 자, 타락한 용, 속되고 속되도다."

"우악, 그만 말해."

"스톱. 스톱."

동료 법주들이 손으로 귀를 틀어막았다.

그렇게 한 차례 수다를 떨고 나자 어젯밤의 꿈이 더욱 생생하게 떠올랐다. 8명의 법주들은 서로를 마주 보고 침을 꿀꺽 삼켰다.

그때부터 법주들의 토론이 시작되었다.

"우리 한번 진지하게 이야기를 해 보세."

일은 이렇게 시작되었다.

결론은 쉽게 나지 않았다. 처음에는 8명의 법주들 가운데 단 한 명만이 예지몽을 믿었다. 나머지 7명은 하라간이 진짜 신인이라고 확신했다.

"내 눈으로 똑똑히 보았어. 꿈에서 본 게 아니라, 내 눈

으로 그분의 휘황찬란한 모습을 직접 목격했다고. 그런데 어떻게 그걸 부정해? 난 그분을 믿는다네. 그분이 참이고, 어젯밤 꿈이 거짓이야."

일곱 법주들이 한목소리로 주장했다.

다수결에 의해 이 말이 먹혔다. 홀로 독특한 주장을 하던 법주가 마침내 굴복했다.

"알았네. 내가 좀 더위를 먹었나 봐. 미안하네."

이것으로 사태는 종결되는 듯했다.

그날 밤, 법주들의 꿈에 황금빛 다즈키르샤가 다시 한 번 등장했다.

[어리석은 나의 추종자들은 들으라.]

위풍당당한 12개의 머리로 지상을 굽어보면서 황금빛 드래곤이 뇌파를 보냈다.

"신인이시여."

8명의 법주들이 땅에 엎드렸다.

황금빛 드래곤, 즉 다즈키르샤가 뇌파를 이었다.

[너희들은 눈이 있어도 장님이고, 귀가 있어도 귀머거리로다.]

"그게 어인 말씀이십니까? 저는 신인의 예지몽을 믿었나이다."

어제 7대 1의 말싸움을 이어 가던 법주가 자신의 돈독한 신앙심을 자랑했다.

나머지 법주들은 꿀 먹은 벙어리가 되었다. 그들의 뇌리에 천둥이 떨어졌다.

[참과 거짓을 구별할 줄 아는 나의 추종자가 답해 보라. 800년 전 내가 너희에게 갔을 때 어떠한 모습이었느냐? 내가 너희에게 어떠한 권능을 보여 주었느냐? 내가 너희에게 마지막으로 어떠한 말을 남겼느냐?]

지목을 받은 법주가 구구절절하게 아뢰었다.

“신인이시여. 제가 어제 교리서를 다시 읽었나이다. 800년 전 신인께서는 황금빛 찬란한 키르샤의 모습으로 이 땅에 오셔서 모든 솔샤르들의 시초가 되셨나이다. 다만, 인간의 형태셨을 때는 수염을 길게 늘어뜨린, 건장하고 남성미가 넘치는 외모이셨나이다. 800년 전 신인께서는 저희에게 키르샤의 힘을 보여 주셨으되, 인간의 형태셨을 때는 초월적인 마법을 주로 쓰셨다고 교리서에 적혀 있나이다. 800년 전 신인께서는 이 땅을 아홉으로 갈라 후계자들에게 맡긴다고 말씀하시고 하늘로 올라가셨나이다.”

나머지 7명의 법주들이 눈을 크게 떴다.

‘맞아. 교리서에 묘사된 신인의 외모는 지극히 남성적이셨어. 신인께오선 수염을 길게 기른, 건장한 분이셨다고.’

'그렇지. 신인께서는 인간의 형태셨을 때 다양한 마법을 보여 주셨다고 교리서에 적혀 있었지. 그 가운데 가장 대표적인 마법이 메테오였어. 신인께오서 800년 전 북부를 하나로 만드실 때 추종자들 앞에서 운석을 소환하여 조그만 성 하나를 통째로 무너뜨리셨다는 기록이 있어.'

'마지막으로 신인께서 하늘로 승천하실 때 이 땅을 아홉으로 갈라 후계자들에게 맡긴다고 말씀하셨지. 이 또한 교리서에 똑똑히 나와 있는 문구야.'

키가 크고 남성적인 신인 VS 여성보다 더 아름다운 하라간.

메테오를 비롯한 각종 초월적인 마법 VS 가끔씩 빼어난 검술을 보여 주는 하라간.

이 땅을 아홉으로 가르라는 마지막 말씀 VS 이 땅을 다시 하나로 묶는 하라간.

800년 전의 신인과 지금의 하라간은 비슷한 듯하면서도 다른 점이 많았다. 하라간이 아르네 수도에서 보여 준 황금빛 막키르샤의 모습이 워낙 충격적이어서 그냥 신인의 재림이라 믿어 버렸을 뿐, 법주들이 곰곰이 따져 보니 몇 가지 점이 마음에 걸렸다.

'정말 그분께서 거짓 신이시란 말인가?'

'에이, 설마.'

'하지만 교리서에 묘사된 모습과는 조금 차이가 있으시잖아.'

'800년 전 모습과 어떻게 똑같겠어? 신인께오서 그냥 다른 모습으로 이 땅에 다시 오신 게야.'

'너는 그렇게 믿고 싶겠지.'

'그럼 너는. 너는 군나르 왕국에 재림하신 신인을 부정하는 게냐? 이 배교자야.'

'컥! 배교자? 홀리 생츄어리의 법주인 나에게 배교자라고? 너, 말 다 했어?'

'다 했지. 그리고 너만 법주냐? 나도 법주야.'

8명의 법주들이 꿈에서 서로 싸웠다.

[우매한 것들.]

황금빛 다즈키르샤가 쩌렁쩌렁한 뇌파를 보냈다.

"어이쿠!"

여덟 법주들이 찔끔 놀라 머리를 조아렸다.

[너희가 우매하여 나를 슬프게 만드는구나.]

황금빛 다즈키르샤는 열여섯 장의 날개를 활짝 펼쳐서 '이것이 진짜 키르샤다.' 라고 웅변이라도 하듯이 찬란한 모습을 뽐낸 다음, 다시 구름 위로 날아갔다. 모습을 감추기 전, 황금빛 다즈키르샤가 보여 준 눈빛이 서글퍼 보였다.

법주들이 꿈에서 깼다. 그들이 다시 한자리에 모였다.

"나는 예지몽에 한 표."

첫날부터 예지몽을 믿었던 법주가 손을 번쩍 들었다.

"나도 예지몽에 더 믿음이 가네."

3명의 법주가 수줍게 손을 올렸다.

제8화

골드 라이온의 분노

Chapter 1

"에이, 그건 아니지."

나머지 4명은 팔짱을 끼고 고개를 가로저었다.

어제는 7대 1.

오늘은 4대 4.

"하루만 더 기다려 보지. 어째 오늘 밤에도 다시 한 번 예지몽을 꿀 것 같으이."

꾸준하게 '하라간 = 거짓 신'을 주장하던 법주가 내일 다시 회의를 재개할 것을 제안했다. 나머지 법주들이 그 말에 동의했다.

이튿날 아침, 신탁을 받은 법주들이 다시 한자리에 모였다. 그들은 오늘도 손을 들어 투표했다.

결과는 2대 6.

하라간이 거짓 신이라는 쪽에 6명이 몰렸다. 7대 1에서 2대 6까지, 사흘 만에 전세가 역전된 것이다. 끝까지 하라간을 추종하는 2명의 법주들이 목에 핏대를 세웠다.

"이런 배신자들."

"너희가 이러고도 신인의 추종자들이라고 말할 수 있어? 어떻게 살아서 우리 곁에 다시 오신 분보다 꿈을 더 믿을 수 있지?"

2명이 끝까지 하라간을 밀었다.

통하지 않았다. 6명의 법주들은 "혹시라도 우리가 거짓 신에게 속았을 수도 있으니 그에 대한 대비를 해야 한다."라고 주장했다.

결국 다수결에 의해 홀리 생츄어리의 방침이 수정되었다.

첫째, 신인에 대한 재검증 실시.

둘째, 다만 재검증 작업은 최대한 은밀하고 조심스럽게 진행할 것.

이상이 홀리 생츄어리의 공식 방침이었다. 법주들은 이 내용을 연판장으로 남겨 서명했다. 끝까지 굴복하지 않던 2

명의 법주도 결국 울며 겨자 먹기로 서명을 넣었다. 남부 연합이 거의 다 무너져 가는, 6월 셋째 날에 결정된 일이었다.

"커허."

골드 라이온이 뒷목을 잡았다.

"우리 카롤 왕국을 버팀목으로 삼아 북부 마물들을 막아내자고 천계 여왕을 설득하였는데, 이게 무슨 변고란 말인가? 이게 대체 어떻게 된 일이야?"

잿더미로 변한 카롤 왕궁의 잔해 앞에서 골드 라이온은 손을 부들부들 떨었다.

"누가 감히 이따위 짓을 했어? 누가?"

골드 라이온의 피맺힌 절규가 사방을 쩌렁쩌렁 떨어 울렸다. 왕궁 외곽을 지키던 수비병 한 명이 골드 라이온에게 멱살이 잡혔다.

"네가 말해 봐라. 누가 카롤 왕궁을 잿더미로 만든 게냐?"

"커억, 컥. 콜록, 콜록."

숨통이 막힌 수비병이 기침을 해 댔다.

골드 라이온이 병사의 따귀를 왕복으로 후려쳤다.

"기침만 하지 말고 어서 대답해. 누가 범인이냣?"

"콜록콜록. 괴물들이었습니다. 이빨이 뾰족하고 손톱이 20센티미터나 되는 괴물들이 왕궁에 떼거리로 난입하였습니다."

"괴물? 설마 북부의 마물들이 왕궁을 급습했단 말이더냐?"

"그렇습니다. 수십 개의 검은 방패를 몸 주변에 두르고, 투창을 마구 날리는 괴물도 있었습니다."

"막레르!"

골드 라이온이 주먹을 꽉 움켜쥐었다.

"으드득, 마물들이 한발 빨랐구나. 그 영악한 놈들이 3차 저지선이 형성되기 전에 훼방을 놓은 게야. 그러니까 내가 저지선 설치를 서두르자니까. 천계에서 뭉그적거리는 바람에 애꿎은 카롤 왕국이 피해를 보았어. 빌어먹을."

이빨을 뿌드득 갈던 골드 라이온이 수비병에게 물었다.

"왕은 어찌 되었느냐?"

"줄리앙 폐하 말씀입니까?"

"그래. 왕은 무사하시겠지?"

"그것이…… 행방을 찾지 못했습니다. 폐하와 왕비마마 모두 실종되셨습니다."

수비병이 망설이다 대답했다.

"뭐야?"

골드 라이온이 다시 한 번 울부짖었다.

"그래선 안 돼. 왕가의 혈통이 끊어지면 안 된다고."

수비병을 내동댕이친 골드 라이온은 어디론가 미친 듯이

달려갔다.

역대 왕들의 무덤이 자리한 왕묘 앞에서 골드 라이온은 머리카락을 마구 쥐어뜯었다.

"마물들이 이곳까지 다녀갔구나. 역대 선조들의 묘역마저 놈들의 마수에 짓밟혔어. 으허어엉."

골드 라이온이 핏발 선 눈으로 왕묘를 뒤졌다.

"으어어. 선조들의 관이 부서지고 존체가 훼손을 당했구나. 그 더러운 마물들이 대체 무슨 원한이 있기에 왕묘까지 욕보인단 말이냐?"

이건 일반적인 현상은 아니었다. 마물들이 기사들을 죽이고 민가를 공격하는 경우는 있어도, 이렇게 죽은 시체를 욕보이기는 경우는 드물었다. 특히 메로베의 묘역은 눈을 뜨고 봐줄 수 없을 정도로 훼손이 심했다.

골드 라이온의 눈이 서늘하게 변했다.

"뭔가 있다. 내 아들 메로베, 그 아이의 묘역이 유난히 심하게 훼손되었어. 깊은 원한이 있지 않고서는 굳이 이런 짓을 저지를 이유가 없어."

메로베는 성군이었다. 누군가에게 원한을 살 성격이 아니었다. 곰곰이 고민하던 골드 라이온이 고개를 퍼뜩 들었다.

"데스 로즈!"

메로베는 좋은 왕이었지만, 한 가지 오점을 남겼다. 신하의 부인과 불륜에 빠져 결국 그 신하를 죽게 만들었다.

"메로베의 실수로 인해 카일이 죽었어. 그리고 데스 로즈는 카일의 어미지. 만약 데스 로즈가 카일의 죽음에 얽힌 비밀을 눈치챘다면?"

골드 라이온의 입술이 푸들푸들 떨렸다.

"데스 로즈의 집요한 성격이라면 충분히 이런 만행을 저지를 수 있어. 게다가 그녀는 아르네 왕국에 자리를 잡은 상태잖아. 마물들을 동원하는 것도 가능하다고."

생각하면 할수록 데스 로즈가 저지른 일 같았다. 골드 라이온이 눈에서 불을 토했다.

"요런 미친 계집. 은둔 수호자씩이나 되는 여자가 한낱 사사로운 원한에 매몰되어 인간족의 마지막 희망인 카롤 왕국을 망치려 들다니. 이렇게 사악한 계집이 어찌 인간이라고 할 수 있겠는가? 마물보다 더 사악한 심장을 가진 미친년이로다. 빠드드드득."

눈이 팩 돌아 버린 골드 라이온은 드뷔시 백작가로 몸을 날렸다.

"어디 한번 해 보자. 네년이 미친 짓을 저질렀으니, 내가 네년의 가문에 징계를 내려 줄 것이야. 네년이 감히 내 아들 메로베의 시신을 훼손하였으니, 네년의 아들 카일도 시신을 온전하게 보존하지는 못하리라."

Chapter 2

드뷔시 백작가는 조용했다.

골드 라이온은 백작가의 정문을 지키던 병사의 두개골을 때려 부수고 안으로 들어섰다.

"실비아. 그 아이부터 찾아야 해."

골드 라이온은 데스 로즈가 줄리앙을 납치했다고 생각했다.

"실비아와 줄리앙을 맞바꾸게 될 수도 있어."

골드 라이온의 뇌리에는 드뷔시 백작가의 내부 지형이 담겨 있었다. 그래서 허탕을 치지 않고 실비아의 방을 찾았다.

실비아가 보이지 않았다.

미아의 방을 뒤졌으나 그녀도 없었다. 심지어 허드렛일을 하는 시녀들도 눈에 띄지 않았다.

"다들 어디로 갔어?"

골드 라이온이 저택에서 벗어나 백작가의 가묘로 향했다. 골드 라이온의 두 눈은 삐뚤어진 원한에 사로잡혀 기괴한 빛을 내뿜었다.

콰앙!

드뷔시 백작가의 선조를 모신 무덤 건물 하나가 골드 라이온의 손에 박살 났다.

콰앙!

또 다른 무덤 건물이 무너져 내렸다.

"어디가 카일의 무덤이냐?"

골드 라이온은 거칠게 으르렁거렸다.

그렇게 무덤을 하나하나 부수던 골드 라이온이 마침내 카일의 무덤을 찾았다.

"옳거니. 카일 드뷔시. 여기 있었구나."

무덤 건물 주춧돌에 새겨진 '카일 드뷔시'라는 글자를 손으로 더듬으면서 골드 라이온이 쾌재를 불렀다. 하늘로 번쩍 들린 골드 라이온의 손이 그대로 건물 벽면을 내리찍었다.

마나가 가득 실린 골드 라이온의 손에 맞으면 벽이 폭발하듯 무너져야 정상이었다.

그런데 웬걸?

빠캉!

강한 반발력과 함께 골드 라이온의 손이 뒤로 튕겨 났다. 골드 라이온의 오른손은 어느새 퉁퉁 부어 뼈까지 시렸다. 차가운 냉기가 반사적으로 일어나면서 골드 라이온의 오른손을 박살 낸 것이다.

"우어억. 이게 뭐야?"

골드 라이온이 비명을 질렀다. 그의 오른손은 얼음이 박힌 듯 차가웠다. 신경이 저리고 손가락이 움직이지 않았다.

"데스 로즈. 그년이 이 무덤에 뭔가 보호막을 쳐 놓았구나."

골드 라이온이 이빨을 갈았다.

왼손으로 검을 뽑은 골드 라이온은 호흡을 가다듬었다.

피윳!

섬광처럼 발출된 골드 라이온의 검이 무덤 건물 벽면을 갈랐다.

까앙!

벽에서 불똥이 튀었다.

"크악."

골드 라이온이 검을 놓쳤다. 벽에서 발생한 반발력이 어찌나 거셌던지 골드 라이온의 왼손은 피범벅이 되었다. 땅바닥에 떨어진 검에는 하얀 서리가 얇게 내려앉았다. 골드 라이온의 왼손에도 얼음이 박혔다.

"후욱, 후우욱. 이 사악한 계집이 무덤에 무슨 짓을 해 놓은 게야?"

골드 라이온은 남부 연합의 은둔 수호자들 가운데 으뜸이었다. 스승인 벨커스를 제외하면 골드 라이온보다 위에 올라설 사람은 없었다. 골드 라이온은 그렇게 믿었다.

한데 얼마 전 샤를르 위그 대제가 골드 라이온을 뛰어넘는 무력을 보여 주었다. 실제로 샤를르가 골드 라이온보다 더 강한 것은 아니었지만, 골드 라이온은 샤를르에 대해서 강한 자격지심과 질투심을 느꼈다.

'그런데 이번엔 데스 로즈, 그 계집마저 나를 뛰어넘는단 말인가? 그 계집이 걸어 놓은 마법을 이 골드 라이온이 깨뜨리지 못하다니, 이게 말이 돼?'

골드 라이온의 눈이 질투로 물들었다.

"우아아아악."

다시 검을 움켜쥔 골드 라이온이 두 손으로 힘껏 검을 내리그었다.

까앙!

또다시 검이 날아갔다. 골드 라이온의 양손은 강한 반발력을 견디지 못하고 그대로 박살 났다. 손의 뼈가 조각조각 으스러지면서 팔뚝까지 탱탱 부었다.

"어떻게 이럴 수가 있지? 데스 로즈의 마법이 어떻게 이 골드 라이온을 뛰어넘을 수가 있느냐고? 이건 분명히 구린 구석이 있어. 그 더러운 계집이 마물들에게 영혼이라도 팔았나? 아니면 오드에게 살랑거리면서 몸이라도 팔았나?"

그게 아니라면 이 무덤 건물에 부여된 보호 마법이 이토록 강력할 리 없었다. 골드 라이온이 삐뚤어진 시선으로 무덤을 노려보았다.

"창녀 같은 년. 마물들에게 가랑이를 벌려서 괴상하고 사악한 마법을 배웠나 보구나. 퉤에!"

골드 라이온이 카일의 무덤에 침을 뱉었다.

하지만 그 침은 무덤 벽에 도달하기도 전에 증발해 버렸다.

"뭐야?"

골드 라이온이 희번덕거리는 눈으로 뒤를 돌아보았다.

전격계 마법으로 침을 증발시킨 장본인은 다름 아닌 데스 로즈였다. 데스 로즈의 손에서 푸른 전하가 번쩍번쩍 튀었다.

골드 라이온이 누런 이빨을 드러내었다.

"우흐흐흐. 창녀 같은 년. 역시 네년의 짓이었구나. 감히 왕묘를 욕보이고 내 아들 메로베의 시신을 욕보인 범인이 네년이었어."

"흥. 잘못은 메로베가 먼저 했지."

데스 로즈의 눈이 스산하게 물들었다.

골드 라이온이 버럭 화를 내었다.

"어디서 감히 반말지거리냐? 그리고 잘못은 무슨 잘못. 창녀 같은 네년이 며느리 간수를 제대로 하지 못한 것뿐이야. 네 며느리가 암내를 풍기면서 꼬리를 쳐 대니까 메로베가 잠시 실수를 했을 뿐이라고. 하긴, 남편이 오죽 시원치 않으면 네 며느리가 바람을 피웠겠어?"

골드 라이온의 독기 어린 독설이 데스 로즈의 심장을 후벼 팠다.

데스 로즈도 독하게 맞받아쳤다.

"그러는 네 손자는? 오죽 병신 같으면 왕비를 다른 남자에게 내돌리나? 하긴, 카롤 왕실의 핏줄들은 그딴 식으로 더럽게 혈통을 이어 왔으려나?"

그 말이 골드 라이온의 이성을 날려 버렸다. 골드 라이온의 머릿속에서 투툭, 끈이 끊겼다.

"크악, 요 미친년!"

골드 라이온은 단숨에 데스 로즈의 코앞까지 날아왔다. 그러면서 특유의 권능으로 시간을 정지시켰다.

바람이 우뚝 멈췄다. 살랑살랑 떨어지던 나뭇잎이 허공에 우뚝 정지했다. 날개를 떨어 울음을 울던 풀벌레가 동작을 딱 스톱했다.

골드 라이온은 뼈가 으스러진 주먹으로 데스 로즈의 옆구리를 후려쳤다. 골드 라이온이 상대의 머리통 대신 옆구리를 공격한 이유는 간단했다.

'그렇게 쉽게 죽여 줄 수는 없지. 아주 살을 발라 버릴 것이야.'

멈춰진 시간 속에서 골드 라이온의 눈이 흉험한 빛을 품었다.

뻐억.

옆구리에서 뼈 으스러지는 소리가 났다. 소리만 들어도 갈비뼈 여러 대가 동시에 분질러진 것 같았다. 멈춰졌던 시간이 다시 흘러갔다.

"끄억."

옆구리가 으스러지면서 사람 하나가 푹 고꾸라졌다.

땅에 주저앉은 사람은 데스 로즈가 아니었다. 공격을 퍼부었던 골드 라이온이 옆구리를 움켜잡으며 바닥에 엎어졌다.

"커헉, 커헉, 커허억."

옆구리를 강타당한 충격이 어찌나 컸던지 골드 라이온은 숨도 잘 쉬어지지 않았다. 골드 라이온의 입에서 피 섞인 침이 주르륵 흘렀다.

"어, 어떻게?"

골드 라이온은 경악에 가득한 눈으로 위를 올려다보았다.

햇볕이 내리쬐는 골드 라이온의 머리 위, 사람의 그림자가 짙게 드리웠다. 그 그림자의 입 부위가 균열을 만들면서 하얀 치아가 드러났다.

"일국의 왕이었던 분이 아무 데서나 침을 뱉으면 쓰나."

차가운 음성.

하라간이었다. 하라간이 골드 라이온 앞에 등장했다.

"너, 누구냐?"

골드 라이온이 눈을 깊게 찌푸렸다.

빡!

순간적으로 골드 라이온의 머리가 위에서 아래로 내리 찍혔다. 강한 충격에 골드 라이온의 턱뼈가 쇄골과 부딪쳤다가 다시 튕겨 올라왔다. 골드 라이온이 앉은 자세에서 휘청거렸다. 눈앞이 캄캄하고, 눈꺼풀 속에서 별이 번쩍번쩍 빛났다.

골드 라이온이 앞으로 고꾸라지지 않은 것은 하라간 덕분이었다. 하라간이 골드 라이온의 꾸불꾸불한 머리카락을 우악스레 움켜잡았다.

〈다음 권에 계속〉